Barbara Cartland

Le port du bonheur

Traduit de l'anglais
par France-Marie Watkins

Éditions J'ai lu

Précédemment paru sous le n° 1522

Titre original :

SECRET HARBOUR

NOTE DE L'AUTEUR

A Grenade, la révolte des esclaves de Julius Fédor se termina en avril 1796. Dans la paroisse de Saint-George's, il n'y eut guère de combats.

La Martinique, d'abord colonisée par les Français en 1635, fut reprise aux Britanniques en 1802.

J'ai visité la Martinique en 1976 et je l'ai trouvée fascinante, possédant toutes les heureuses caractéristiques de la France, y compris une cuisine délicieuse. J'y ai situé un de mes romans *La Magie de l'amour*.

En 1981, j'ai fait mon premier voyage à Grenade. « L'île des Epices » est aussi magnifique que la disent les guides et bien qu'elle fût devenue un Etat d'inspiration communiste en 1980, les seuls signes du régime étaient d'immenses affiches exhortant le peuple à soutenir la révolution. Elle s'était déroulée sans effusion de sang et les Grenadiens, courtois et souriants, étaient ravis d'accueillir des visiteurs.

Les forêts tropicales, les plages dorées, les plantations de noix muscade, de cacaotiers et de bananiers sont telles que je les ai décrites dans ce roman.

Le soleil brille, les arbustes fleuris jettent des taches de couleurs éclatantes et les palmiers se balancent dans la brise qui souffle d'une mer d'azur et d'émeraude.

Que demander de plus ?

1

1795

Grania monta rapidement les marches et s'arrêta sur le palier pour tendre l'oreille.

La maison était obscure mais ce n'était pas seulement les ténèbres qui l'effrayaient. Elle avait peur de ces voix qui venaient de la salle à manger, peur de cette atmosphère qu'elle sentait tendue, sinon maléfique.

Durant un mois, elle avait attendu avec une impatience presque puérile d'être de retour à Grenade ; pour elle c'était comme revenir au foyer et elle était certaine que tout serait tel qu'elle l'avait quitté trois ans plus tôt.

Mais dès l'arrivée dans ces îles qui avaient toujours évoqué pour elle des émeraudes serties dans une mer bleue, tout avait mal tourné.

Elle était si sûre, quand son père lui avait annoncé qu'il la ramenait chez eux, qu'elle serait de nouveau heureuse, qu'elle retrouverait le bonheur qu'elle avait connu pendant les années où elle avait vécu dans l'île magique !

En ce temps, Grenade n'était habitée que par des gens souriants et aussi, pensait-elle, par des dieux et des déesses qui vivaient dans les montagnes, par des fées et des elfes qui couraient si vite parmi les muscadiers et les cocotiers qu'on ne faisait que les entrevoir.

— Ce sera merveilleux d'être de retour à Secret Harbour, dit Grania à son père quand ils eurent laissé derrière eux les tempêtes de l'Atlantique.

La mer calme et lisse étincelait au soleil et les matelots dans le gréement chantaient des chansons qui rappelaient à Grania son enfance.

Son père ne répondit pas et, au bout d'un moment, elle le regarda avec étonnement.

— Auriez-vous un souci, papa ?

Depuis quelques jours, il buvait moins qu'au début du voyage et, malgré ce que la mère de Grania appelait une « vie dissipée », il était encore très séduisant.

— Il va falloir que je te parle de ton avenir, Grania, dit-il enfin.

— Mon avenir, papa ?

Comme son père ne disait rien, elle fut prise d'une peur soudaine.

— Que... que dites-vous ? Mon avenir est avec vous. Je veillerai sur vous comme le faisait maman et... et je suis sûre que nous serons très heureux, ensemble.

— J'ai d'autres projets pour toi.

Grania le dévisagea avec stupéfaction.

A ce moment, un officier du bord vint à eux et son père s'éloigna d'elle. Visiblement il ne souhaitait pas poursuivre la conversation.

Les intentions qu'il avait à son égard inquiétèrent toute la journée la jeune fille.

Elle eût voulu lui parler dans la soirée mais ils dînèrent avec le capitaine et, après le repas, son père se révéla incapable d'avoir une conversation cohérente avec qui que ce soit.

Il en alla de même le lendemain et le surlendemain et ce fut seulement quand le vaisseau arriva en vue des montagnes qu'elle connaissait si bien que Grania parvint à parler seule à seul avec son père :

— Vous devez me dire, papa, quels sont vos projets pour moi, avant que nous rentrions chez nous.

— Nous ne rentrons pas directement chez nous, répondit le comte de Kilkerry.

— Comment cela ?

— Non. J'ai pris des dispositions pour que nous passions un jour ou deux chez Roderick Maigrin.

— Pourquoi ?

La question avait jailli brusquement des lèvres de Grania.

— Il veut te voir, Grania, il a même grand-hâte de te voir.

— Pourquoi ? répéta Grania et cette fois sa voix trembla.

Elle sentit que son père s'armait de courage avant de répondre.

— Tu as dix-huit ans, dit-il d'un ton bourru qui révélait son embarras. Il est temps que tu te maries.

Pendant un moment, Grania fut incapable de répliquer, presque incapable de respirer. Puis elle dit d'une voix qui lui sembla étrangère à elle-même :

— Voulez-vous dire, papa, que… que M. Maigrin désire… m'épouser ?

Elle se rappelait Roderick Maigrin. C'était un voisin que sa mère n'avait jamais aimé et qu'elle avait toujours refusé d'accueillir à Secret Harbour.

Un homme trapu, franc buveur, au parler rude et que l'on soupçonnait de traiter durement les esclaves de sa plantation.

Et puis il était aussi vieux que son père, et l'idée de l'épouser était tellement absurde qu'elle en aurait ri si elle n'avait eu si peur.

— Maigrin est un brave homme, dit son père, et fort riche.

Grania devait penser plus tard que ce n'était pas là toute l'explication.

Roderick Maigrin était riche, certes, et comme d'habitude son père devait être à court d'argent, au point de devoir compter sur la générosité de ses amis pour le rhum même qu'il buvait.

C'était ce penchant pour la boisson et le jeu, et l'abandon où il laissait ses terres qui avaient fait s'enfuir la mère de la jeune fille trois ans plus tôt.

— Quel espoir as-tu, ma chérie, d'avoir une bonne éducation ici ? avait-elle dit à sa fille. Nous ne voyons personne si ce n'est les amis débauchés de ton père qui l'encouragent à boire et à perdre aux cartes jusqu'à son dernier liard.

— Papa a toujours des remords quand il vous met en colère, maman, avait répliqué Grania.

Pendant un instant, le visage de sa mère s'adoucit. Puis elle reprit :

— Oui, il a des remords et je lui pardonne. Je lui ai toujours pardonné. Mais maintenant je dois penser à toi.

Grania resta sans comprendre et sa mère poursuivit :

— Tu es seule, ma chérie, et ce n'est que justice que tu puisses avoir, comme je l'ai eue, la possibilité de fréquenter des gens de notre monde, d'aller à des bals et des réceptions auxquels ta position te donne droit.

Encore une fois, Grania ne comprit pas car il n'y avait pas de réceptions à Grenade, sauf quand ses parents se rendaient en visite chez des amis à Saint-George's ou à Charlotte Town.

En fait, elle était très heureuse à Secret Harbour ;

elle trouvait plaisir à jouer avec les enfants des esclaves.

Presque sans qu'elle s'en aperçût, sa mère l'avait emmenée, un matin très tôt, alors que son père cuvait encore ses excès de la veille.

Dans la rade de Saint-George's dominée par le fort, il y avait un grand navire qui, dès qu'elles furent à bord, hissa ses voiles et prit le large, s'éloignant de l'île qui avait été le foyer de Grania depuis qu'elle avait six ans.

Ce fut seulement à leur arrivée à Londres, quand elle vit sa mère entourée d'amis, que Grania se rendit compte combien celle-ci avait été hardie, à dix-huit ans à peine, d'épouser le séduisant comte de Kilkerry et de partir ensuite avec lui vers les Antilles.

— Votre maman était si belle, dit à Grania une des amies de sa mère, et quand elle nous a quittés, nous avons eu l'impression que Londres perdait un de ses joyaux. Elle est enfin de retour et brille comme autrefois. Nous sommes tous très heureux de la revoir.

Mais les choses avaient changé. Le père de sa mère était mort, les autres membres de sa famille étaient âgés et n'habitaient plus Londres et elles n'avaient pas assez d'argent pour reprendre leur place dans la joyeuse vie mondaine qui tourbillonnait autour du jeune prince de Galles.

La comtesse de Kilkerry, cependant, alla faire sa révérence au roi et à la reine et promit qu'un jour, dès qu'elle serait assez grande, Grania en ferait autant.

— En attendant, ma chérie, dit-elle, tu devras t'appliquer pour rattraper toute l'éducation qui t'a manqué.

Et Grania s'appliqua, car elle voulait faire plaisir à sa mère et aussi s'instruire.

Elle allait à l'école tous les jours et elle avait des précepteurs qui venaient chez elle, dans la petite maison que sa mère avait louée à Mayfair.

Ses études lui prenaient l'essentiel de son temps mais sa mère recevait beaucoup d'amis qui venaient pour le déjeuner ou le dîner et qui l'emmenaient à l'Opéra italien et aux Jardins de Vauxhall.

Grania trouvait que sa mère, délivrée des soucis constants que lui causait son mari, avait rajeuni et embelli. De plus, les toilettes qu'elle avait achetées dès leur arrivée à Londres lui allaient à merveille.

Les amples jupes de mousseline qu'elle portait, les larges ceintures de satin, les fichus qu'elle drapait sur ses épaules étaient très différents des robes qu'elle se taillait elle-même à Grenade.

A Londres, Grania développa son goût non seulement pour la toilette mais pour les meubles et les tableaux.

Cependant, alors que Grania allait avoir dix-huit ans et se préparait à être présentée au roi et à la reine, la comtesse tomba malade.

Peut-être était-ce le brouillard, le froid de l'hiver dont elle souffrait plus que ses amis pour avoir vécu si longtemps sous un climat très doux; peut-être était-ce une de ces fièvres pernicieuses toujours endémiques à Londres.

Quoi que ce fût, la comtesse s'affaiblit peu à peu jusqu'au jour où elle murmura à Grania:

— Je crois que tu devrais écrire à ton père pour lui demander de venir immédiatement. Il faut que quelqu'un veille sur toi, si je venais à mourir.

Grania poussa un cri d'horreur.

— Ne pensez pas à la mort, maman! Vous irez mieux dès que l'hiver sera fini. C'est le froid seul qui vous fait tousser et vous rend si malade.

Sa mère cependant insista et, comme Grania estimait que son père devait être mis au courant, elle lui écrivit.

Elle savait bien qu'il leur faudrait attendre avant de recevoir une réponse, car depuis les années qu'elles étaient au loin elles avaient rarement eu des nouvelles du comte de Kilkerry.

Certaines lettres sans doute devaient se perdre en mer mais d'autres arrivaient, longues et pleines de renseignements sur la maison, les plantations, le prix qu'il avait obtenu pour la récolte de noix muscade ou de graines de cacao.

D'autres fois, après des mois de silence, ce n'était qu'un billet griffonné à la hâte d'une main mal assurée.

Quand ces lettres-là arrivaient, Grania devinait aux lèvres pincées et à l'expression de sa mère qu'elle se félicitait d'être partie.

Elle savait que si elles étaient restées, c'eût été une succession des mêmes scènes à propos des excès de boisson de son père, les mêmes excuses, les mêmes pardons après les mêmes promesses qui jamais ne seraient tenues.

Un jour, Grania demanda à sa mère :

— Puisque nous dépensons votre argent ici, en Angleterre, comment fait papa à la maison ?

Pendant un instant, elle crut que sa mère ne répondrait pas. La comtesse cependant se décida :

— Le peu d'argent qui m'appartient est dépensé pour toi, Grania. Ton père doit apprendre à vivre par lui-même. Ce serait excellent pour lui d'apprendre à compter sur lui-même plutôt que sur moi.

Grania ne répliqua rien mais songea que son père trouverait toujours quelqu'un sur qui compter ; à défaut de son épouse, ce serait sur un de ses amis avec qui il aimait tant boire et jouer.

Quelle que fût sa mauvaise conduite, ses excès de

boisson, sa négligence à l'égard du domaine, le comte était doué d'un charme irlandais fascinant auquel personne ne pouvait résister.

Quand il n'avait pas bu, il était le plus amusant, le plus délicieux compagnon que Grania eût jamais connu.

Il avait un rire communicatif et une manière spirituelle de raconter des histoires et de plaisanter de tout.

— Donne à ton père deux pommes de terre et une caisse en bois et il te fera bientôt croire que c'est un carrosse attelé de deux chevaux qui te conduira au palais du roi! avait dit un des amis de son père à Grania quand elle était petite fille et elle ne l'avait jamais oublié.

Pour son père, la vie était une aventure qu'il se refusait à prendre au sérieux et quand on était en sa compagnie il était difficile de ne pas être de son avis.

Mais, à présent, Grania prenait conscience que ces trois années de séparation l'avaient changé.

Il riait encore, il savait encore donner à ses récits une qualité magique, mais durant le long voyage à travers l'Atlantique, elle avait deviné qu'il lui cachait quelque chose et, quand ils arrivèrent enfin à Grenade, elle découvrit de quoi il s'agissait.

Elle avait tout naturellement pensé qu'après la mort tragique de sa mère il souhaiterait avoir sa fille auprès de lui et tenter de recréer avec elle un foyer heureux.

Mais voilà que, incroyablement, il voulait la marier à un homme qui lui déplaisait depuis l'enfance, un homme que sa mère avait toujours méprisé.

Leur navire, dont la destination était le port de Saint-George's, changea de cap avec une complaisance tout antillaise et fit un détour pour les déposer là où le désirait son père.

La plantation de Roderick Maigrin était située dans la paroisse voisine de Saint-George's, baptisée par les Anglais Saint-David.

C'était la seule paroisse isolée de Grenade, située dans le sud de l'île à côté de Saint-George's et très semblable, par la beauté de ses paysages et de sa population.

A Westerhall Point, une petite péninsule couverte d'arbres et de buissons fleuris, Roderick Maigrin s'était bâti une grande maison, d'une architecture assez prétentieuse. Elle ressemblait à son propriétaire et elle déplut d'emblée à Grania.

Elle ne se souvenait pas d'y être venue mais à présent que le bateau de M. Maigrin les y conduisait, elle avait l'affreuse impression de faire route vers une prison.

Il lui serait impossible de s'évader, elle serait entièrement soumise au gros homme rougeaud qui les attendait.

— Heureux de vous revoir, Kilkerry ! lança Roderick Maigrin de sa voix exagérément joviale, en donnant une claque dans le dos du comte.

Puis il tendit la main à Grania. En rencontrant son regard, elle dut faire un prodigieux effort de volonté pour ne pas regagner précipitamment le navire.

Mais déjà le bâtiment faisait voile vers l'ouest pour doubler la pointe de l'île avant de mettre cap au nord vers la rade de Saint-George's.

Roderick Maigrin les fit entrer dans sa maison où un serviteur préparait des punchs au rhum dans de hauts verres.

Un éclair brilla dans l'œil du comte quand il porta son verre à ses lèvres.

— J'attends ce moment depuis que j'ai quitté l'Angleterre, dit-il.

Roderick Maigrin éclata de rire.

— J'étais sûr que vous me diriez cela. Alors buvez! Ce n'est pas le rhum qui manque et je veux boire à la santé de la ravissante jeune fille que vous avez ramenée avec vous.

Il leva son verre tout en parlant et Grania vit ses petits yeux injectés la détailler avec une insolente impudeur.

Elle ressentit pour lui une telle haine qu'elle craignit de ne pouvoir garder son sang-froid en face de lui.

Elle trouva un prétexte pour se retirer dans sa chambre mais bientôt une servante vint lui annoncer que le dîner allait être servi. Elle se changea puis redescendit, s'efforçant de se comporter comme l'aurait voulu sa mère, avec dignité.

Ainsi qu'elle l'avait prévu, son père avait déjà beaucoup bu, de même que leur hôte.

A la fin du repas, les deux hommes ne feignaient même plus de manger; ils se contentaient de boire, en se portant des toasts, où il apparaissait clairement que le mariage aurait lieu dès que possible.

Le plus insultant pour Grania, c'était que Roderick Maigrin n'avait même pas eu l'élémentaire politesse de lui demander d'être sa femme: pour lui les choses allaient de soi, elle était son dû.

Elle savait qu'une fille doit s'incliner devant les décisions que peuvent prendre ses parents, en matière de mariage.

D'abord, elle s'étonna que son père ait pu imaginer que cet homme grossier et buveur serait un bon mari pour elle.

Mais bientôt les propos des deux hommes, les insinuations et les sous-entendus de Maigrin l'éclairèrent: en fait, il payait son père pour avoir le privilège de l'épouser et le comte de Kilkerry était très satisfait du marché.

Tandis que les plats se succédaient, elle restait silencieuse, mangeant à peine, écoutant avec horreur les deux hommes parler d'elle comme s'il se fût agi d'une poupée dépourvue de sentiments, de sensibilité et incapable d'avoir la moindre opinion personnelle.

Elle serait mariée, que cela lui plût ou non, et elle deviendrait la propriété d'un homme qu'elle abhorrait ; elle lui appartiendrait au même titre que les esclaves qui ne vivaient et respiraient qu'avec sa permission.

Elle détestait tout en lui : et ce qu'il disait et sa façon de le dire.

— Il s'est passé des événements passionnants en mon absence ? demanda son père.

— Ce maudit pirate de Will Wilken a fait un raid nocturne, il a volé six de mes plus beaux porcs et une douzaine de dindons et il a égorgé le gamin qui essayait de l'en empêcher.

— Le gamin a eu du courage, observa le comte.

— C'était un fichu crétin de vouloir résister seul à Will Wilken, si vous voulez mon avis.

— C'est tout ?

— Il y a un autre flibustier, un Français qui rôde dans les parages. Si jamais je le vois, je lui envoie du plomb entre les deux yeux. Un nommé Beaufort.

Grania n'écoutait plus que d'une oreille. Ce fut seulement quand le repas fut terminé, quand les serviteurs posèrent sur la table un nombre imposant de bouteilles et remplirent les verres, qu'elle se rendit compte qu'elle pouvait enfin s'éclipser.

Elle se dit que son père n'était plus en état de remarquer quoi que ce soit, quant à Roderick Maigrin, ivre comme il l'était, il aurait sans doute du mal à la suivre.

Elle attendit encore un instant pour se lever et,

sans un mot, se glissa discrètement hors de la pièce en refermant la porte derrière elle.

En montant rapidement l'escalier, courant vers le refuge de sa chambre, elle s'interrogeait.

Elle se demanda qui dans l'île pourrait l'aider. Mais à quoi bon? Même si l'on acceptait de l'accueillir, son père viendrait la rechercher et personne ne pourrait s'y opposer ni même protester.

Alors qu'elle hésitait sur le palier, elle entendit le rire de Roderick Maigrin et frissonna d'horreur. Ce n'était pas seulement le rire de l'homme ivre mais celui d'un homme content de son sort, d'un homme qui avait obtenu ce qu'il désirait. Tout ce qu'il désirait.

Roderick Maigrin ne la voulait pas seulement pour sa beauté et sa jeunesse, mais encore parce qu'elle était la fille du comte de Kilkerry et, de ce fait, admise dans la bonne société de Grenade.

C'était pour cela qu'il s'était lié avec son père, se dit-elle, pas uniquement parce qu'ils étaient voisins mais parce qu'il voulait être l'ami d'un homme qui était reçu, consulté et respecté par le gouverneur et toutes les personnes qui comptaient dans l'île.

Avant de quitter l'île, Grania avait commencé à comprendre les mécanismes du snobisme qui fonctionnaient partout où les Britanniques étaient les maîtres.

Sa mère pourtant n'avait pas caché que Roderick Maigrin lui déplaisait, non seulement à cause de son manque de qualité mais à cause de sa conduite.

— Cet homme est grossier et vulgaire, et je refuse de le recevoir chez moi.

— C'est un voisin, protesta le comte avec insouciance, et nous n'en avons pas tant que nous puissions faire les difficiles.

— J'ai bien l'intention de faire la difficile, comme

vous dites, répliqua la comtesse. Nous avons assez d'autres amis, et d'ailleurs aucun d'eux ne souhaiterait rencontrer Roderick Maigrin.

Le comte avait discuté mais la comtesse était restée ferme.

— Il me déplaît et je n'ai pas confiance en lui, conclut-elle. De plus, en dépit de tout ce que vous pouvez dire, je crois ce que l'on raconte, à savoir qu'il maltraite ses esclaves. Je ne veux donc pas le voir ici.

Elle eut gain de cause dans la mesure où Maigrin ne fut pas invité à Secret Harbour, mais Grania savait que son père et lui se retrouvaient pour des beuveries, dans l'un ou l'autre coin de l'île.

Sa mère était morte à présent et son père voulait qu'elle épouse un homme qui représentait tout ce qu'elle haïssait et méprisait.

« Que dois-je faire ? »

La question tournait inlassablement dans sa tête et quand elle se fut réfugiée dans sa chambre, sa porte fermée à double tour, il lui sembla que la brise qui entrait par la fenêtre ouverte la répétait encore.

Elle n'alluma pas les chandelles de la table de toilette mais alla contempler un ciel incrusté de milliers d'étoiles.

Le clair de lune brillait sur les palmiers qui ondulaient au léger vent du large.

A la fenêtre, Grania respira un âcre parfum où se mêlaient la muscade, la cannelle et la senteur douceâtre des girofliers.

Peut-être rêvait-elle, mais cette odeur faisait tellement partie de ses souvenirs qu'elle eut l'impression que les épices de l'île l'appelaient et, à leur façon, lui souhaitaient bon retour.

Mais retour à quoi ?

A Roderick Maigrin, à une terreur telle qu'elle préférerait mourir que de l'endurer.

Combien de temps elle resta à sa fenêtre, elle eût été incapable de le dire.

Elle savait seulement que dans l'instant ses années d'Angleterre s'évanouissaient comme si elles n'avaient jamais existé et qu'elle faisait à nouveau partie de l'île, totalement.

L'île, ce n'était pas seulement la magie de la jungle tropicale, les fougères, les lianes et les épices mais l'histoire même de sa propre vie.

Un monde de boucaniers et de pirates, de cyclones et d'éruptions volcaniques, de batailles entre les Français et les Anglais.

Elle n'était plus lady Grania, elle ne faisait qu'un avec les esprits de Grenade, les fleurs, les palmiers et les vagues soyeuses qu'elle entendait murmurer au loin.

— Aidez-moi ! Aidez-moi ! cria-t-elle.

Elle appelait l'île à son secours comme si elle pouvait comprendre ses tourments et lui venir en aide.

Longtemps après, Grania se déshabilla lentement et se mit au lit.

Elle n'avait plus entendu le moindre bruit dans la maison alors qu'elle contemplait la nuit et elle pensa que si son père était monté se coucher, elle aurait entendu ses pas dans l'escalier. Cependant elle ne s'inquiéta pas pour lui, comme cela lui était si souvent arrivé depuis qu'il avait repris place dans sa vie.

Elle ne pensait qu'à elle, et les yeux fermés, au seuil du sommeil, elle priait de tout son être dans l'espoir d'un secours.

Grania fut réveillée en sursaut par un bruit qu'elle devina plus qu'elle ne l'entendit.

En reprenant conscience, elle l'entendit de nouveau et, un instant, elle crut que quelqu'un grattait à la porte de sa chambre et elle eut peur.

Mais elle se rendit compte que le son venait de l'extérieur. De nouveau elle perçut un léger sifflement, puis son nom chuchoté.

Elle se leva et alla à la fenêtre qu'elle avait laissée ouverte. Elle se pencha et, au-dessous d'elle, elle vit Abe.

C'était le valet de son père, qui l'avait accompagné en Angleterre et qu'elle connaissait depuis sa plus tendre enfance.

En leur absence, Abe avait veillé sur la maison et choisi les quelques domestiques que le comte pouvait se permettre.

C'était Abe qui, à Grenade, l'avait emmenée en bateau pour la première fois, et elle l'avait aidé à rapporter les homards qu'ils attrapaient dans la petite baie, à découvrir les huîtres que son père préférait à tout autre fruit de mer.

C'était Abe qui lui avait appris à monter un poney, quand elle était encore trop petite pour faire à pied le tour de la plantation.

C'était Abe qui allait avec elle à Saint-George's quand elle voulait faire des achats ou simplement contempler les grands navires qui venaient décharger leur cargaison ou embarquer des passagers pour les autres îles.

— Je ne sais pas ce que nous ferions sans Abe, disait presque tous les jours sa mère.

Quand elles étaient parties pour Londres sans lui, Grania avait eu l'impression qu'il leur manquait à toutes les deux.

— Nous aurions dû l'emmener avec nous, disait-elle parfois mais sa mère secouait la tête.

— Ton père avait besoin de lui à ses côtés.

Quand Grania avait écrit à son père et qu'il était arrivé trop tard pour dire un dernier adieu à la comtesse, Abe était présent.

Elle avait été si heureuse de le voir qu'elle avait failli se jeter à son cou.

Elle s'était retenue, surtout parce qu'elle savait que cela embarrasserait Abe. Mais la vue de son bon visage, couleur de café, avait réveillé toute sa nostalgie de Grenade.

Penchée à la fenêtre, elle demanda :

— Qu'est-ce qu'il y a, Abe ?

— Je dois te parler, milady.

Il l'appelait « milady » maintenant, mais quand elle était enfant il disait « petite lady ». Quelque chose dans sa voix avertit Grania que c'était important.

— Je descends, dit-elle, puis elle hésita.

Abe devina sa pensée.

— Risque rien, milady. Maître pas entendre.

Grania n'eut pas besoin d'explication pour comprendre et, sans un mot de plus, elle passa sa robe de chambre et mit une paire de pantoufles de velours.

Puis, prudemment, sans faire de bruit, elle ouvrit la porte.

En fait, ce n'était pas son père qu'elle craignait de rencontrer mais leur hôte.

Les chandelles brûlaient encore dans l'escalier mais faiblement. Une fois dans le hall, elle pénétra dans un salon qui donnait sur le jardin.

Elle ouvrit la porte-fenêtre de la véranda et alors qu'elle soulevait le loquet, Abe sauta sur les marches de bois pour la rejoindre.

— Nous partir vite, milady.

— Partir ? Que veux-tu dire ?

— Danger, grand danger !

— Qu'y a-t-il ? Qu'est-ce que tu racontes ?

Avant de répondre, Abe regarda par-dessus son épaule, comme s'il avait peur qu'on puisse l'entendre. Puis il murmura :

— La révolte a commencé à Grenville, parmi les esclaves français.

— Une révolte ! s'exclama Grania.

— Très mauvaise. Ils tuent beaucoup d'Anglais.

— Comment le sais-tu ?

— Y en a qui ont fui. Arrivés ici à la nuit.

Abe se retourna encore une fois avant d'ajouter :

— Esclaves d'ici, ils rejoignent les révoltés !

Grania ne douta pas un instant qu'il disait la vérité. Il y avait toujours des rumeurs de troubles et de révoltes dans les îles qui changeaient constamment de mains, conquises tour à tour par les Français ou les Anglais.

Le seul élément surprenant était que cela arrive à Grenade, qui était anglaise depuis douze ans après une brève période passée sous la domination française.

Mais lors de son dernier voyage, les officiers du navire parlaient constamment de la révolution en France et de l'exécution de Louis XVI, qui avait eu lieu deux ans plus tôt.

— Il est évident que les esclaves français des îles vont s'agiter, avait dit le capitaine. Ils voudront, eux aussi, faire leur révolution.

Et maintenant, la révolte éclatait à Grenade et Grania avait peur.

— Où irons-nous ? demanda-t-elle.

— A la maison, maîtresse. Bien plus sûr. Peu de gens trouvent Secret Harbour.

C'était vrai. Secret Harbour portait bien son nom.

La maison était située dans une partie isolée de l'île et serait, fort probablement, un lieu sûr.

— Nous devons nous y rendre immédiatement! dit-elle. As-tu averti papa?

Abe secoua la tête.

— Pas réveillé maître. Viens maintenant, milady. Maître suivra.

Grania hésita un instant, à la pensée de s'éloigner de son père. Puis elle songea qu'elle s'éloignait aussi de Roderick Maigrin et c'était là certainement son vœu le plus cher.

— Très bien, Abe, dit-elle. Nous devons partir s'il y a du danger et je suis sûre que papa nous suivra demain.

— J'ai trois chevaux prêts, et un porte-bagages.

Grania allait dire que ses bagages n'avaient pas d'importance quand elle se ravisa. Après tout, elle était partie depuis trois ans et elle n'avait rien à se mettre, à part les vêtements qu'elle avait rapportés de Londres.

Comme s'il sentait son hésitation, Abe lui dit:

— Laisse-moi faire, milady. Je cherche malle.

Puis, comme s'il était soudain effrayé, il ajouta:

— Vite! Pars vite! Pas temps à perdre!

Grania étouffa un petit cri puis, relevant sa robe de chambre à deux mains, elle rentra en courant et se précipita dans sa chambre. Il ne lui fallut que quelques minutes pour mettre son amazone et jeter la robe qu'elle avait portée au dîner et ses vêtements de nuit sur le dessus de la malle encore pleine. Un seul bagage avait été monté, le reste attendait encore en bas.

Elle achevait de boutonner son corsage de mousseline quand Abe gratta doucement à la porte.

— Je suis prête, chuchota-t-elle.

Il entra, ferma la malle, boucla les courroies et la hissa sur son épaule. Il descendit en silence.

Grania le suivit mais, arrivée dans le hall, elle se rendit compte qu'elle ne pouvait partir sans faire savoir à son père où elle allait.

Elle avait remarqué un secrétaire, dans le salon où Roderick Maigrin les avait reçus avant le dîner. Une chandelle à la main, elle chercha une feuille de papier.

Elle la trouva, ainsi qu'une plume d'oie. Elle écrivit rapidement : *Je rentre à la maison, Grania.*

Tenant toujours la chandelle, elle revint dans le vestibule.

Pendant un instant, elle se demanda si elle allait laisser le billet sur une console, bien en évidence. Puis elle craignit que le papier ne soit subtilisé.

Le cœur battant, elle tourna lentement le bouton de la porte de la salle à manger. Elle s'entrouvrit et Grania risqua un coup d'œil dans la pièce.

La lumière des chandeliers révéla les deux hommes vautrés sur la table, ivres morts, la tête parmi les bouteilles et les verres.

Pendant un instant, Grania contempla celui qui était son père et celui qui devait devenir son époux.

Comme s'il lui était impossible de s'approcher, elle glissa le message juste sur le seuil et referma la porte.

Puis elle se mit à courir, en proie à une terreur sans nom, vers Abe qui l'attendait dehors.

2

Grania avançait en silence, suivie par Abe menant un cheval avec les deux malles de la jeune fille attachées à la selle tandis qu'un autre portait une troisième malle et un panier d'osier.

Elle comprit, quand Abe indiqua le chemin à suivre, qu'il n'avait aucune envie de voyager par la route qui passait au nord de Maigrin House, c'était pourtant le chemin le plus court pour atteindre Secret Harbour.

Elle s'étonna d'abord de sa décision puis pensa qu'il avait peur sans doute de rencontrer une bande d'esclaves révoltés ou qui souhaitaient rejoindre ceux qui s'étaient déjà soulevés à Grenville.

Abe avait dit « beaucoup d'Anglais tués » et elle savait qu'une fois que les esclaves auraient commencé à piller et à tuer, il serait difficile de les apaiser.

Elle avait peur, mais moins d'eux que de Roderick Maigrin et de l'avenir que son père avait imaginé pour elle.

Elle avait l'impression, tout en chevauchant à travers la végétation luxuriante, qu'elle lui échappait, tout en sachant bien que ce sentiment ne se fondait sur aucune réalité. Mais au moins s'éloignait-elle de lui, et cela était déjà une consolation en soi.

Le sentier, à peine dessiné, longeait la mer, tournant et serpentant pour suivre les nombreuses criques et les contours accidentés de la côte.

Grania se doutait bien que par ce chemin la route serait longue mais elle n'était pas pressée.

Le paysage l'enveloppait d'une magie qui parlait à son cœur.

Les rayons de lune formaient des motifs d'argent sur le sentier et dessinaient des arabesques sur les grandes feuilles des fougères.

Ils passèrent près de cascades qui semblaient d'argent liquide, ils entrevirent la mer aux mille reflets et aux brisants de cristal.

C'était un monde que Grania connaissait et aimait. Pour le moment, elle voulait oublier le passé et l'avenir, ne penser qu'à son retour au foyer, se persuader que les esprits de la forêt la protégeaient et la guidaient.

Après plus d'une heure, le sentier déboucha à découvert et Abe vint à la hauteur du cheval de Grania.

— Qui s'est occupé de la maison pendant que tu étais en Angleterre ? demanda-t-elle.

Il y eut un petit silence avant qu'il réponde :

— Joseph responsable.

Grania réfléchit un moment puis elle se rappela un grand jeune homme qui était un parent d'Abe.

— Tu es sûr que Joseph est capable de diriger la maison et les plantations ?

Abe ne répondit pas et elle dut insister :

— Dis-moi ce qui s'est passé, Abe. Tu me caches quelque chose.

— Maître pas vivre Secret Harbour depuis deux ans, avoua enfin Abe.

Grania fut abasourdie.

— Il ne vit pas à Secret Harbour ? Mais alors où...

Elle s'interrompit. Cette question était inutile.

Elle savait très bien où son père avait vécu et pourquoi ils étaient allés chez Roderick Maigrin plutôt que de rentrer à la maison.

— Maître bien seul après le départ maîtresse, dit Abe comme s'il voulait excuser son maître.

— Je le comprends, marmonna Grania, mais pourquoi fallait-il qu'il habite chez cet homme ?

— M. Maigrin, il venait voir le maître tout le temps. Et alors le maître a dit : « Je vais où il y a quelqu'un à qui parler » ; et puis il est parti.

— Et tu n'es pas allé avec lui ?

— Je surveillais les plantations et la maison, milady. Jusqu'à l'année dernière, le maître me fait venir.

— Comment ! Tu veux dire que personne ne s'est occupé du domaine depuis plus d'un an ? demanda Grania.

— Je retourne quand c'est possible, mais le maître a besoin de moi.

Grania soupira.

Elle comprenait que son père tînt Abe pour indispensable, comme autrefois sa mère, mais elle ne parvenait pas à croire qu'il ait laissé la maison et les plantations à l'abandon.

« Nous n'aurions jamais dû partir », se dit-elle.

Cependant, elle savait que c'était parce que sa mère l'avait emmenée à Londres qu'elle avait pu bénéficier d'une éducation raffinée, laquelle eût été impossible si elle était restée dans l'île. Elle lui en serait toujours reconnaissante. Elle avait appris tant de choses à Londres, et pas seulement dans les livres !

Mais elle avait la désagréable impression, aussi,

que son père avait payé cette éducation au prix fort : en solitude d'abord, puis en étant forcé de rechercher la compagnie d'un individu qui avait sur lui une influence néfaste.

Cependant, il était trop tard pour les regrets et dès que son père l'aurait rejointe, ils devraient prendre une décision face à la révolte, si elle était aussi grave que semblait le craindre Abe.

Quand les îles changeaient de mains, ce qui arrivait régulièrement depuis des années, bien des planteurs perdaient leurs terres et leur fortune.

Toutefois, après les premiers débordements de joie, les esclaves découvraient invariablement qu'ils n'avaient fait que changer de maître.

« Ce n'est peut-être pas tellement sérieux », se dit-elle, essayant de s'en persuader.

Pour changer de sujet, elle dit à Abe :

— Nous avons eu de la chance lors de notre voyage de n'avoir rencontré ni navires français ni pirates. Il parait que Will Wilken a volé des cochons et des dindons chez M. Maigrin et qu'il a égorgé un homme lors de cette expédition.

— Pirate mauvais, dit Abe, mais il n'attaque pas les grands bateaux.

— C'est vrai, reconnut Grania, mais les matelots disaient que des pirates comme Wilken s'attaquent aux petits navires de commerce et que c'est désolant pour ceux qui attendent les marchandises.

— Mauvais homme ! Cruel ! marmonna Abe.

— Will Wilken est anglais mais il paraît qu'il y a aussi un Français. Je ne crois pas qu'il était dans les parages avant mon départ pour l'Angleterre.

— Non, pas dans le temps.

Abe parlait comme à regret et Grania tourna la tête pour le regarder.

— Je crois que le Français s'appelle Beaufort. En as-tu entendu parler ?

Encore une fois, Abe prit un temps avant de répondre :

— Nous prenons sentier à gauche. Milady passe devant.

Grania obéit en se demandant pourquoi Abe ne voulait pas parler du pirate français.

Quand elle était enfant, les pirates étaient pour elle des personnages passionnants, même si les esclaves tremblaient à leur seul nom et se signaient précipitamment.

Pour le comte, c'était un sujet de plaisanterie et il aimait à dire qu'ils n'étaient généralement pas aussi méchants qu'on le prétendait.

— Ils n'ont que de petits bateaux, disait-il, et ils ne sont rien de plus que de petits voleurs, prenant un cochon ici, un dindon là. Ils font rarement plus de mal que n'en faisaient les Bohémiens en Irlande, quand j'étais enfant.

Bientôt, le paysage devint plus familier. Grania reconnut des bouquets de palmiers et l'éclat rutilant des poinsettias qui, dans l'île, atteignaient plus de dix mètres.

Le clair de lune commençait à perdre de son éclat et les étoiles semblaient se fondre dans l'obscurité du ciel.

Bientôt, ce serait l'aube et déjà la jeune fille sentait la brise venir de la mer pour dissiper la lourdeur de l'air qui enveloppait les plantes tropicales.

Enfin, ils se dégagèrent de la jungle et arrivèrent aux plantations du comte.

Malgré la pénombre, elle se rendit compte à quel point elles étaient négligées. Puis elle se reprocha d'être trop critique.

Elle respirait l'odeur de la muscade, de la cannelle à laquelle se mêlait le parfum du thym.

Elle crut reconnaître aussi la forte senteur des tonkas, que son père avait choisis parce que la culture en était facile.

« Les épices de l'île », pensa-t-elle avec un sourire, certaine de distinguer les quatre-épices et les piments qu'Abe lui avait appris à connaître quand elle était petite.

Le jour se levait et, dans le ciel translucide, Grania aperçut enfin le toit de sa maison.

— Nous y sommes, Abe ! s'écria-t-elle avec une joie soudaine.

— Oui, milady, mais il ne faut pas être déçue s'il y a de la poussière. Je vais faire venir les femmes pour tout nettoyer.

— Oui, bien sûr.

Grania était maintenant sûre que son père n'avait jamais eu l'intention de la ramener à la maison.

Il voulait qu'elle s'installe chez Roderick Maigrin et sans cette révolution, elle eût certainement été mariée très vite, en dépit de toutes ses protestations.

— Je ne peux pas l'épouser ! murmura-t-elle.

Elle se dit que si son père revenait seul, elle tenterait de lui expliquer qu'il lui était impossible d'accepter un tel homme. Il finirait par la comprendre.

Elle adressa une petite prière à sa mère, pour lui demander son aide. Sa mère réussirait à la sauver ; mais comment, elle n'en avait aucune idée.

En se rapprochant de la maison, elle vit que les volets de bois cachaient les fenêtres et que des ronces et des herbes folles avaient envahi le jardin.

On eût dit le château de la Belle au bois dormant.

Des bougainvilliers recouvraient les marches de la véranda et prenaient d'assaut la façade tandis que des lianes aux fleurs d'or proliféraient partout.

C'était très beau mais vaguement irréel et Grania eut un instant l'impression de rêver. Elle dut prendre sur elle pour parler calmement.

— Conduis les chevaux à l'écurie, Abe, et donne-moi la clef de la maison, si tu l'as.

— La clef du service, milady.

— Eh bien, je vais entrer par le service, dit-elle en souriant, et je commencerai par ouvrir les volets. Je suppose que tout sentira le moisi.

Elle pensait aussi, sans le dire, que des lézards devaient courir sur les murs et, pour peu qu'il y ait des fissures dans le toit, on pouvait s'attendre à ce que des oiseaux soient venus nicher dans les encoignures.

Elle espérait seulement qu'ils n'auraient pas trop endommagé les choses précieuses auxquelles sa mère tenait tant et le mobilier qu'elle avait fait venir d'Angleterre lors de son mariage.

Il y avait d'autres trésors accumulés au fil des ans, des objets achetés à des planteurs rentrant au pays, des cadeaux de leurs amis de Saint-George's et d'ailleurs.

Derrière la maison, les écuries étaient presque entièrement recouvertes de bougainvilliers et Abe dut écarter les branches aux fleurs violettes pour dégager la porte.

Grania mit pied à terre, laissant Abe s'occuper des chevaux. Elle était certaine que les esclaves ne tarderaient pas à se réveiller et viendraient aider Abe. Pour le moment, seule la maison l'intéressait.

Elle gravit les marches et constata qu'elles avaient grand besoin de réparations et que la porte elle-même avait triste mine avec sa peinture écaillée par la chaleur.

La clef tourna facilement dans la serrure et elle entra.

Comme elle s'y attendait, la maison sentait le renfermé, mais moins qu'elle ne le craignait.

Elle traversa les pièces de service, la grande cuisine immaculée, et pénétra dans le vestibule.

Il y avait moins de poussière qu'elle ne l'avait pensé, encore qu'il fût difficile de s'en rendre compte dans la pénombre. Elle poussa la porte du grand salon.

Avec étonnement, elle découvrit que les canapés n'étaient pas protégés comme ils auraient dû l'être, que les rideaux étaient tirés et les volets ouverts.

Elle se dit qu'Abe avait été négligent de ne pas mieux veiller sur la pièce. Aucun dégât majeur cependant ne semblait à déplorer, autant qu'elle pût en juger.

Spontanément, Grania redressa le coussin d'un fauteuil, puis elle se dit qu'avant de s'occuper de la maison elle ferait bien de se changer.

Il commençait à faire chaud et son amazone, qui n'était pas d'une étoffe très légère, ne tarderait pas à devenir inconfortable. Il devait sûrement rester l'un ou l'autre vêtement de sa mère qu'elle pourrait mettre.

En partant pour Londres, la comtesse n'avait pas emporté ses robes de cotonnade, sachant qu'elle n'en aurait pas l'usage là-bas.

« Je vais passer une des robes de maman, se dit Grania, et puis je commencerai à remettre la maison en état, comme elle l'était autrefois. »

Elle quitta le salon et monta. Un assez bel escalier s'élevait en courbe gracieuse vers le premier étage dont la pièce centrale avait été spécialement décorée par la comtesse.

Grania se souvint que c'était vers cette pièce qu'elle courait enfant, chaque matin, dès qu'elle était habillée par la servante qui veillait sur elle.

Elle trouvait sa mère encore au lit, soutenue par des oreillers bordés de broderies où passaient de jolis rubans de satin assortis à ceux de ses chemises de nuit.

— Comme tu es belle, au lit, maman, on croirait que tu vas au bal, avait-elle dit un jour.

— Je veux être belle pour ton père, ma chérie. C'est un homme très séduisant et il aime qu'une femme prenne soin d'elle-même. Tu ne dois pas l'oublier.

Grania s'en était souvenue. Elle savait que son père était fier de sa fille quand il l'emmenait à Saint-George's et que ses amis la complimentaient ; lorsqu'elle serait grande, déclaraient-ils, on l'appellerait la belle de Grenade !

Grania avait toujours associé son père aux choses belles et raffinées et elle se demandait maintenant comment il pouvait envisager de la donner en mariage à un homme aussi affreux, non seulement laid mais vulgaire.

Elle poussa la porte de la chambre et fut surprise de trouver ouverts les volets des grandes fenêtres.

A travers les vitres, elle apercevait les palmiers se profilant dans un ciel strié des traînées d'or de l'aube.

Un léger parfum y planait encore, celui de sa mère, c'est-à-dire celui du jasmin dont les petites fleurs blanches en étoile s'épanouissaient en toutes saisons.

Sa mère distillait elle-même le parfum qu'elle utilisait et qui, à présent, la rappelait si vivement à l'esprit de Grania que la jeune fille se tourna vers le lit comme pour l'y découvrir.

Elle resta soudain clouée sur place, croyant rêver.

Ce n'était pas sa mère qu'elle voyait sur la blancheur des oreillers, mais un homme !

Un instant, elle crut à une hallucination. Puis, tandis que la lumière du jour devenait plus vive, elle dut se rendre à l'évidence : c'était bien une tête d'homme qui reposait sur les oreillers.

Elle le regarda fixement, sans savoir si elle devait fuir ou rester.

Puis, comme si dans son sommeil il avait senti une présence, l'homme se retourna et ouvrit les yeux. Ils se dévisagèrent tous deux.

« Il est beau… séduisant même », pensa-t-elle, trouvant ce mot plus juste.

Ses cheveux noirs dégageaient un grand front carré, il avait les joues rasées, des traits accusés mais harmonieux et des yeux noirs qui ne la quittaient pas.

Son expression changea et un sourire apparut sur ses lèvres.

— Qui êtes-vous ? Que faites-vous ici ? demanda Grania.

— Je vous demande pardon, mademoiselle, dit l'homme en se redressant, mais pour ma part je ne vous demanderai pas qui vous êtes car votre portrait orne le mur qui me fait face.

Sans le vouloir, Grania se tourna vers le mur où, au-dessus d'une commode, il y avait un portrait de sa mère peint lors de ses fiançailles.

— C'est ma mère, dit-elle. Que faites-vous dans son lit ?

Lorsqu'il avait parlé, elle s'était rendu compte que l'inconnu n'était pas anglais. Une petite exclamation lui échappa.

— Vous êtes français !

— Oui, mademoiselle, je suis français, et je ne puis que vous prier de m'excuser d'occuper la chambre de votre mère, mais la maison semblait abandonnée.

— Je sais, mais vous n'aviez pas le droit. C'est… c'est une intrusion. Et je ne comprends pas…

Elle s'interrompit et reprit haleine avant de lancer :

— Je crois avoir entendu parler de vous…

L'homme fit un petit geste.

— Je puis vous assurer que je ne suis pas fameux mais plutôt infâme, dit-il jouant avec les mots. Beaufort, à votre service.

— Le pirate !

— Lui-même, mademoiselle ! Et un pirate fort contrit, si ma présence ici vous bouleverse.

— Naturellement qu'elle me bouleverse ! s'écria Grania. Comme je l'ai dit, vous n'aviez pas le droit de vous introduire ici sous le prétexte que nous étions absents.

— Je savais la maison vide depuis longtemps et je vous avouerai que personne ne s'attendait à ce que vous veniez ici à votre retour à Grenade.

Un silence tomba. Puis Grania bredouilla :

— Vous… vous parlez comme si vous saviez que… que j'allais revenir dans l'île.

Le pirate sourit et ce sourire non seulement le rajeunit mais donna à son expression quelque chose de malicieux.

— Je crois bien que tout le monde était au courant. Les potins sont portés par le vent et le chant des oiseaux.

— Alors vous saviez que mon père était allé en Angleterre ?

— Bien sûr, je le savais, et que vous lui aviez écrit pour lui demander de venir parce que votre mère était souffrante. J'espère qu'elle va mieux ?

— Elle… elle est morte.

— Mes sincères condoléances, mademoiselle.

Soudain, Grania se rendit compte qu'elle dialoguait avec un pirate, lequel était couché dans le lit de sa mère, et nu sans doute si l'on en jugeait par ses épaules sur lesquelles le drap avait glissé.

Elle esquissait un mouvement vers la porte quand l'homme reprit la parole :

— Si vous me permettez de m'habiller, mademoiselle, je descendrai et vous expliquerai ma présence, et je vous renouvellerai mes excuses avant de partir.

— Merci, murmura Grania et elle sortit de la chambre en fermant la porte.

Une fois sur le palier, elle s'arrêta un moment en se disant qu'elle devait sûrement rêver. Comment était-il possible qu'en rentrant chez elle, elle trouve un pirate installé dans la maison, et qui plus est un pirate français ?

Elle aurait dû être doublement terrifiée : non seulement un pirate mais encore un Français !

Pourtant, inexplicablement, elle n'avait pas peur de lui.

Elle avait le sentiment que si elle lui demandait de partir il lui obéirait immédiatement, s'assurant simplement avant de prendre congé qu'elle acceptait ses excuses d'avoir pénétré dans la maison en son absence.

« Cette conduite est intolérable ! » se dit-elle mais sans colère.

Elle se rendit dans sa chambre et la trouva dans l'état où elle s'était attendue à trouver toute la maison. Quand elle ouvrit les volets, elle découvrit une épaisse couche de poussière sur le plancher, les meubles, le couvre-lit.

Deux petits lézards s'enfuirent derrière les rideaux à son arrivée et l'odeur de renfermé la prit à la gorge, avant qu'elle ouvre les fenêtres.

Quand elle regarda dans l'armoire, elle comprit qu'elle ne pourrait porter aucune des robes légères qui s'y trouvaient. Elle avait grandi depuis trois ans, et s'il était encore très svelte son corps n'était plus aujourd'hui celui d'une enfant.

« Je dois rester vêtue comme je suis », se dit-elle avec irritation.

Comme elle n'avait plus rien à faire dans sa chambre, elle redescendit. En arrivant dans le hall, elle entendit des voix venant de la cuisine et pensa préférable d'avertir Abe qu'il y avait un intrus dans la maison.

Alors qu'elle se dirigeait vers la cuisine, elle perçut une voix d'homme, disant en mauvais anglais :

— Nous ne vous attendions pas. Je vais réveiller monsieur.

— Bonne idée, répliqua Abe, avant que milady le voie.

Grania entra dans la cuisine.

Près d'Abe, il y avait un homme à la peau claire. Il était petit, très brun de cheveux, et elle se dit qu'en quelque endroit qu'elle l'eût rencontré, elle aurait tout de suite deviné ses origines françaises.

Il sembla surpris de son apparition et aussi un peu effrayé.

— J'ai déjà parlé à votre maître, lui dit-elle. Il s'habille et il va descendre me présenter ses excuses avant de partir.

Le petit Français parut soulagé et s'approcha de la table de la cuisine où Grania vit un plateau où étaient disposées une cafetière et une tasse. Elle pensa que le valet du Français lui avait préparé son petit déjeuner et, avec un léger sourire, elle lui dit :

— L'hospitalité m'oblige à permettre à votre maître de boire un café avant de partir. Où le prend-il généralement ?

— Sur la véranda, mademoiselle.

— Très bien. Apportez le plateau là-bas. Et moi aussi, Abe, je prendrai volontiers une tasse de café.

Laissant les deux hommes médusés, elle retourna dans le vestibule. Comme elle s'y attendait un peu, la porte d'entrée n'était pas verrouillée et elle devina que c'était par là que le Français pénétrait dans la maison.

Elle sortit sur la véranda. A présent, au-delà des palmiers, elle distinguait le sommet de deux mâts.

La baie et le domaine méritaient bien leur nom. On y pénétrait par le côté et une longue langue de terre couverte de pinèdes faisait face au large. Une fois au mouillage dans la rade, un navire devenait pour ainsi dire invisible, de la terre comme de la mer. A moins d'être au courant de sa présence, on pouvait passer et repasser dix fois sans se douter qu'il y avait un vaisseau dans la baie.

« J'aimerais bien voir ce bateau », pensa Grania, puis elle se reprocha sa curiosité.

Elle savait qu'elle aurait dû être choquée, fâchée. N'était-il pas insultant pour elle qu'un pirate ait osé se servir de sa maison ? Pourtant elle n'éprouvait aucun de ces sentiments, ce qui la surprit beaucoup.

Lorsque Beaufort la rejoignit quelques minutes plus tard, elle ne put s'empêcher de penser qu'il aurait été plus à sa place dans les salons et les salles de bal de Londres.

Il était trop élégant et soigné dans sa mise pour cette véranda envahie de lianes folles.

Une table et deux fauteuils en rotin y étaient disposés et avant que le Français ait ouvert la bouche, son valet, Abe et les serviteurs apparurent. Ils couvrirent la table d'une nappe blanche, puis ils y disposèrent le plateau avec la cafetière et deux tasses. Grania remarqua que c'était le beau service de sa mère. Le café embaumait. Les serviteurs avaient aussi apporté des croissants chauds, juste sortis du four, du beurre et une coupelle de miel.

— Le petit déjeuner est servi, monsieur, annonça le valet du Français, puis il disparut avec Abe et les autres serviteurs.

Grania regarda l'intrus. Il parut sur le point de parler mais, soudain, elle éclata de rire.

— Je ne puis croire à tout cela, dit-elle. Vous êtes réellement un pirate ?

— Je vous assure que je le suis.

— Mais j'ai toujours imaginé qu'ils étaient sales, méchants, qu'ils juraient grossièrement, qu'ils terrorisaient les femmes.

— Vous pensiez à un de vos compatriotes, Wilken.

— Nous avons de la chance qu'il n'ait pas découvert Secret Harbour. J'ai appris hier soir qu'il se livrait au pillage, plus au sud, le long de la côte.

— J'ai entendu bien des choses à son propos, répliqua le Français, mais puis-je vous rappeler que le café attend ?

— Ah oui, bien sûr.

Spontanément, Grania s'assit face au plateau et comme il s'installait à son tour, elle demanda :

— Voulez-vous que je verse votre café, ou préférez-vous le faire vous-même ?

— Je serais honoré d'être servi pas vos blanches mains.

Elle essaya de lui sourire mais il avait un je-ne-sais-quoi qui l'intimidait un peu. Elle lui tendit sa tasse après l'avoir remplie.

— Vous avez dû apporter vos croissants avec vous, dit-elle.

— Mon valet, oui. Nous en faisons tous les jours.

Grania rit tout bas.

— Ainsi, même un pirate, s'il est français, se soucie de ce qu'il mange ?

— Mais naturellement ! La cuisine est un art et mon plus grand malheur, comme je suis presque toujours en mer, c'est de manger ce qui se présente au lieu de me procurer ce qui me plaît.

Grania rit encore, puis elle demanda :

— Pourquoi êtes-vous pirate ? Il me semble que c'est... mais peut-être suis-je impertinente... une singulière occupation pour vous.

— C'est une longue histoire, mais puis-je me permettre de vous demander d'abord pourquoi vous êtes ici et où se trouve votre père ?

— Je suis ici, expliqua Grania, parce qu'une révolution a éclaté à Grenville.

Le Français sursauta et la regarda fixement.

— Une révolution ?

— Oui. Elle a commencé il y a plusieurs jours mais nous ne sommes arrivés qu'hier soir chez M. Maigrin. Au milieu de la nuit, Abe a appris que les révolutionnaires avaient pris Grenville et massacré beaucoup d'Anglais.

— Ce n'est pas possible, murmura le Français comme s'il se parlait à lui-même. Mais s'il y a vraiment une révolution, elle a dû être fomentée par Julius Fédor.

— Comment le savez-vous ?

— J'ai entendu dire qu'il prêchait la sédition parmi les esclaves français.

— Vous croyez donc que cette révolte est sérieuse ?

— J'en ai bien peur.

— Vous souhaitez cependant, j'imagine, que les Français redeviennent maîtres de l'île, comme ils l'étaient il y a douze ans ?

Il secoua la tête.

— Si les Français reprennent l'île, ce sera avec des navires et des soldats et non par une révolte d'esclaves. Peut-être y réussiront-ils pendant un certain temps mais les Anglais reviendront à l'attaque et beaucoup de sang coulera.

Grania soupira.

Tout cela lui paraissait vain et assez effrayant.

Le Français se leva.

— Voulez-vous m'excuser un instant. Je voudrais dire un mot à mon valet. Il faut qu'il se renseigne pour savoir s'il y a du danger pour vous.

Il s'éloigna et Grania le suivit des yeux.

Elle ne put s'empêcher d'être frappée par le contraste entre la grâce souple de son allure et la démarche lourde et mal assurée de Roderick Maigrin.

Ses cheveux noirs étaient tirés en arrière et retenus par un nœud de taffetas et sa cravate était immaculée. Les pointes de son col empesé étaient relevées très au-dessus du menton, à la manière des beaux messieurs de Saint-James.

Sa culotte de fine toile blanche révélait des hanches étroites et ses bas blancs, comme ses souliers à boucle d'argent, étaient d'une parfaite élégance.

« C'est un gentilhomme ! se dit-elle. C'est ridicule de le traiter de pirate... de hors-la-loi des mers ! »

Le Français revint.

— Mon valet et le vôtre envoient des gens pour savoir avec précision où en est la révolution. Mais Abe m'assure que les renseignements reçus cette nuit et ce matin à l'aube sont dignes de foi. Il ne fait aucun doute que les rebelles se sont emparés de Grenville.

Grania laissa échapper un petit murmure et il poursuivit :

— Comme d'habitude, ils ont pillé les entrepôts, traîné les habitants terrifiés dans la rue et les ont massacrés.

— Oh non ! s'exclama Grania.

— Certains se sont enfuis en nageant jusqu'aux

vaisseaux mouillés dans la rade. D'autres sont partis vers le sud et quelques-uns sont arrivés jusqu'au domaine de Maigrin.

— Pensez-vous que… que tous les esclaves de l'île vont se soulever et se joindre à eux ? demanda Grania à voix basse.

— Nous ne pouvons qu'attendre. Si les choses en viennent au pire, mademoiselle, mon navire est à votre disposition.

— Croyez-vous que ce soit un endroit sûr pour se cacher ?

Le Français sourit.

— Cela pourrait être un cas de… « n'importe quel port dans la tempête », comme on dit.

— Oui, naturellement, mais j'espérais que mon père me rejoindrait aujourd'hui, peut-être aura-t-il l'idée d'un refuge sûr.

— Naturellement, reconnut Beaufort, et je pense que votre père et vous, et sans aucun doute M. Maigrin, seriez accueillis de grand cœur au fort de Saint-George's.

Grania ne put maîtriser un mouvement d'angoisse quand il prononça le nom de Roderick Maigrin.

Au lieu de répondre, elle mangea en silence le délicieux croissant qu'elle avait garni de miel. Un silence tomba. Puis le Français le rompit :

— On m'a dit, mais bien sûr c'est peut-être faux, que vous alliez épouser M. Maigrin.

— Qui vous l'a dit ?

Beaufort fit un geste vague.

— J'ai appris que la décision avait été prise avant que votre père aille vous chercher en Angleterre.

L'idée vint subitement à Grania que même si sa mère n'était pas morte, son père aurait fait valoir ses droits et l'aurait ramenée à Grenade.

Puis elle pensa à Roderick Maigrin et frissonna d'horreur une fois encore.

Spontanément, sans vraiment réfléchir à ce qu'elle disait, elle demanda :

— Que puis-je faire ?... Comment m'échapper ? Je ne peux pas épouser ce... cet homme !

Il y avait de la terreur dans sa voix et elle s'aperçut que le Français la dévisageait avec une singulière intensité.

Puis il répondit :

— Je reconnais qu'une jeune fille comme vous ne peut épouser un tel homme mais ce n'est pas à moi de dire comment vous pouvez éviter ce mariage.

— Alors... à qui d'autre puis-je le demander ? murmura Grania, un peu comme une enfant. Je ne savais pas, jusqu'à notre arrivée, quelles étaient les intentions de papa et maintenant... maintenant que je suis ici, je ne sais que faire... ni où je puis me cacher de... de lui.

Le Français posa brusquement son couteau, qui tinta contre l'assiette.

— C'est vous que cela regarde, mademoiselle, et comme vous vous en doutez, je ne puis intervenir.

Grania soupira.

— Non bien sûr... Je n'aurais pas dû parler comme je l'ai fait... Pardonnez-moi.

— Il n'y a rien à pardonner. Je voudrais pouvoir vous aider mais je suis un ennemi, et même un hors-la-loi.

— Peut-être... Et moi aussi je devrais peut-être me mettre hors la loi... Alors M. Maigrin ne voudrait plus m'épouser.

Tandis qu'elle parlait, elle savait qu'elle ne disait pas la vérité et que Maigrin la désirait, sans se soucier aucunement de son rang ou de sa position sociale.

Elle revit la lueur dans les petits yeux avides et frissonna.

Elle avait peur, horriblement peur, non de la révolution ni de la mort, mais d'être étreinte par cet homme foncièrement mauvais et dont la présence seule l'écœurait jusqu'à la nausée.

Son visage devait être bien expressif car soudain le Français demanda d'une voix dure :

— Pourquoi n'êtes-vous pas restée en Angleterre où vous ne risquiez rien ?

— Comment le pouvais-je après la mort de maman ? Je connaissais très peu de monde et d'ailleurs... papa aurait... aurait insisté pour me ramener quoi que je puisse dire.

— Il est dommage que vous n'ayez pas trouvé quelqu'un pour vous épouser, quand vous étiez là-bas.

— Je crois que c'est ce que maman voulait, avoua Grania. Elle avait l'intention de me présenter au roi et à la reine, afin que je puisse être invitée à des bals et à des réceptions. Elle avait fait beaucoup de projets pour moi, mais elle est tombée malade... si terriblement malade, avant Noël.

Elle s'interrompit un moment et reprit :

— Le temps était froid, il y avait du brouillard, et maman avait vécu si longtemps au soleil que le médecin a dit que... qu'elle n'avait plus de résistance, qu'elle était trop faible pour supporter le climat anglais.

— Je comprends, murmura le Français. Mais pourquoi ne pas dire à votre père que vous ne souhaitez nullement épouser cet homme ?

— Je le lui ai dit, mais il a répondu que tout était arrangé et que M. Maigrin... était très riche.

Elle eut l'impression, en avouant cela d'être déloyale, mais elle savait bien que c'était là la véritable raison qu'avait son père de tenir si vivement à ce mariage.

Roderick Maigrin était riche, il pourrait entretenir le comte sur un grand pied, et le seul moyen qu'avait son père de parvenir à ses fins était de donner sa fille en échange.

— C'est une situation intolérable! déclara brusquement le Français, sur un ton qui fit sursauter Grania.

— Mais... mais que puis-je y faire ?

— Quand j'étais là-haut et regardais le portrait de votre mère, dit-il à voix basse, je pensais qu'il était impossible d'imaginer femme plus ravissante, plus fine et plus séduisante. Mais à présent que je vous vois je sais que si vous ressemblez à votre mère il y a en vous, peut-être parce que vous êtes vivante, quelque chose de plus que l'artiste n'a su exprimer.

— Quoi donc ? demanda-t-elle avec curiosité.

— Je crois que le mot le plus juste serait la spiritualité, mademoiselle, une chose que personne ne peut capter sur la toile, sauf peut-être Michel-Ange ou Botticelli.

— Merci, murmura-t-elle.

— Je ne vous fais pas un compliment, je constate un fait, et c'est pourquoi je tiens pour impossible que vous épousiez un homme comme Maigrin. Je ne l'ai vu qu'une fois mais j'ai beaucoup entendu parler de lui et je puis affirmer, en toute sincérité, que mieux vaut mourir que d'être sa femme.

Grania joignit les mains.

— C'est ce que je ressens! Mais je sais que papa refusera de m'écouter... et quand il viendra ici, je serai forcée de lui obéir, quelles que soient mes supplications.

Le Français se leva et alla s'appuyer contre la balustrade de la véranda.

Grania crut qu'il regardait son navire et pensa qu'il lui serait facile de se glisser hors de la rade et de gagner le large. Là il serait libre, laissant derrière lui les difficultés et les troubles de l'île, ainsi que les problèmes personnels d'une jeune fille.

A le regarder ainsi, elle eut le sentiment qu'au lieu d'un navire, c'eût été un phaéton qui aurait dû l'attendre. Un phaéton tiré par deux chevaux splendides et dans lequel ils iraient ensemble se promener sous les ombrages de Hyde Park.

Alors il n'y aurait plus que les badinages mondains et les rires de la haute société de Londres, et l'on ne parlerait ni de révolution, ni de sang versé, ni de son mariage avec Roderick Maigrin.

Elle pensa, mais naturellement c'était absurde, que le Français représentait pour elle la sécurité dans un monde devenu soudain terrifiant, dans lequel elle se trouvait sans défense.

— A quelle heure espérez-vous voir arriver votre père ? demanda-t-il enfin.

— Je... je n'en ai pas la moindre idée, répondit-elle en hésitant. Quand je suis partie ce matin avant l'aube... ils avaient beaucoup bu... toute la nuit et... et ils ne s'étaient pas couchés.

Le Français hocha la tête comme si cela ne l'étonnait pas puis il dit :

— Alors nous avons le temps. Pour le moment, je vous conseille de ne pas vous inquiéter de votre avenir et, si cela vous plaît, je pourrais vous faire visiter mon navire.

— C'est vrai ?

— Ce serait un honneur pour moi.

— Dans ce cas... me permettez-vous d'aller me changer ? Il va bientôt faire très chaud.

— Mais naturellement !

Grania traversa la véranda et monta en courant.

Comme elle s'y attendait, Abe avait déjà transporté ses malles dans la chambre de sa mère.

Pour le moment, elle ne souhaitait qu'une robe dans laquelle, bien qu'elle ne voulût pas se l'avouer, elle serait aussi jolie que possible.

Rapidement, elle tira d'une malle une de ses élégantes toilettes achetées à Londres.

Elle l'avait portée l'année dernière mais la jupe ample était encore à la mode et le fichu, à peine froissé par le voyage, était frais et pimpant.

Il ne fallut que quelques minutes à la jeune fille pour ôter sa tenue de voyage et faire sa toilette. Elle ne fut pas surprise de trouver une aiguière pleine d'eau fraîche.

Puis elle passa sa robe légère et se hâta de descendre.

Le pirate l'attendait sur la véranda. Il avait installé son fauteuil au soleil. Elle comprit alors pourquoi il avait le teint si mat. Contrairement aux « Beaux » de Londres, il ne redoutait pas de brunir.

Cela lui allait bien et elle se dit que, curieusement, c'était sans doute à cause de ce teint bronzé qu'elle n'avait pas été choquée en le voyant nu dans le lit.

Il se leva à son arrivée et elle surprit sur son visage une expression admirative. Il sourit en la détaillant, mais d'une manière bien différente de celle de Roderick Maigrin la veille, dont le regard avait paru la déshabiller.

— Aimeriez-vous que je vous dise que vous êtes absolument ravissante et que vous ressemblez à l'Esprit du Printemps ? murmura le Français.

— Cela me fait grand plaisir de vous l'entendre dire, répliqua Grania.

— Mais vous avez, j'imagine, entendu tant de compliments, à Londres, que vous devez en être lasse.

— Les seuls compliments que j'ai reçus étaient pour mon travail à l'école, et de la part d'un ou deux gentilshommes qui venaient chercher ma mère pour la conduire au bal ou à Vauxhall.

— Vous étiez trop jeune pour devenir une « Belle » de la haute société ?

— Bien trop jeune ! Et maintenant, je doute d'en devenir jamais une.

— Vous le regrettez ?

— Je suis un peu déçue, oui. Maman me décrivait si souvent les bals et les réceptions auxquels j'assisterais et j'en rêvais.

— Je vous assure qu'il y a d'autres choses à faire de par le monde et qui sont infiniment plus passionnantes.

— Alors vous devrez m'en parler, répliqua Grania, pour compenser tout ce que j'ai manqué.

— Peut-être est-ce justement ce que je ne devrais pas faire, riposta-t-il d'un ton énigmatique.

Avant qu'elle ait pu lui demander de s'expliquer, il reprit :

— Venez. Dépêchons-nous d'aller visiter mon bateau, au cas où votre père arriverait plus tôt que prévu.

Comme si elle avait peur que cela ne se produise, elle se hâta de descendre avec lui les marches de la véranda.

Ils traversèrent le jardin à l'abandon et se retrouvèrent sous les pins.

Une brise légère balançait les branches. Bientôt, Grania découvrit le navire.

Elle voyait maintenant la dunette, le gaillard d'avant et les grands mâts. Les voiles étaient carguées mais elle eut le sentiment qu'elles pourraient être hissées très vite.

Alors le navire lèverait l'ancre et elle serait abandonnée sur le rivage. Elle ne le reverrait jamais plus.

Devant eux, une longue jetée étroite traversait la rade. Le navire était amarré à l'extrémité de la jetée.

Le Français et Grania avancèrent sur les planches inégales mais, quand ils arrivèrent à la passerelle, il s'arrêta.

— Vous n'avez pas peur ? Il n'y a pas de garde-fou.

— Non, bien sûr que non, répondit-elle en souriant.

— Laissez-moi passer le premier afin que je vous aide à monter à bord. Ce sera un honneur pour moi.

Il y eut quelque chose, dans sa façon de prononcer les derniers mots, qui intimida la jeune fille.

Il lui tendit la main. Au moment où elle l'effleura, elle sentit passer dans ses doigts une étrange vibration — jamais encore éprouvée.

Le navire était un enchantement. Le pont avait été briqué, la peinture semblait toute fraîche, des hommes s'activaient aux cordages. Ils n'interrompirent pas leur travail mais elle eut l'impression que tous l'observaient, alors qu'elle marchait à côté de leur capitaine.

Il l'aida à descendre quelques marches et ouvrit une porte donnant sur la cabine de l'arrière.

Le soleil qui filtrait par de grands hublots dessinait des motifs éclatants sur les parois de bois.

Grania avait toujours pensé qu'un vaisseau pirate ne pouvait qu'être sale et négligé. Dans les histoires qu'elle avait lues, la chambre du capitaine était un trou noir, plein de sabres d'abordage et de bouteilles vides.

Cette cabine-ci ressemblait à la chambre d'une maison raffinée, avec des fauteuils confortables et, dans un coin, un lit à colonnes aux rideaux tirés.

Tout était d'une exquise propreté et elle crut sentir une odeur de cire et de lavande.

Il y avait un tapis, des sièges capitonnés et, sur la table, un vase de fleurs qui avaient dû être cueillies, pensa-t-elle, dans le jardin de sa mère.

Elle regardait autour d'elle avec admiration quand elle s'aperçut que le Français l'observait en souriant.

— Eh bien ? demanda-t-il.

— C'est très joli et très confortable.

— C'est mon foyer, désormais, murmura-t-il. Et de même qu'un Français apprécie la bonne cuisine, il aime son confort.

— Mais vous êtes toujours en danger ! Si vous êtes repéré par les Anglais ou les Français, ils essayeront de vous couler ou de vous capturer et si vous êtes pris... vous mourrez !

— Je n'oublie pas. En fait, je trouve le danger excitant mais je puis vous assurer, bien que cela puisse paraître contradictoire, que je ne prends jamais de risques inutiles.

— Alors pourquoi...

Grania se reprit, consciente encore une fois d'être trop curieuse et de se mêler des affaires personnelles de cet homme.

— Venez vous asseoir, dit-il. Je veux vous voir à l'aise dans cette chambre. Ainsi quand vous serez partie, je pourrai vous y revoir par la pensée.

Il parlait d'une voix neutre et pourtant Grania se sentit rougir.

Docilement, elle alla s'asseoir dans un des fauteuils. La lumière tombant des hublots nimbait ses cheveux d'un halo d'or.

Comme il était très tôt, elle n'avait ni chapeau ni ombrelle. Elle se sentait bien d'être assise dans cette petite pièce, en conversation avec un homme plus séduisant que tous ceux qu'elle avait vus à Londres.

— Pourquoi vous appelle-t-on Beaufort ? demanda-t-elle quand le silence devint gênant.

— Parce que c'est mon nom, mon nom de baptême, et il me tient lieu de surnom dans la mesure où je ne peux me servir de mon véritable nom.

— Pourquoi ?

— Parce que ce serait malséant. Mes ancêtres se retourneraient dans leur tombe. Et puis j'espère retrouver un jour ma place, dans mon pays.

— Vous ne pouvez pas rentrer en France, dit-elle vivement en se rappelant les troubles de la Révolution.

— Je le sais bien, mais ce n'est pas là ma vraie place, du moins pas depuis ma tendre enfance.

— Où alors ? Mais peut-être est-ce une question que je ne dois pas poser ?

— Lorsque nous bavardons ainsi, ne pouvons-nous nous poser mutuellement toutes les questions que nous voulons ? Et comme votre intérêt m'honore, je vous dirai que je viens de la Martinique, où j'ai une plantation, et que mon vrai nom est Vence, Beaufort Vence.

— C'est un joli nom.

— Il y a eu des comtes de Vence en France, depuis des siècles. Ils font partie de l'Histoire de ce pays.

— Vous êtes comte ?

— Comme mon père est mort, le titre me revient.

— Mais vous êtes de la Martinique ?

— Je l'étais !

Grania le regarda avec perplexité, puis elle poussa un petit cri.

— Vous vous êtes réfugié ici ! Les Anglais ont pris la Martinique l'année dernière.

— Précisément, dit le comte. Je serais certainement mort si je ne m'étais pas enfui avant qu'ils s'emparent de ma plantation.

— C'est pour cela que vous êtes devenu un pirate !

— C'est pour cela que je me suis fait pirate, et je le resterai jusqu'à ce que les Anglais soient chassés, ce qui arrivera un jour ou l'autre. Je pourrai alors reprendre possession de mes biens.

Grania soupira.

— Il y a toujours tant de combats dans ces îles, et les pertes en vies humaines sont terribles !

— J'y ai souvent songé, avoua le comte, mais au moins, pour le moment, je suis ici en sécurité.

Grania resta silencieuse.

Elle pensait que s'il était en sécurité, elle, au contraire, était en très grand danger : il y avait les révoltés et, plus effroyable encore, Roderick Maigrin.

3

En examinant la cabine, Grania remarqua un grand nombre de livres, ce qui ne la surprit pas outre mesure.

Les rayonnages avaient été habilement ménagés dans les boiseries et, s'il n'y avait pas de portes vitrées, des barres transversales maintenaient les ouvrages en place, afin qu'ils ne tombent pas quand le navire rencontrait du gros temps.

Le comte, après l'avoir observée, dit en souriant :

— Je sens que vous aussi, vous aimez la lecture.

— Il a bien fallu que j'apprenne le monde dans les livres, avant d'aller à Londres. Et puis juste au moment où j'allais enfin le découvrir moi-même, j'ai dû rentrer.

— Peut-être auriez-vous découvert que ce monde, qui fascine et éblouit tant de femmes, est bien décevant.

— Pourquoi pensez-vous cela ?

— Parce que j'ai l'impression, et je ne crois pas me tromper, que vous cherchez quelque chose de plus profond et de plus passionnant que ce qu'offre la vie mondaine où ne retentissent que rires cristallins et tintements de verres.

Grania s'étonna et répliqua :

— Peut-être avez-vous raison, mais maman m'a toujours dépeint cette vie sous un aspect si délicieux que j'avais hâte de faire mes débuts dans le monde, de rencontrer des personnages qui ne seront plus pour moi, maintenant, que des noms dans les gazettes et les livres d'histoire.

— Vous ne serez donc pas déçue par la réalité.

Grania haussa les sourcils.

— Et vous l'avez été ?

— Pas vraiment, reconnut-il, mais il faut dire que j'ai eu la chance de connaître Paris avant la Révolution et que j'ai aussi vécu à Londres.

— Et vous avez aimé Londres ?

— Quand j'étais jeune, je trouvais cette ville fascinante, mais je savais que ma vraie place était ici, dans les îles.

— Vous aimez beaucoup la Martinique.

— C'était mon foyer, et elle le redeviendra.

Il parlait avec émotion et la jeune fille murmura :

— Je vais prier pour qu'elle vous soit rendue.

Un sourire éclaira les traits du comte.

— Merci. Je suis prêt à croire, mademoiselle, que toutes vos prières sont entendues.

— Sauf celles que je fais pour moi-même, dit Grania.

Puis elle pensa qu'elle était sans doute injuste. La veille elle avait prié pour échapper à Roderick Maigrin, et pour le moment elle semblait exaucée.

Il lui restait peut-être encore une chance, une fois seule avec son père, de le persuader qu'un tel mariage serait trop intolérable pour qu'il le lui infligeât.

Après tout, il l'avait aimée quand elle était petite fille — cela ne faisait aucun doute — et elle était sûre que c'était parce que sa mère et elle étaient parties qu'il était totalement tombé sous la coupe de

M. Maigrin, au point d'acquiescer à tout ce que suggérait cet homme.

Les expressions qui se succédèrent sur son visage furent plus révélatrices qu'elle ne le croyait et elle eut l'impression que le comte lisait dans ses pensées quand il dit :

— Vous êtes adorable, mademoiselle, et je ne puis croire que votre père refuse d'écouter vos supplications.

— Je vais essayer… J'essaierai très fort.

Il se leva et s'approcha d'un des hublots.

— Je crois que vous devriez rentrer, maintenant. Si votre père arrive et ne vous trouve pas, il sera très choqué d'apprendre que vous êtes en compagnie d'un individu comme moi.

— Je suis sûre que si vous faisiez la connaissance de papa dans d'autres circonstances, vous vous plairiez tous deux.

— Les circonstances étant ce qu'elles sont, nous devons nous tenir à distance, déclara fermement Beaufort.

Il se dirigea vers la porte de la cabine et Grania ne put que quitter son fauteuil.

Elle avait le curieux sentiment d'abandonner la sécurité pour le danger, mais elle ne pouvait exprimer cela clairement. Elle suivit le comte sur le pont.

Les matelots l'observèrent du coin de l'œil quand elle s'approcha de la coupée.

Comme ils étaient français, elle était certaine qu'ils appréciaient sa grâce, et elle se dit que c'était là de l'impertinence : c'étaient des hors-la-loi, des pirates, qui auraient dû, au contraire, craindre qu'elle ne les trahisse.

Une fois encore, leur capitaine dut lire dans les pensées de Grania car il murmura, quand ils furent à terre :

— J'espère avoir un jour l'honneur de vous présenter mes amis car c'est bien ce qu'est mon équipage, des amis qui ne souhaitaient nullement devenir des proscrits mais qui y ont été forcés par vos compatriotes.

Le ton était tel que Grania eut honte.

— Je regrette bien que... qui que ce soit ait été victime de la guerre et je les plains, mais ceux qui vivent dans ces îles semblent ne rien connaître d'autre que la souffrance.

— C'est vrai, reconnut le comte, ce sont toujours les innocents qui souffrent.

Ils s'engagèrent sous les arbres et marchèrent en silence jusqu'à ce que la maison leur apparaisse.

— Je vais vous laisser ici, dit alors le comte.

— Je vous en prie... ne partez pas! s'exclama impulsivement Grania.

Il la considéra avec étonnement et elle expliqua:

— Nous ne savons pas encore ce qu'Abe et votre valet ont appris sur les révoltés. Et s'ils étaient en route pour venir ici? Je ne pourrais leur échapper que si vous m'emmeniez à votre bord.

Tout en parlant, elle s'avouait qu'elle avait beaucoup moins peur des rebelles que de voir s'éloigner le comte.

Elle voulait rester auprès de lui, lui parler et, surtout, elle voulait qu'il la protège de Roderick Maigrin.

— Si les révolutionnaires arrivent jusqu'ici, dit-il, je doute qu'un pirate lui-même soit en sécurité.

— Vous voulez dire qu'ils vous considéreront comme un aristocrate?

— Précisément. La raison pour laquelle Fédor a fomenté cette révolte, c'est qu'il s'est rendu à la Guadeloupe qui a en quelque sorte importé la Révolution française aux Antilles.

— C'est vrai ? s'étonna Grania.

— Il paraît que Fédor a été nommé officiellement commandant général des insurgés de Grenade.

— Vous voulez dire que cette révolte est un projet de longue date ?

Le comte hocha la tête.

— Ils ont des armes et des munitions, des bonnets phrygiens, des cocardes nationales et un drapeau qui porte la devise « Liberté, Egalité ou la Mort ».

Grania poussa un petit cri étouffé.

— Et les Anglais ne savent rien de cela ?

Il haussa légèrement les épaules, et elle comprit sans qu'il ait besoin d'en dire plus que les Anglais de Saint-George's se complaisaient dans un optimisme béat et qu'ils étaient bien trop à leurs plaisirs pour prévoir un soulèvement.

Il lui parut extraordinaire qu'ils eussent été pris par surprise, alors que le comte était si bien renseigné.

En même temps, elle n'ignorait pas qu'à Grenade on était souvent au courant de ce qui se passait dans d'autres îles avant que ces îles le sachent elles-mêmes.

Comme l'avait dit le comte, les oiseaux portaient les rumeurs à travers la mer bleue, et le fait qu'il y eût des Français sous la batte anglaise et réciproquement ne pouvait qu'encourager les esclaves qui projetaient de se révolter dès qu'une occasion favorable se présenterait.

Grania et le comte traversèrent la partie du jardin jadis cultivée et qui n'était qu'un flamboiement de couleurs et de fleurs.

Il y avait de petits massifs de fleurs d'Angleterre que la mère de la jeune fille avait tenté d'acclimater et qui, par leur profusion, devenaient partie intégrante du paysage tropical.

Quand ils arrivèrent devant la maison, le silence les accueillit et Grania comprit aussitôt que son père n'était pas de retour.

Elle entra dans le vestibule, suivie par Beaufort, et se dirigea tout de suite vers la cuisine qu'elle trouva déserte.

— Abe et votre valet ne sont pas revenus, constata-t-elle.

— Dans ce cas, je propose que nous les attendions à l'ombre. Il fera plus frais que partout ailleurs dans le grand salon.

— Je me suis demandé, en arrivant ici ce matin, pourquoi il n'y avait pas de housses sur les meubles. Vous vous y êtes tenu souvent ?

— A l'occasion, reconnut le comte. Cette pièce me fait penser à la maison de mon enfance, et aussi à ma propriété de la Martinique, qui est très belle. J'aimerais vous la faire visiter un jour.

— Cela me ferait plaisir, dit Grania avec simplicité.

Leurs regards se croisèrent et elle baissa timidement les yeux.

— Peut-être devrais-je vous offrir une tasse de café ?

— Je ne veux rien, répondit-il, sinon vous parler et vous écouter. Asseyez-vous, mademoiselle, et racontez-moi l'histoire de votre vie.

Cela fit rire Grania.

— Il y a bien peu à raconter que vous ne sachiez déjà. Je préfère vous entendre parler de vous.

— Ce serait fort ennuyeux pour moi et comme vous êtes la maîtresse de maison, vous devez être généreuse envers vos invités.

— Un visiteur qui n'était pas invité et s'est installé ici comme chez lui !

— C'est vrai, mais j'ai senti, lorsque je contemplais ce portrait, que vous seriez aussi bonne et accueillante que vous l'avez été.

— Je suis sûre que vous auriez plu à maman! s'exclama impulsivement Grania.

— Vous ne pourriez rien dire qui me fasse un plus grand plaisir. J'ai entendu parler de votre mère et je sais combien elle était bonne et compréhensive avec tout le monde. Elle devait être très fière de sa fille.

— Elle ne serait pas très fière... si elle savait ce que papa a en vue pour moi, murmura Grania dans un soupir.

— Nous sommes déjà convenus que vous devez parler à votre père et lui faire comprendre ce qu'auraient été les sentiments de votre mère face à pareille situation.

Le Français parlait avec une sévérité inattendue, comme un maître d'école à un enfant qui doit lui obéir.

— Mon père a changé... depuis notre départ, avoua Grania. J'ai senti, pendant la traversée que... qu'il avait un souci.

Un silence tomba. Enfin le comte dit :

— S'il était resté ici et s'était occupé de ses plantations, je suis certain qu'elles lui auraient rapporté l'argent dont il a besoin et il n'aurait pas été contraint de devenir l'obligé de... certaines personnes.

Il y avait eu une brève hésitation avant les deux derniers mots et Grania devina qu'il avait été sur le point de dire « Roderick Maigrin » et s'était ravisé.

— Papa n'a jamais tiré beaucoup d'argent de la plantation, dit-elle.

— C'est parce qu'il s'est intéressé à trop de cultures à la fois, au lieu de privilégier celle pour laquelle la demande était la plus forte.

Grania considéra le comte avec étonnement et il sourit :

— Mes plantations rapportaient gros, j'avais d'excellentes récoltes.

— Et vous avez examiné les nôtres ?

— Oui, j'étais curieux et je me demandais pourquoi votre père se rendait dépendant de ses amis alors qu'il aurait pu disposer d'une source de revenus considérables.

— On m'a toujours dit que les Français avaient l'esprit pratique et pourtant vous n'avez pas l'apparence d'un homme d'affaires.

— Je reconnais que j'ai, comme vous dites, l'esprit pratique et à la mort de mon père, quand j'ai repris nos plantations de la Martinique, j'étais résolu à en faire une belle réussite.

— Et maintenant, vous les avez perdues, murmura Grania. C'est un malheur vraiment cruel et j'en suis désolée pour vous.

— Je les reprendrai. Un jour, elles seront de nouveau à moi.

— En attendant, je vous en prie, aidez-nous pour les nôtres.

— Je le ferais volontiers pour vous, mais vous savez que c'est impossible. Tout ce que je puis vous conseiller, c'est de persuader votre père de se concentrer sur la culture de la noix muscade. Cela pousse très bien ici, mieux que dans d'autres îles, et il y a une demande qui vient du monde entier, une demande qui existe depuis le commencement des temps.

— Je crois que papa n'aime pas beaucoup les muscadiers parce qu'il les juge trop lents à porter des fruits.

— Oui, c'est vrai. Huit à neuf ans. Mais leur production s'accroît jusqu'à ce que les arbres aient une trentaine d'années et la récolte moyenne est de trois à quatre mille noix par arbre, chaque année.

— Je ne me doutais pas que c'était si énorme !

— De plus, il y a deux récoltes annuelles principales, reprit le comte. Vous avez déjà beaucoup de muscadiers mais ils sont malheureusement gênés et étouffés par d'autres arbres fruitiers et, naturellement, par ces broussailles envahissantes.

Il s'interrompit et, s'apercevant que Grania l'écoutait avidement, il se reprit :

— Pardonnez-moi, je vous fais la leçon. Mais, très franchement, cela me navre de voir de bonnes terres ainsi laissées à l'abandon.

— J'aimerais que vous puissiez parler de cette manière à mon père.

— Il ne m'écouterait pas. Mais peut-être pourriez-vous en parler à la personne qui s'occupe des plantations à sa place ?

— C'était Abe, mais papa l'a contraint de les abandonner parce qu'il ne pouvait pas se passer de lui.

Le comte ne répondit pas et le silence retomba.

Grania poussa un petit soupir exaspéré.

— Vous me donnez l'impression d'être sans défense et ce problème est trop difficile pour moi.

— Naturellement et je suis injuste de vous ennuyer de la sorte. A votre âge, vous devriez profiter de la vie et découvrir tout ce qu'elle offre de beau et de passionnant. Pourquoi devriez-vous vous inquiéter de terres improductives et même de la présence de pirates qui s'installent dans une maison vide ?

Il parlait à voix basse, comme pour lui-même, et Grania rit.

— Je trouve les pirates très passionnants. Ce sera une histoire à raconter un jour à mes enfants et mes petits-enfants, qui me jugeront très aventureuse.

Elle avait pris un ton léger, comme si elle s'adressait à son père ou à sa mère.

Puis, en croisant le regard du Français, elle comprit que si elle avait des enfants, ce seraient ceux de Roderick Maigrin et cette perspective lui donna envie de hurler.

Cependant, à la façon dont le flibustier la regardait, elle sentit le rouge envahir ses joues et son cœur se mit à battre d'une manière tout à fait singulière.

A ce moment, ils entendirent des voix et tendirent l'oreille.

— C'est Abe ! s'écria Grania avec soulagement.

Sautant de son fauteuil, elle courut dans le vestibule en appelant :

— Abe ! Abe !

Il sortit de la cuisine, suivi par le valet du Français.

— Qu'avez-vous découvert ? demanda-t-elle vivement.

— Mauvaises nouvelles, milady, répondit Abe.

Avant qu'il en dise davantage, le valet s'approcha de son maître qui sortait du salon et se lança rapidement dans une tirade en français que Grania eut bien du mal à suivre. Quand il se tut enfin, elle demanda nerveusement :

— Qu'est-il arrivé ?

— Oui, mauvaises nouvelles, répondit Beaufort. En même temps que la révolte commençait à Grenville, Charlotte Town a été attaquée par un autre groupe d'insurgés.

Grania poussa une exclamation d'horreur.

Elle connaissait bien Charlotte Town, située du côté occidental de l'île, un peu au nord de Saint-George's.

— Il y a eu beaucoup de morts, poursuivit le

comte, et un membre de la colonie anglaise a été fait prisonnier.

— Sait-on de qui il s'agit ?

Le Français interrogea son valet, puis il secoua la tête.

Abe avait dû comprendre car il annonça :

— Le Dr John Hay a été fait prisonnier.

— Oh non ! s'écria Grania.

— Le docteur et le recteur de Charlotte Town ont été emmenés au Belvédère, précisa Abe.

— Pourquoi le Belvédère ?

— C'est là que Redon a établi son quartier général, expliqua le comte. Les prisonniers de Grenville y ont été emmenés aussi.

Grania joignit les mains.

— Qu'allons-nous faire ? demanda-t-elle. Et sait-on quelque chose de papa ?

Abe secoua la tête.

— Non, milady. J'ai envoyé un garçon aux nouvelles.

Le valet se remit à parler et, quand il eut fini, le comte expliqua :

— Jusqu'à présent, il n'y a aucun signe de troubles à Saint-George's, où se trouvent les soldats anglais. Je pense que pour le moment vous ne risquez rien et quand votre père vous aura rejointe, vous serez en sûreté.

Grania ne dit rien, elle se contenta de le regarder et au bout d'un moment il ajouta, comme si elle l'avait interrogé :

— Jusqu'à l'arrivée de votre père, je resterai dans la rade.

— Merci.

Elle avait à peine murmuré le mot, mais l'expression de ses yeux était assez éloquente.

— Et maintenant, déclara le Français, comme

Abe n'a pas eu le temps de préparer un déjeuner et comme je pense que vous devez avoir aussi faim que moi, me permettez-vous de vous inviter à un repas fort simple à bord de mon navire?

Le sourire de Grania éclaira tout son visage.

— Vous savez que je m'en ferai une joie.

Il donna quelques instructions à son valet et partit précipitamment vers la rade, en traversant le jardin en courant.

Grania attira Abe à l'écart.

— Ecoute, Abe, je suis en sécurité avec M. Beaufort. Ce n'est pas vraiment un pirate mais un réfugié de la Martinique.

— Je sais, milady.

— Tu ne me l'as pas dit! reprocha-t-elle.

— Je ne m'attendais pas à le trouver ici.

Grania dévisagea le vieux serviteur.

— Tu savais qu'il était venu ici... déjà?

Il y eut un petit silence et elle comprit qu'Abe se demandait s'il devait dire toute la vérité. Enfin, il répondit:

— Oui, milady, il vient, ne fait pas de mal. Un monsieur très bien! Quand il est ici, il paie pour tout ce qu'il emporte à son bateau.

— Il paie pour quoi?

— Les cochons, les poulets, les dindons.

Grania éclata de rire.

Il y avait une remarquable différence entre un pirate qui payait ce qu'il réquisitionnait et les boucaniers qui, comme Will Wilken, volaient purement et simplement et tuaient si on tentait de les en empêcher.

— Toi et moi, Abe, nous avons confiance en M. Beaufort, dit-elle, mais papa risque d'être fâché. Viens vite me prévenir s'il arrive pendant que je suis à bord, pour que je puisse venir l'accueillir au plus vite.

Elle n'avait pas vraiment peur de la réaction de son père mais plutôt de celle de Roderick Maigrin, s'il l'accompagnait. C'était un homme qui n'hésiterait pas à tirer et elle songea que si elle se trouvait responsable de la mort du comte de Vence, elle ne se le pardonnerait jamais.

— Pas de souci, milady, promit Abe. Quand le maître viendra, nous serons prêts.

— Merci, Abe.

Comme il faisait beaucoup plus chaud qu'au début de la matinée, Grania monta chercher une des ombrelles qu'elle avait rapportées de Londres.

En redescendant, elle trouva le comte qui l'attendait dans le vestibule. Elle était comme une enfant que l'on emmène à une fête inattendue et eut l'impression qu'il était aussi heureux qu'elle.

Sans parler, ils traversèrent la véranda et sur les marches de bois, un peu branlantes, il tendit une main pour soutenir Grania.

Elle la prit et, aussitôt, elle ressentit cet étrange frisson qu'elle avait déjà éprouvé, mais cette fois avec plus de force.

Il referma les doigts sur les siens et, quand ils arrivèrent en bas des marches, il ne lui lâcha pas la main.

— Je suis impatiente de faire un déjeuner à la française, dit-elle.

— J'ai peur de ne pas avoir eu le temps de commander ce que j'aimerais vous offrir, mais Henri, qui est avec moi depuis plusieurs années, fera de son mieux.

— Je veux voir aussi le reste de votre navire. Depuis combien de temps l'avez-vous et l'avez-vous construit vous-même ?

Cela fit rire le comte.

— Je l'ai volé !

Grania attendit une explication :

— Quand les Anglais ont envahi la Martinique reprit Beaufort, j'ai compris qu'il me fallait partir et j'avais l'intention de le faire avec mon propre bateau. Mais quand je suis descendu au port, j'ai aperçu le navire que vous avez vu et comme je le contemplais, un de mes amis qui m'accompagnait m'a dit : « Il paraît que l'homme dont la compagnie possède ce navire est en Europe en ce moment. C'est un trop beau vaisseau pour le laisser tomber entre les mains des Anglais ! »

— Alors vous avez été d'accord avec lui et vous vous en êtes emparé ?

— Il m'a semblé que c'était le mieux.

— Je trouve cela très raisonnable et pratique, deux qualités qui vous plaisent, je pense.

— Oui, naturellement, et cela signifiait aussi que je pouvais emmener davantage de personnes avec moi. J'ai également transporté une grande partie de mon mobilier, ainsi que mes portraits de famille, dans un lieu où ces choses qui me sont chères seront en sécurité jusqu'à la fin des hostilités.

— Où cela ? demanda Grania avec curiosité.

— A Saint-Martin.

Il n'en dit pas plus et elle pensa qu'il ne souhaitait pas en parler longuement.

Ils marchèrent en silence sous les palmiers et quand le navire fut en vue, elle dégagea sa main.

Il faisait maintenant très chaud, malgré une brise légère qui soufflait de la mer.

Le navire était immobile mais Grania remarqua que les voiles étaient prêtes à être hissées d'un instant à l'autre.

« Une fois qu'il sera parti, je ne le reverrai plus jamais », pensa-t-elle.

Elle songea que ces instants qu'elle passerait avec le comte étaient très précieux et qu'elle ne les oublierait jamais.

Ils traversèrent le pont et descendirent dans la cabine. La table était mise pour deux, avec une nappe blanche immaculée et un bouquet de fleurs au centre.

Une délicieuse odeur de cuisine se mêlait à celle de la cire, et avant que Grania puisse faire une réflexion, le valet entra, apportant une soupière.

Ils s'attablèrent et Jean, c'était le nom du valet, remplit deux belles assiettes de porcelaine.

Il y avait du pain français croustillant, et quand Grania porta à ses lèvres la première cuillerée de potage, elle reconnut la saveur de diverses herbes aromatiques et d'autres ingrédients venus de la mer pour parfumer ce consommé de poisson.

C'était délicieux, l'arôme aiguisa son appétit et ils mangèrent tous deux en silence.

Le valet servit dans les verres de cristal un vin doré comme le soleil. Tous deux sourirent de part et d'autre de la table et Grania se sentit soudain heureuse.

Après le potage, Jean apporta des homards grillés. Ils devaient certainement nager encore dans la mer une heure plus tôt et la jeune fille soupçonna qu'ils venaient de leurs propres casiers à homards que sa mère avait fait placer dans la baie. Cependant, elle ne posa pas de questions et se contenta de manger avec appétit, car les homards étaient tendres et succulents et la salade qui les accompagnait différente de tout ce qu'on lui avait servi à Londres.

Le repas se termina par du fromage et des fruits ; mais Grania était repue et le comte et elle prirent alors le café.

Enfin, le silence fut rompu bien qu'elle ait eu l'impression qu'ils avaient communiqué sans paroles.

— Si c'est cela, la vie d'un pirate, dit-elle, je crois bien que je me ferai pirate.

— C'est cela pour le moment, répondit-il, quand un pirate se repose avec sa dame et oublie les dangers et les incertitudes de l'errance sur toutes les mers du globe.

— Ce doit être passionnant quand même. Vous êtes libre d'aller où vous voulez, de n'obéir aux ordres de personne, de vivre selon votre fantaisie.

— Comme vous l'avez fait remarquer, je suis raisonnable et ne manque pas de sens pratique. Je rêve de sécurité, d'une femme et d'enfants, mais c'est une chose que je ne pourrai jamais avoir.

Il parlait comme s'il lui confiait des choses d'une grande importance. Elle se sentit brusquement intimidée et prit sa cuillère pour tourner son café, qui n'en avait aucun besoin.

— La vie d'un pirate n'est certainement pas une vie pour une femme, reprit le comte en suivant son idée.

— Mais s'il n'y a pas d'autre choix? hasarda Grania.

— Toute situation comporte un choix, déclara-t-il. Je pourrais renoncer à la flibuste, mais alors je mourrais de faim ainsi que ceux qui m'accompagnent.

Un silence tomba, un silence lourd de signification avant que le comte dise vivement :

— Mais parlons de choses plus intéressantes! De livres et d'art, par exemple? Ou de nos langues différentes. J'ai grande envie de vous entendre parler français.

— Vous trouverez peut-être que je le parle mal, répondit-elle en français.

— Votre accent est parfait! s'exclama-t-il. Où avez-vous appris? Avec qui?

— Ma mère, et elle avait pris des leçons avec un vrai Parisien.

— C'est tout à fait évident!

— J'ai suivi aussi des cours en Angleterre, bien que le français y soit impopulaire. On était surpris que je veuille apprendre une langue aussi « barbare », parlée par un peuple ennemi.

— Je le comprends. Mais même si les Anglais sont en guerre contre mon pays, pour le moment, je veux quand même apprendre à parler comme un Anglais.

— Pourquoi?

— Parce que cela peut toujours être utile.

— Votre anglais est excellent, à part quelques mots que vous prononcez curieusement et parfois vous placez mal l'accent tonique.

Le comte sourit.

— Très bien. Quand nous serons ensemble, je vous corrigerai et vous me corrigerez. D'accord?

— Oui, bien sûr et, pour être justes, nous devrions partager notre temps: parler tantôt anglais, tantôt français, et personne ne devra tricher.

Le comte rit puis il dit:

— Ce sera intéressant de voir qui sera le meilleur élève. J'ai l'impression, Grania, que puisque vous êtes plus sensible que moi, vous remporterez le prix.

Elle remarqua qu'il l'avait appelée par son prénom et, une fois de plus, il parut lire dans ses pensées car il avoua:

— Je ne puis continuer de vous appeler « mademoiselle ». Nous nous connaissons déjà trop bien pour être si protocolaires.

— Nous avons fait connaissance ce matin seulement.

— Ne croyez pas cela. Je vous connais et je vous

admire depuis bien des nuits, je vous ai parlé et votre image ne m'a pas quitté de la journée.

Ces paroles troublèrent la jeune fille et elle sentit une chaleur envahir ses joues.

— Vous êtes très belle, murmura le comte. Bien trop belle pour la paix de mon âme. Si j'étais aussi raisonnable que vous le dites, je lèverais l'ancre dès que je vous aurais déposée à terre.

— Non! Je vous en prie... Vous... vous avez promis de rester jusqu'à l'arrivée de mon père!

— Je suis égoïste et ne pense qu'à moi.

— C'est plutôt moi qui suis égoïste.

— Vous voulez vraiment que je reste?

— Je vous en conjure. Je me mettrai à genoux, si c'est ce que vous souhaitez.

Brusquement, le comte se pencha et tendit sa main. Lentement, timidement, Grania y plaça la sienne.

— Ecoutez-moi, Grania. Je suis un homme sans foyer, sans avenir, un proscrit autant aux yeux des Français que des Anglais. Laissez-moi partir alors que je le peux encore.

Les doigts de Grania se crispèrent sur ceux de Beaufort.

— Je... je ne peux pas vous retenir de force.

— Mais vous me demandez de rester.

— Oui, je le veux. Je vous en supplie... je le veux. Si... si vous partiez, j'aurais très peur.

Il la regarda dans les yeux et elle fut incapable de se détourner.

— Comme vous venez de le rappeler, dit-il, nous ne nous connaissons que depuis quelques heures.

— Oui mais... le temps ne modifie pas ce que je... ce que j'éprouve avec vous.

— Qu'éprouvez-vous?

— Eh bien, avec vous, je... je suis en sécurité et je sens que rien de mauvais ne pourra m'atteindre.

— J'aimerais que ce soit vrai.

— Mais c'est vrai ! Vous savez que c'est vrai ! s'écria Grania.

Le comte porta la main de Grania à ses lèvres.

— Très bien. Je resterai, mais, quand je partirai, il ne faudra pas vous en vouloir et il ne devra y avoir aucun regret.

— Je vous le promets... Pas de regrets.

Mais elle avait l'impression qu'elle serait incapable de tenir cette promesse.

Ils bavardèrent encore un moment, jusqu'à ce que Jean vienne desservir et le comte dit alors :

— Venez, installez-vous sur le canapé et allongez les jambes. C'est l'heure de la sieste et mon équipage se repose sur le pont ou dans l'entrepont. Je ne crois pas que nous serons dérangés car votre père ne se mettra pas en route pendant la grosse chaleur.

Grania savait que c'était la vérité. Aussi suivit-elle le conseil du comte et s'installa-t-elle commodément parmi les coussins.

Il tira un fauteuil pour se rapprocher d'elle et étendit ses longues jambes gainées de bas blancs. Grania sourit.

— Est-ce vraiment possible ? demanda-t-elle. Je crois que les Français comme les Anglais seraient très surpris, s'ils pouvaient nous voir en ce moment.

— Les Anglais seraient certainement très fâchés. Ils détestent les pirates, les corsaires et les flibustiers parce qu'ils défient leur suprématie sur les mers, une suprématie bien incertaine dans un moment où la révolte gronde ici et à la Guadeloupe... En même temps, ils tiennent la Martinique et d'autres îles, alors le port de Saint-George's va certainement recevoir des renforts, tôt ou tard.

Grania s'en doutait mais elle pensait qu'avant l'arrivée des soldats les rebelles auraient le temps de faire beaucoup de mal. Elle se souvenait des tortures qu'ils avaient fait subir sur d'autres îles à leurs prisonniers, avant de les tuer. Elle frissonna en imaginant les humiliations et les souffrances qui étaient peut-être infligées en ce moment même au Dr Hay et au recteur.

Le comte l'observait attentivement.

— N'y pensez plus, dit-il. Vous n'y pouvez rien et lorsqu'on pense trop à des choses horribles, elles risquent de vous rendre plus vulnérable.

Grania le regarda avec intérêt.

— Selon vous, la pensée peut-elle se transmettre ?

— Ne croyez pas que je me réfère au culte vaudou ou à la magie noire quand je dis que les indigènes de la Martinique savent ce qui se passe à quinze lieues, à l'autre bout de l'île, longtemps avant qu'un messager ait pu parcourir cette distance pour apporter la nouvelle.

— Vous voulez dire qu'ils sont capables de communiquer entre eux d'une manière qui nous échappe ou que nous avons oubliée ?

— Jamais je ne sous-estimerai leurs pouvoirs.

— C'est très intéressant.

— Puisque vous êtes à demi irlandaise, il devrait vous être facile de comprendre ce phénomène.

— Oui, bien sûr. Papa me parlait autrefois de sorciers irlandais capables de prédire l'avenir. Naturellement, j'ai entendu parler des *leprechauns* quand j'étais petite.

— Tout comme j'ai entendu parler des esprits qui hantent les montagnes et les forêts de la Martinique.

— Pourquoi ne vous ont-ils pas averti que les Anglais allaient envahir votre île ? demanda Grania.

— Peut-être ont-ils essayé de le faire et ne les avons-nous pas entendus. Quand vous viendrez à la

Martinique, vous pourrez sentir leur présence et peut-être les voir.

— Cela me passionnerait ! s'exclama-t-elle.

— Il faut faire confiance à votre destin, dit le comte, qui vous a déjà arrachée à une situation très difficile, ce dont je lui suis infiniment reconnaissant.

— Et moi je vous suis reconnaissante d'être ici. Quand j'ai traversé la forêt à cheval, j'avais le sentiment de fuir un terrible danger et de courir vers quelque chose de très différent.

— Quoi, par exemple ?

Elle respira profondément.

— Ce que je ressens quand je suis assise ici, quand nous parlons ensemble. Je… je ne peux pas le décrire… exactement. Mais cela me rend très… très heureuse.

Après un silence, le comte murmura :

— C'est tout ce que je veux que vous éprouviez pour le moment.

4

Les heures de grosse chaleur s'écoulèrent lentement. Parfois le comte et Grania bavardaient, parfois ils restaient silencieux comme s'ils communiquaient sans paroles.

Mais elle sentait qu'il ne la quittait pas des yeux, et par moments cela l'intimidait: un mélange presque magique de plaisir et de gêne.

Enfin, ils entendirent un bruit de pas sur le pont et un homme qui sifflotait gaiement. Le comte se leva.

— Je crois qu'il me faut vous raccompagner chez vous. Votre père devrait être ici dans une heure environ.

Grania savait que c'était le temps qu'il faudrait à son père pour arriver par la route.

Elle avait envie de rester, de continuer à bavarder avec le comte, mais elle ne trouva aucun prétexte valable pour s'attarder. A contrecœur, elle se leva.

— Vous êtes ravissante, dit-il gravement et, encore une fois, elle rougit.

Il l'observa un moment avant d'ajouter:

— Je dois vous dire tout le plaisir que m'a procuré votre présence ici. Il m'a semblé, un moment, que nous étions hors du temps, en paix avec le monde ; peut-être serait-il plus juste de dire en paix avec nous-mêmes.

— C'est aussi ce que je pense, répondit Grania mais elle eut du mal à soutenir son regard.

Comme à regret, il se tourna vers la porte de la cabine et l'ouvrit.

— Venez, dit-il, allons voir s'il y a des nouvelles de votre père. Il faut vous préparer à lui parler fermement, à lui faire comprendre votre point de vue.

Grania ne répondit pas.

Beaufort lui avait apporté un sentiment de sécurité et de paix ; elle avait du mal à revenir à la réalité, à la menace que représentait Roderick Maigrin.

Beaufort était à ses côtés, le soleil brillait, la mer était d'un bleu étincelant, les palmiers se balançaient doucement dans le vent tiède.

Quand ils montèrent sur le pont, Grania sourit à l'un des hommes qui travaillaient au gréement. Il lui rendit son sourire, la saluant d'un geste courtois.

Le comte s'arrêta.

— Voici Pierre, mon ami et voisin de la Martinique.

Il parla en français :

— Pierre, permets-moi de te présenter à la charmante jeune personne qui nous donne l'hospitalité : Secret Harbour lui appartient.

Pierre se redressa et quand Grania lui tendit la main, il la porta à ses lèvres.

— Enchanté, mademoiselle.

Elle eut presque l'impression que les présentations avaient lieu dans quelque salon de Paris ou de Londres.

Elle emprunta la passerelle et, quand le comte la rejoignit à terre, il lui dit :

— Demain, si je suis encore ici, j'aimerais vous présenter le reste de mon équipage. Il vaut mieux que ces hommes restent anonymes, c'est pourquoi je les appelle par leur prénom. Tous ont renoncé à des situations bien différentes mais souvent brillantes afin d'échapper à la dure domination anglaise.

— Nous montrons-nous vraiment si implacables, quand nous sommes les maîtres ? demanda Grania.

— Tous les conquérants sont odieux aux peuples conquis.

La voix était dure et, un instant, la jeune fille pensa qu'il la détestait, qu'il voyait en elle une ennemie. Elle le regarda d'un air suppliant et il s'excusa.

— Pardonnez-moi. J'essaie de ne pas être amer et, surtout, de ne pas penser à moi, mais à vous.

— Vous savez bien que c'est ce que je veux, souffla-t-elle.

Sensible, elle le devinait amer parce que leurs deux pays étaient en guerre. Il ne pouvait lui offrir le refuge de son domaine de la Martinique et il ne leur était pas possible d'avoir des rapports normaux.

Ils avancèrent à travers les fourrés jusqu'à ce que la maison soit en vue. Grania s'arrêta.

Tout paraissait calme, assurément son père n'était pas revenu.

Abe l'aurait avertie s'il l'avait aperçu.

Cependant, Beaufort était avec elle, elle devait être prudente et s'assurer qu'il n'allait pas, par sa faute, tomber dans un traquenard.

Elle crut un moment qu'il allait la quitter et retourner à son navire mais quand elle se remit à marcher, il resta à ses côtés et ils gravirent les marches de la véranda et entrèrent ensemble par la porte ouverte.

Grania entendit la voix d'Abe. Il parlait à quelqu'un dans la cuisine et elle l'appela.

— Abe !

Il arriva aussitôt. En le voyant sourire, elle fut rassurée. Tout allait bien.

— Bonne nouvelle, milady !
— Du maître ?
— Non, pas de nouvelles de Maigrin House, mais Mama Mabel est revenue.
Grania battit des mains en poussant un cri de Joie.
— Elle reste avec nous ?
— Oui, milady. Très heureuse d'être revenue.
— C'est merveilleux ! s'exclama-t-elle en se tournant vers Beaufort. Monsieur, voulez-vous me faire l'honneur de dîner ici avec moi, ce soir ? Je ne puis vous promettre un repas préparé par un chef français mais ma mère a toujours pensé que Mama Mabel était la meilleure cuisinière de l'île.
Le comte s'inclina.
— Merci, mademoiselle, j'accepte avec le plus grand plaisir votre aimable invitation.
Grania rit de bonheur.
— Voulez-vous que nous dînions à sept heures et demie ?
— Je serai à l'heure.
Le comte s'inclina encore une fois, tourna les talons et sortit par la véranda.
Grania le suivit des yeux jusqu'à ce qu'elle le perde de vue, puis elle dit à Abe :
— Organisons un beau dîner, comme autrefois quand maman était ici, avec les chandeliers sur la table et toute l'argenterie. Avons-nous du vin ?
— Une bouteille, milady. Je l'ai cachée du maître.
Grania sourit.
Quand ils avaient du très bon vin, sa mère en cachait toujours quelques bouteilles, en prévision des grandes occasions. Précaution utile car son père buvait tout, sans discrimination, et proposait ses vins à tous ceux qui venaient à la maison, quel que soit leur rang.

Elle était heureuse de pouvoir offrir un excellent bordeaux au Français.

— Tu feras un punch aux fruits, comme apéritif dit-elle, et puis, naturellement du café. Je vais aller parler à Mama Mabel.

Comme elle s'y attendait, l'énorme Mama Mabel et son large sourire semblaient remplir la cuisine.

Sa science culinaire était telle que dans l'île tout le monde attachait grand prix aux invitations à Secret Harbour.

Grania avait entendu le gouverneur se plaindre qu'on ne pouvait trouver personne capable de rivaliser avec elle. Sa mère l'avait même soupçonné de chercher à séduire Mama Mabel avec des gages plus élevés que ceux de Secret Harbour.

Mais Mama Mabel, comme beaucoup d'autres serviteurs du domaine, du vivant de la maîtresse, considérait qu'elle faisait partie de la famille.

Grania s'entretint un moment à la cuisine avec Mama Mabel, puis elle partit à la recherche d'Abe qu'elle trouva en train de faire briller l'argenterie.

Elle l'observa un moment, puis elle lui dit à voix basse :

— Si le maître revient, tu devras avertir M. Beaufort de ne pas venir.

Abe réfléchit un instant, hocha la tête et puis il annonça :

— Demain, Bella sera là.

— Je pensais qu'elle était partie.

— Pas loin.

Bella était la servante qui s'était occupée de Grania depuis sa petite enfance et qui, lorsqu'elle avait grandi, lui confectionnait toutes ses robes.

La comtesse avait fait d'elle une camériste parfaite et Grania savait qu'au retour de Bella elle serait à nouveau choyée et dorlotée et que ses toilettes de Londres seraient entre les meilleures des mains.

Elle se dit qu'elle était trop optimiste ; plus probablement, son père la ramènerait à Maigrin House et lui imposerait ce mariage, et Bella ne serait pas autorisée à la suivre.

Puis elle pensa qu'elle devait plutôt se préparer à affronter son père : elle saurait le convaincre qu'elle ne pouvait épouser Roderick Maigrin et que, s'ils s'occupaient sérieusement de la plantation, ils auraient assez d'argent pour vivre confortablement et être heureux, malgré le grand vide laissé par sa mère.

« Mon Dieu, je vous en supplie, pria-t-elle, faites qu'il m'écoute. Je vous en supplie, mon Dieu ! »

Elle sentit sa prière s'élever vers le ciel et se sentit rassurée. Comme elle voulait se faire belle pour le dîner, elle monta dans sa chambre.

Ses malles n'avaient pas été défaites et elle comprit qu'Abe avait eu la sagesse de laisser cette tâche à Bella. Grania se mit à fouiller, en quête de la plus jolie de ses toilettes.

Sa mère la lui avait fait faire juste avant de tomber malade : à cette époque, Grania allait encore à l'école mais elle était parfois autorisée à dîner avec les amis de sa mère quand il y avait une petite réception intime.

Elle souleva la robe, secoua les faux plis de la large jupe bouffante et se dit que ce corsage ajusté, avec ses petites manches ballon, était tout à fait seyant.

« Je me demande s'il va m'admirer », pensa-t-elle.

Grania ne fut pas déçue par l'expression du comte quand il pénétra dans le salon où elle l'attendait.

Il ne faisait pas encore nuit, mais elle avait allumé quelques chandelles et dès qu'il apparut sur le seuil elle retint sa respiration, tant elle le trouvait séduisant.

Elle se dit que s'il était élégant et distingué dans sa simple tenue de jour, en habit de soirée à longues basques et cravate à jabot, aucun homme ne pouvait avoir plus d'allure.

Si elle avait quelque peine à trouver des mots d'accueil, il semblait que le comte fût dans le même embarras.

Pendant un moment, ils se dévisagèrent en silence. Puis il s'avança vers elle et elle eut comme l'impression qu'il rayonnait de lumière. Une lumière où Grania eût voulu se fondre...

— Bonsoir, Grania. Vous êtes merveilleusement belle.

— Bonsoir, monsieur le comte.

Elle voulait l'appeler par son prénom mais le mot refusa de passer ses lèvres.

Intimidée, elle dit vivement :

— J'espère que le dîner ne vous décevra pas.

— Rien ne saurait me décevoir ce soir.

Elle leva la tête vers lui et crut distinguer dans ses yeux, à la lueur des chandelles, une singulière expression ; elle eut l'impression que ces yeux noirs lui transmettaient un message qu'elle ne comprenait pas.

Abe arriva alors avec le punch aux fruits, parfumé de rhum et de muscade râpée.

Grania prit un verre sur le plateau d'argent et, de nouveau, elle ne sut que dire. Elle avait cependant tant de choses à lui dire qu'elle craignait avec détresse que le temps ne lui manquât.

Ils dînèrent dans la salle à manger que sa mère avait décorée, aux murs vert très pâle et aux rideaux d'un ton plus vif. Tout ce vert donnait l'impression que l'on se trouvait dans un jardin.

Des chandeliers d'argent éclairaient la table et, tandis que le soir tombait et que les ombres s'allongeaient, la pièce devint un petit îlot de lumière, un havre préservé, loin du monde.

Le dîner fut délicieux mais plus tard Grania eût été bien en peine de dire ce qu'elle avait mangé.

Le comte apprécia le bordeaux. Cependant, il le but distraitement. Ses yeux ne quittaient pas le visage de la jeune fille.

— Parlez-moi de votre maison de la Martinique, dit-elle.

Comme s'il estimait devoir répondre à son attente, il lui raconta comment son père l'avait construite avec un architecte qu'il avait fait venir de France, pour en faire une des plus belles demeures de l'île.

— J'ai une petite consolation, dit-il. Les Anglais en ont fait leur quartier général, ce qui ne m'étonne pas. Elle ne sera donc ni pillée ni incendiée, comme l'ont été beaucoup d'autres maisons de planteurs.

— Ah, tant mieux !

— Un jour, je pourrai vous la montrer et vous verrez combien les Français savent veiller à leur bien-être quand ils sont au loin.

— Et vos propriétés de France ?

Le comte haussa les épaules.

— J'espère que la Révolution n'aura pas fait autant de ravages dans le Midi que dans le Nord. Comme Vence est une petite ville fortifiée, peut-être a-t-elle été préservée.

— Je l'espère pour vous, murmura Grania.

— Qui vivra verra. D'ailleurs, je ne retournerai jamais en France, sauf pour de brefs séjours. J'ai fait de la Martinique mon foyer, tout comme mon père avant moi, et un jour je recouvrerai mon domaine. Ensuite, ajouta-t-il d'une voix plus grave, je m'appliquerai à restaurer la maison dans son ancienne splendeur, afin qu'elle aille à mes enfants... si jamais j'en ai.

Il avait hésité en achevant cette phrase et, comme ils étaient si mystérieusement proches par la pensée, Grania sentit qu'il lui disait que s'il ne pouvait avoir d'enfants d'elle, il resterait célibataire.

Alors même que cette idée lui venait à l'esprit, elle se dit qu'elle était absurde.

Chez les Français, les mariages étaient arrangés presque à la naissance et il était même tout à fait étonnant que le comte ne soit pas encore marié.

Quand le moment viendrait, il choisirait une Française d'un rang égal au sien ; il ne lui serait pas possible d'épouser une femme d'une autre nationalité.

Sa mère lui avait souvent parlé de la fierté des Français, surtout dans les anciennes familles ; elle lui avait raconté que les aristocrates, debout dans les charrettes, allaient à la guillotine tête haute, toisant leurs bourreaux avec un mépris orgueilleux.

Soudain, Grania se sentit insignifiante, sans prestige.

Comment la fille d'un pair irlandais impécunieux et ivrogne pourrait-elle devenir l'épouse d'un homme dont la lignée remontait probablement à Charlemagne ?

Elle baissa la tête, consciente pour la première fois des murs à la peinture écaillée, des rideaux fanés, du tapis élimé.

Aux yeux d'un étranger, pensa-t-elle, la maison devait paraître délabrée et négligée. Et elle fut heureuse que l'ombre environnante atténuât un peu les signes de cet abandon.

Le repas était terminé depuis quelques instants et le comte repoussa sa chaise.

— Nous avons fini, dit-il. Irons-nous au salon ?

Grania sursauta.

— Oui, naturellement. J'aurais dû le proposer.

Elle passa devant lui et après l'avoir suivie le comte ferma la porte du salon, puis il marcha très lentement vers le canapé près duquel elle se tenait, indécise et troublée.

Il s'approcha d'elle et la contempla longuement tandis qu'elle attendait.

— Je vais partir, dit-il. Je regagne mon bord et demain, à l'aube, nous prendrons le large.

Elle poussa un petit cri.

— Pourquoi ? Pourquoi ? Vous aviez promis de rester !

— Je ne le peux pas.

— Mais... pourquoi ?

— Je vous crois assez femme pour deviner la raison, sans qu'il me faille vous l'expliquer, dit-il. (Et comme elle ouvrait de grands yeux, il poursuivit :) Vous êtes très jeune mais vous savez déjà, j'en suis sûr, que l'on ne peut jouer avec le feu sans se brûler. Je dois partir, avant de vous faire du mal et de m'en faire à moi aussi.

Grania joignit les mains mais ne put parler et il reprit :

— Je suis tombé amoureux de votre portrait dès que je l'ai vu et je n'ose vous dire ce que j'éprouve pour vous maintenant, parce que ce serait mal.

— Mal ? dit-elle dans un souffle.

— Je n'ai rien à vous offrir, comme vous le savez, et quand je serai parti vous m'oublierez.

— Cela me sera impossible...

— Vous le croyez en ce moment, mais le temps est un grand maître et nous devons oublier. Nous le devons l'un et l'autre.

— Je vous en prie... je vous en supplie...

— Non, Grania ! Ni vous ni moi ne pouvons rien changer à la situation. Vous représentez tout ce qu'un homme peut rêver tout en pensant qu'il ne le trouvera jamais. Mais vous n'êtes pas pour moi.

Il prit la main de Grania dans les siennes.

Pendant un moment, il contempla cette petite main comme si c'était un bijou précieux. Puis, lentement et avec une grâce exquise, il courba la tête et baisa d'abord le dessus de la main puis, la retournant, la paume.

Grania éprouva comme une brûlure fulgurante, puis se sentit envahie par une chaude faiblesse.

Enfin il la lâcha et se dirigea vers la porte.

— Adieu, mon amour, murmura-t-il. Que Dieu vous garde et vous protège.

Elle poussa un cri, mais la porte déjà s'était refermée et elle entendit ses pas sur la véranda, sur les marches, dans le jardin.

Elle comprit alors que c'était la fin et qu'elle ne pouvait plus rien dire ou faire pour le retenir...

Longtemps après, Grania se coucha en songeant que c'était dans ce lit qu'il avait dormi la nuit précédente.

Abe avait changé les draps, ils étaient lisses et frais, mais elle avait l'impression que l'empreinte du corps de Beaufort demeurait, que le fluide qui passait entre elle et lui vibrait encore. C'était presque comme si elle s'était couchée dans ses bras.

Elle aurait voulu pleurer mais n'y parvenait pas. Il y avait une pierre dans sa poitrine — de plus en plus lourde à chaque minute.

« Je l'ai perdu ! Je l'ai perdu ! » se dit-elle en sachant qu'elle n'y pouvait rien.

Elle ferma les yeux et revécut la journée heure par heure, minute par minute : ce qu'ils s'étaient dit, ce qu'elle avait ressenti, et finalement les sentiments qu'il avait éveillés en elle en lui embrassant la paume de la main.

Elle y posa ses propres lèvres, essayant de retrouver une extase si rapide, si fugace...

Elle se demanda ce qu'il avait ressenti. La même chose, peut-être?

Tout en étant fort ignorante des hommes et de l'amour, elle était sûre qu'il n'aurait pu provoquer chez elle une telle réaction sans être lui-même semblablement troublé.

« Je l'aime ! Je l'aime ! »

Les mots résonnaient et tournaient dans sa tête. Elle avait envie de mourir, que ce soit la fin du monde, qu'il n'y ait pas de lendemain.

Elle dut s'assoupir car soudain la porte s'ouvrit à la volée, et elle se réveilla en sursaut, poussant un cri de frayeur.

Une lumière l'éblouit quand elle se redressa et pendant un instant elle ne put voir ce qui se passait. Et puis, debout sur le seuil et armé d'une lanterne, elle distingua Roderick Maigrin.

Grania se crut en plein cauchemar ; ce n'était pas vrai, il ne pouvait pas être là, lourd, massif, les jambes écartées comme pour garder son équilibre, la figure rouge dans la lumière vacillante, les yeux furieux et menaçants.

— Qu'est-ce qui vous a pris de vous enfuir comme ça ? gronda-t-il. Je suis revenu vous chercher.

Sur le moment, Grania fut incapable de répondre. Enfin, d'une voix étrange qui n'était plus la sienne, elle bafouilla :

— Où... où est papa ?

— Votre père n'était pas en état de faire le voyage, répliqua Roderick Maigrin, alors je suis venu à sa place. Que d'ennuis vous me causez, jeune personne !

Grania parvint à se redresser avant de dire d'une voix plus claire :

— Je ne retournerai pas chez vous. Je veux que mon père vienne ici.

— Votre père n'en fera rien !

Il pénétra dans la chambre et se tint au pied du lit, se cramponnant d'une main à la boule de cuivre du montant.

— Si vous n'aviez pas eu la stupidité de fuir lâchement, dit-il sur un ton agressif, vous auriez appris que j'ai maté les rebelles qui vous ont effrayée, et qu'il n'y aura plus de révolte dans ma plantation.

— Comment pouvez-vous en être sûr ? demanda Grania.

— J'en suis sûr, parce que j'ai réglé leur compte aux meneurs. Ils ne pourront plus venir semer la sédition parmi mes esclaves !

— Vous... vous les avez tués ?

— Je les ai fusillés sur-le-champ, avant qu'ils aient l'occasion de faire plus de dégâts.

Son comportement satisfait révélait qu'il avait aimé tuer et Grania fut soudain convaincue que les hommes qu'il avait abattus étaient sans armes.

Elle chercha comment elle pourrait l'éloigner.

Tandis qu'elle se creusait la tête, elle s'aperçut qu'il la regardait étrangement : elle prit conscience de la transparence de sa chemise de nuit.

Elle se rejeta contre ses oreillers et remonta le drap. Il éclata de rire, du rire d'un homme très sûr de son fait.

— Vous êtes bougrement séduisante comme ça, et vous le serez encore plus quand je vous aurai appris à être une femme. Maintenant dépêchez-vous de vous habiller. J'ai une voiture qui nous attend, encore qu'après votre conduite je devrais vous faire aller à pied !

— Vous voulez dire... Vous voulez que je parte avec vous, à cette minute même? demanda Grania persuadée d'avoir mal compris.

— Avec le clair de lune pour nous éclairer, ce sera une promenade d'amoureux, railla Maigrin, et demain matin, un pasteur nous mariera.

Grania laissa échapper un petit cri d'horreur.

— Je ne vous épouserai pas! Je ne vous suivrai pas! Je... je refuse! Vous comprenez? Je refuse!

Il rit encore.

— Ainsi, c'est ça, votre attitude! Je suppose, demoiselle aux Grands Airs, que vous ne me trouvez pas assez bon pour vous. Eh bien, vous vous trompez! Si je n'avais pas payé les dettes de votre père, il serait en prison! Fourrez-vous ça dans la tête! (Il s'interrompit un moment et ses petits yeux se plissèrent, puis il persifla:) Si vous ne voulez pas vous habiller pour m'accompagner, je vous ramènerai comme vous êtes et j'y prendrai grand plaisir.

C'était une menace qu'il semblait prêt à mettre à exécution car il contourna le montant du lit pour s'approcher d'elle et cette fois elle poussa un long cri de terreur.

On frappa à la porte restée ouverte et Roderick Maigrin se retourna.

Abe se tenait sur le seuil.

Il apportait un verre sur un plateau d'argent et ce fut avec une figure impassible qu'il s'avança et dit:

— Monsieur aimerait boire?

— Et comment! Mais c'est de la dernière impertinence de m'avoir suivi.

Roderick Maigrin prit le verre sur le plateau et, comme Abe ne bougeait pas, il gronda:

— Je suppose que c'est toi que je dois remercier pour avoir aidé ta maîtresse à s'enfuir si stupidement ! Je vais te faire donner du fouet dans la matinée, pour ne pas avoir dit à ton maître où vous alliez

— J'ai essayé de réveiller le maître, monsieur, mais lui, pas bouger.

Maigrin ne répondit pas.

Il buvait avidement le punch apporté par Abe, l'avalant comme s'il s'agissait d'eau claire.

Le verre vidé, il le reposa brutalement sur le plateau qu'Abe présentait toujours.

— Va m'en chercher un autre ! Et pendant que je bois, tu porteras les malles de ta maîtresse en bas et tu les mettras dans ma voiture... Elle repart avec moi. Tu nous suivras, avec les chevaux de ton maître. Ni toi ni elle ne reviendrez ici.

— Oui, monsieur, murmura Abe et, tournant les talons, il sortit de la chambre.

Grania aurait voulu lui crier de ne pas la quitter mais elle savait que si Roderick Maigrin faisait fouetter ou tuer Abe, elle serait impuissante à l'en empêcher.

Cependant, l'intrusion du serviteur avait distrait Maigrin. Il s'essuya la bouche d'un revers de main et grommela :

— Dépêchez-vous de vous habiller ou vous verrez que je ne plaisante pas quand je dis que je vous emmènerai comme vous êtes. Quand vous serez ma femme, vous obéirez, sinon vous vous apercevrez qu'il en cuit de me défier !

Il se dirigea vers la porte. Arrivé là, il se rendit compte que s'il emportait la lanterne il laisserait Grania sans lumière.

Il la posa bruyamment sur la commode et, cramponné à la rampe, il commença à descendre tout en glapissant :

— Allume des chandelles, sale paresseux de nègre !

Comment veux-tu que je retrouve mon chemin dans le noir ?

Grania resta paralysée de terreur, songeant avec détresse à la seule personne qui pouvait maintenant la sauver, non seulement du retour à Maigrin House mais aussi du mariage prévu.

Alors même qu'elle pensait à Beaufort, elle savait qu'il lui serait impossible de le joindre.

La maison avait été construite avec un seul escalier, puisque les serviteurs dormaient à l'extérieur dans leurs cases.

La seule voie d'évasion était de passer par le vestibule et que Roderick Maigrin fût dans la salle à manger ou au salon, il la verrait et la suivrait.

Il découvrirait ainsi la présence du comte. Ce serait le trahir, lui et ses amis, vouer à la mort tous ceux qui étaient à bord.

— Que faire ? Mais que faire ? se demanda-t-elle tout haut.

Et puis, comme elle n'avait pas le choix, elle se leva.

Elle ne sous-estimait pas la menace de Roderick Maigrin de l'emmener telle qu'elle était, et elle devinait qu'il serait heureux de l'humilier et de prouver son emprise sur elle et sur son père.

Demain, elle serait la femme d'un tel homme ! En y songeant, elle se dit que jamais elle ne pourrait l'admettre. Si c'était là le destin qui l'attendait, plutôt se tuer que d'être sa femme.

Et si elle se donnait la mort, il continuerait sans doute d'aider son père : il ne mettrait pas à exécution sa menace de le laisser emprisonner, tant qu'il aurait besoin de lui pour se lancer dans la haute société.

« Je mourrai ! » se promit fermement Grania et elle se demanda comment elle s'y prendrait.

Lentement, parce que le temps passait, elle commença à s'habiller.

Elle venait de prendre dans l'armoire la robe qu'elle avait portée dans la journée et s'en revêtait quand Abe reparut.

Il était monté si discrètement qu'elle n'avait rien entendu. Lorsqu'il entra dans la chambre, elle eut envie, comme lorsqu'elle était petite, de se précipiter vers lui.

— Abe... Abe, murmura-t-elle. Que puis-je faire?

Il porta un doigt à ses lèvres et, en traversant la chambre pour fermer une des malles et boucler les courroies, il chuchota, si bas qu'elle put à peine entendre:

— Attends ici, milady. Je viens te chercher.

Grania le regarda avec stupéfaction, en se demandant ce qu'il voulait dire.

Il souleva la malle, la hissa sur son épaule et descendit sans faire plus de bruit qu'un chat. Grania l'entendit demander respectueusement:

— Encore un punch, monsieur?

— Apporte-le-moi et dépêche-toi avec les bagages, gronda Roderick Maigrin. (Grania devina qu'il était assis juste à l'entrée du salon.)

— Trois autres malles, monsieur.

— Dis à ta maîtresse de descendre me tenir compagnie. Je m'ennuie ici, tout seul.

— Pas prête, monsieur, répondit Abe qui était déjà à mi-étage.

Il ferma la deuxième malle et la descendit.

Grania l'entendit servir un autre verre de punch à M. Maigrin.

Elle pensa que Mama Mabel devait les préparer à la cuisine. Abe remonta mais, cette fois, il n'arrivait pas les mains vides.

Il tenait une grande panière d'osier qui servait à

porter la lessive dehors pour l'étendre au soleil, une fois lavée.

Grania le regarda avec étonnement quand il la posa par terre et, sans un mot, lui fit signe d'y monter.

Elle comprit alors, se blottit au fond de la corbeille et attendit qu'il enlève un drap du lit pour la recouvrir, toujours silencieux.

Soulevant le panier par ses deux anses, il s'engagea dans l'escalier.

Le cœur de Grania battait fébrilement; elle se disait qu'en dépit de tout ce qu'il avait bu Roderick Maigrin risquait fort de trouver bizarre que les toilettes qu'elle avait apportées de Londres soient transportées ainsi dans une simple corbeille ouverte.

Elle savait cependant qu'il n'y avait aucun moyen disponible et qu'Abe tentait sa chance, comptant que M. Maigrin ne s'attendrait certainement pas à ce qu'elle s'échappe d'une manière aussi peu glorieuse.

Abe atteignit la dernière marche.

Il traversa le vestibule et passa devant la porte ouverte du salon.

A travers les joncs d'osier, Grania aperçut plusieurs chandelles allumées et crut distinguer le corps trapu de l'homme qu'elle haïssait, vautré dans un fauteuil, un verre à la main. Elle n'était pas cependant certaine de l'avoir réellement vu de ses yeux.

Abe suivait maintenant le couloir de la cuisine. Elle retint sa respiration, craignant d'entendre au dernier moment la voix de Roderick Maigrin.

Mais Abe continua d'avancer. Il franchit la porte de service et, sans s'arrêter, marcha jusqu'aux massifs de bougainvilliers qui grimpaient aux murs de la maison.

Enfin, il posa la corbeille par terre et Grania comprit qu'elle était sauvée, qu'elle pouvait maintenant rejoindre Beaufort sans que Roderick Maigrin en sache rien.

Abe dégagea le drap qui la recouvrait et elle vit ses yeux anxieux.

— Merci, Abe, chuchota-t-elle. Je vais courir au navire.

Il hocha la tête et murmura :

— J'apporte les malles plus tard.

Il les montra du doigt et Grania vit qu'il les avait cachées dans les buissons.

— Sois prudent, dit-elle et il sourit.

Puis, tandis que la terreur qu'elle refoulait déferlait sur elle comme une lame de fond, elle se mit à courir à perdre haleine, comme une folle, comme si déjà Roderick Maigrin la poursuivait dans les bois qui descendaient vers la baie.

5

Il faisait noir sous les arbres mais Grania ne pouvait pas s'arrêter de courir. Soudain, elle heurta un obstacle et, comprenant que c'était un être humain, elle poussa un petit cri de frayeur.

Mais à peine avait-il jailli de ses lèvres qu'elle devina qui était là.

— Ah... sauvez-moi! Sauvez-moi! supplia-t-elle dans un souffle, craignant d'être entendue.

— Que s'est-il passé? Que vous est-il arrivé? demanda le comte.

Pendant un moment, essoufflée, Grania ne put répondre.

Elle savait seulement que Beaufort était là et, sans réfléchir, elle se rapprocha de lui pour enfouir sa figure contre son épaule.

Lentement, presque comme s'il agissait à contrecœur, il la prit dans ses bras.

Ce fut pour Grania un intense réconfort et elle réussit enfin à s'expliquer:

— Il... il est venu me chercher... Je dois être... mariée demain... et j'ai cru que jamais je ne pourrais m'échapper.

— Mais vous avez réussi. Ma vigie a vu de la

lumière à vos fenêtres et je venais aux renseignements.

— Je croyais que jamais... jamais je ne pourrais m'évader... mais Abe m'a emportée... dans une corbeille à linge.

Elle pensait, tout en parlant, que ce détail paraîtrait amusant plus tard mais elle était encore si terrifiée et haletante d'avoir couru qu'elle ne parvenait pas à avoir un discours cohérent.

— Maigrin est là ? demanda le comte.

— Il... il m'attend.

Beaufort ne répondit pas. Il la fit simplement pivoter dans la direction du navire et, un bras autour de ses épaules, il la conduisit vers la rade.

Dès l'instant qu'il était près d'elle, elle s'apaisait. Et puis elle se sentait trop tremblante, trop faible pour réfléchir.

Comme s'il le comprenait, il la soutint pour monter sur la passerelle et la franchir, au cas où elle perdrait l'équilibre.

Ils s'arrêtèrent sur le pont et Grania crut tout d'abord qu'ils s'y trouvaient seuls.

Puis elle vit un homme dans les haubans et pensa que c'était la vigie dont le comte avait parlé.

Elle se retourna pour contempler la maison et se rendit compte que les arbres et les fourrés la cachaient complètement. Seul l'homme en haut du mât avait pu voir les lumières et alerter le comte.

Ils descendirent dans la cabine où elle comprit que lorsque l'alerte avait été donnée, il était déjà couché.

Les draps étaient rejetés. A la lumière d'une lanterne, elle vit qu'il ne portait qu'une chemise de batiste légère, ouverte au cou, et un pantalon sombre.

Comme il la contemplait, elle prit conscience de

sa tenue, de ses cheveux dénoués tombant sur ses épaules. Elle n'avait pas songé à se coiffer quand elle s'était habillée en hâte, sur l'ordre de Roderick Maigrin.

Le comte ne disait rien. Grania lança la première chose qui lui passa par la tête :

— Je ne peux pas retourner là-bas !

— Non, bien sûr. Mais où est votre père ?

— Il n'était pas assez... il n'était pas en état d'accompagner M. Maigrin.

Elle baissait les yeux mais il n'était point besoin d'explications pour qu'ils comprennent tous deux que le comte de Kilkerry était ivre et que c'était la raison pour laquelle il était resté à Maigrin House.

— Asseyez-vous, dit brusquement le comte. J'ai à vous parler.

Docilement, et aussi parce que ses jambes ne la soutenaient plus, Grania s'assit dans un des profonds fauteuils.

Deux lanternes étaient accrochées dans la cabine et elle vit que les hublots étaient fermés par des volets de bois qu'elle n'avait pas remarqués dans la journée. Aucune lumière ne filtrait donc à l'extérieur.

Le comte hésita un moment puis, toujours debout, il dit à Grania :

— Je veux que vous réfléchissiez sérieusement à ce que vous me demandez de faire.

Elle ne répondit pas mais le regarda avec appréhension, craignant un refus.

— Vous êtes bien sûre, reprit-il, qu'il n'y a personne dans l'île chez qui vous pourriez vous cacher ? Personne qui vous protégerait des rebelles ?

— Il n'y a personne, dit-elle avec simplicité.

— Et nulle part, dans d'autres îles, chez l'un ou l'autre ?

Grania baissa la tête.

— Je sais que je suis une charge pour vous et que je n'ai pas le droit de vous demander de me protéger. Mais pour le moment, j'ai du mal à penser à… à autre chose qu'à ma terreur.

Elle songea, tout en parlant, qu'elle exprimait bien mal ses sentiments ; en réalité elle ne voulait qu'une chose : rester auprès du comte.

Puis elle se dit que c'était là, de sa part, une conduite très répréhensible : elle le connaissait à peine et il lui avait fait comprendre clairement qu'elle n'avait aucune place dans sa vie.

Comme elle estimait qu'il devait deviner ce qu'elle pensait, elle leva les yeux vers lui et murmura :

— Je suis navrée… je suis vraiment navrée de vous demander cela.

Il sourit et elle eut l'impression que toute la cabine s'illuminait.

— Il n'y a aucune raison d'être navrée, à mon point de vue, dit-il, mais c'est au vôtre que je pense… Toute votre vie est devant vous et si votre mère avait vécu, vous auriez trouvé votre place dans la haute société londonienne. C'est une solution déraisonnable que d'être la seule femme à bord d'un vaisseau de pirates.

— Oui, mais… c'est là que je veux être, murmura Grania.

— Vous en êtes bien sûre ?

— Tout à fait.

Elle éprouvait une envie irrésistible de se lever et de s'approcher de lui, de se blottir contre lui comme tout à l'heure. Elle voulait sentir sa force, retrouver le sentiment de sécurité qu'il lui apportait.

Ce désir était si violent que le rouge lui monta aux joues ; elle se détourna.

Comme si elle lui avait dit ce qu'il voulait savoir, le comte déclara :

— Très bien. Nous lèverons l'ancre à l'aube.

— Vous voulez dire... C'est bien vrai ?

— Dieu seul sait si j'ai raison, bougonna-t-il, mais je dois vous protéger. Cet homme est indigne d'une femme de qualité.

Grania laissa échapper soudain un cri d'horreur.

— Et s'il nous découvre ? S'il venait ici, en se rendant compte que je ne suis plus dans la maison ?

— Ce n'est guère probable et s'il surgit, je m'occuperai de lui. Le vent est tombé et il est impossible de faire voile avant demain.

— Il ne pourra soupçonner qu'il y a un navire dans la baie, murmura Grania comme pour se rassurer. Et s'il venait dans notre direction, Abe nous avertirait.

— Je n'en doute pas.

— Quand M. Maigrin sera parti, Abe apportera mes malles. Il les a cachées dans le jardin.

— Je vais demander à la vigie de le guetter, dit le comte en quittant la cabine.

Quand il fut parti, Grania joignit les mains et fit une prière d'action de grâces :

« Merci, mon Dieu, de me laisser rester avec lui ! Merci, mon Dieu, pour ce navire qui était là quand j'en avais tant besoin. »

Elle songea que sans lui elle aurait dû fuir dans la jungle et s'y cacher. Et sans doute l'aurait-il retrouvée. Peut-être avec des chiens, ou en envoyant ses esclaves à sa poursuite.

« Merci, mon Dieu... Merci pour... le comte ! » pensa-t-elle en l'entendant revenir.

Il entra et, une fois de plus, Grania résista à l'envie de courir se jeter dans ses bras.

— Il y a encore de la lumière dans la maison, dit-il. Je suppose que votre visiteur est toujours là.

A ce moment, on entendit au-dehors un léger sifflement.

— Ah ! Ce doit être pour nous annoncer l'arrivée d'Abe.

Grania se leva d'un bond.

— J'espère qu'il va bien ! J'ai eu grand-peur qu'en découvrant ma disparition M. Maigrin ne passe sa fureur sur Abe...

Elle suivit le comte sur le pont, en refermant avec soin la porte de la cabine.

On y voyait assez bien, grâce au clair de lune, et quand elle s'approcha de la rambarde, elle aperçut Abe au bord de l'eau, une des malles sur son épaule. Il monta à bord.

— Que se passe-t-il, Abe ?

— Tout va bien, milady. M. Maigrin, il dort.

— Il dort !

Abe sourit de toutes ses dents.

— Un peu de poudre dans le dernier verre. Il dort maintenant jusqu'à demain. Il se réveille avec la tête grosse comme ça !

— Comme tu as été avisé, Abe !

— Très avisé, reconnut le comte.

— J'apporte les bagages, reprit Abe. Tu t'en vas, milady, tu ne reviens pas avant que tout soit sûr.

— C'est ce que je vais faire, dit-elle. Mais toi ? J'ai peur que M. Maigrin ne te fouette.

— Risque rien, milady, assura Abe. Il ne me trouvera pas.

Grania savait qu'il y avait beaucoup d'endroits dans l'île où Abe pouvait se cacher.

— Je vais chercher les autres malles et Joseph prend la voiture, dit Abe.

Grania s'étonna.

— Où va-t-il la conduire ?

Le sourire d'Abe s'élargit et elle vit briller ses dents blanches au clair de lune.

— Quand M. Maigrin se réveille, il pensera que tu es allée auprès du maître. Joseph laissera les chevaux là-bas.

— Quelle excellente idée, Abe ! Et même s'il croit que je me cache de lui, M. Maigrin me cherchera dans les environs de sa maison.

Abe éclata d'un rire presque enfantin. Puis il répéta :

— Je vais chercher les autres malles.

— Attends une minute, dit le comte. Je vais demander à quelqu'un de venir avec toi.

Il parla à sa vigie qui glissa le long du mât et rejoignit Abe sur la passerelle.

Le comte souleva la malle de Grania et la porta vers la cabine.

Elle le précéda en courant pour lui ouvrir la porte et, quand ils furent entrés, elle protesta :

— Je ne peux pas prendre votre cabine ! Il doit y avoir un autre coin où je pourrai dormir.

— Vous êtes mon invitée et c'est ici que vous dormirez, déclara-t-il fermement. J'espère que vous vous y trouverez bien.

Grania laissa fuser un petit rire de bonheur.

— J'y serai très bien… et tout à fait en sécurité. Comment puis-je vous remercier d'être si bon pour moi ?

Il ne répondit pas, mais ils se regardèrent et elle eut le sentiment qu'il lui faisait comprendre qu'il était aussi heureux qu'elle et que toute parole eût été superflue.

Comme son expression l'intimidait, Grania dit vivement :

— Je dois donner de l'argent à Abe. J'en ai un peu, dans une de mes malles.

Elle avait caché l'argent rapporté d'Angleterre, parce qu'elle avait peur que son père ne le lui prenne et qu'elle se retrouve sans rien. Lorsque sa mère était tombée malade, elle avait confié à Grania :

— Ma chérie, je veux retirer de la banque tout l'argent qu'il me reste.

— Pourquoi, maman ?

Il y avait eu un long silence, comme si la comtesse réfléchissait à ce qu'elle devait dire. Puis, sentant probablement que ce serait une erreur de feindre, elle déclara :

— Tu dois avoir de l'argent à toi, un argent qui ne sera pas jeté sur des tables de jeu ni dilapidé à boire. Cela paiera ton trousseau quand tu te marieras et assurera ton indépendance… si les choses vont mal.

Elle ne donna pas d'autres explications et, voyant sa faiblesse, Grania pensa qu'il importait avant tout de faire ce qu'elle voulait sans poser plus de questions.

— Je comprends, maman. Ne m'en dites pas plus. Je ferai exactement ce que vous désirez.

Ce même jour, elle était allée à la banque et avait retiré les quelques centaines de livres qui restaient à sa mère.

— Est-ce vraiment sage, milady ? avait demandé le directeur. Garder tant d'argent par-devers vous ?

— Je vais le mettre en lieu sûr, promit Grania.

Le banquier l'avait sans doute jugée imprudente mais à présent c'était une joie pour elle de pouvoir donner de quoi vivre à Abe et de payer de vieux serviteurs qui depuis longtemps sans doute ne recevaient plus de gages.

— Je vais veiller à cela, proposa le comte.

— Certainement pas, répliqua-t-elle. J'ai ma fierté. J'ai de l'argent et c'est ainsi que je veux le dépenser.

Elle songeait que lorsque sa mère avait parlé de trousseau elle n'imaginait certainement pas que sa fille risquait d'épouser un homme qu'elle avait toujours méprisé.

Le comte défit les courroies de la malle et l'ouvrit. Grania retrouva l'argent, là où elle l'avait caché, tout au fond.

Elle compta quinze souverains d'or en pensant que c'était là une somme qui permettrait aux vieux serviteurs de survivre un certain temps.

Le comte avait quitté la cabine et quand elle eut glissé les pièces dans une petite bourse, elle monta le rejoindre.

Il guettait Abe et quand celui-ci apparut avec le matelot français, qui portait aussi une malle, Grania eut l'impression que le comte était soulagé : il avait peut-être eu peur que Roderick Maigrin, réveillé, ne les ait suivis.

Les malles furent transportées à bord et Grania prit Abe à part.

— Voilà de l'argent, Abe. C'est pour toi et pour ceux de la plantation qui, à ton avis, l'ont mérité. (Elle lui mit la bourse dans la main et poursuivit :) Quand M. Maigrin aura renoncé à me chercher, fais dégager par les esclaves toutes les broussailles autour des muscadiers. Quand le calme sera revenu, nous en planterons davantage et j'espère que nous aurons une récolte qui rapportera plus d'argent que nous n'en avons eu dans le passé.

— Bonne idée, milady.

— Prends bien soin de la maison, Abe, jusqu'à mon retour.

— Tu reviens. Tu manqueras au maître.

— Oui, bien sûr, dit Grania, mais seulement quand je ne risquerai plus rien.

En disant cela elle se retourna et vit que le comte n'était pas loin.

— Comment saurons-nous quand nous pouvons revenir sans danger ? lui demanda-t-elle.

— Nous tâcherons d'avoir des nouvelles de votre père, mais nous devons nous assurer que les rebelles n'ont pas pris Saint-George's ainsi que d'autres parties de l'île.

— Si pas de danger, monsieur, dit Abe, je laisse un signe.

— Voilà ce que j'allais suggérer.

— Si pas de risques venir ici, je hisse un drapeau blanc au portail.

— Et s'il y a du danger ? demanda le comte.

— Si les rebelles ou M. Maigrin sont dans la maison, drapeau noir.

Grania savait que les drapeaux ne seraient que des chiffons blancs ou noirs au bout d'un bâton, mais cela ne nuirait pas à la clarté du message. Elle tendit la main à Abe.

— Merci, Abe, tu as veillé sur moi depuis que je suis toute petite et je sais que tu le feras toujours.

— Vous serez tout à fait en sécurité avec M. Beaufort, milady.

Il serra la main de Grania et s'apprêta à partir.

— Je t'en prie, Abe, sois prudent, prends bien soin de toi, supplia-t-elle. Je ne veux pas te perdre.

Il lui adressa un sourire confiant et elle devina que, dans un sens, il avait beaucoup aimé l'aventure et même le danger des dernières heures.

Quand il eut disparu sous les pins, le comte dit à Grania :

— Maintenant vous êtes sous mon commandement et je vais vous donner vos ordres.

Grania rit légèrement.

— Bien, capitaine !

— Vous allez vous coucher et dormir. Je pense que vous avez vécu assez de drames pour une nuit !

Elle lui sourit et il passa devant elle pour lui ouvrir la porte de la cabine. Le matelot qui avait accompagné Abe apporta les malles et les rangea dans un coin.

— Voulez-vous les défaire tout de suite ? demanda le comte.

— Oh non. J'ai tout ce qu'il me faut dans celle que j'ai déjà ouverte.

Le comte souffla une des lanternes suspendues au plafond et décrocha l'autre pour la poser à côté du lit.

Il souleva le loquet et ouvrit la petite porte de verre pour que Grania puisse éteindre aisément la flamme.

— Avez-vous besoin d'autre chose ?

— Non, de rien d'autre, merci. Et… merci encore. Je suis si heureuse d'être ici que j'ai envie de vous remercier inlassablement.

— Vous aurez le temps de me remercier demain, mais pour le moment il est important que vous vous reposiez. Bonne nuit, mademoiselle, dormez bien.

— Bonne nuit, capitaine, répondit Grania.

Et elle resta seule.

Quand Grania s'éveilla, elle sentit le balancement du navire, elle entendit le grincement des vergues, le sifflement du vent dans les haubans et, dans le lointain, des voix et des rires.

Pendant quelques instants, elle se demanda où elle était, puis elle se souvint qu'elle naviguait en mer, loin de Roderick Maigrin et de la peur qui avait pesé comme une pierre sur son cœur.

« Je suis sauvée ! Sauvée ! »

Elle eût voulu pouvoir le crier. Elle savait qu'elle était heureuse parce qu'elle était avec le comte.

Elle s'était endormie très consciente d'avoir la tête sur l'oreiller de Beaufort, d'être couchée là où il avait dormi.

Elle se sentait tout près de lui, comme lorsqu'elle l'avait heurté dans la nuit et avait enfoui sa figure contre son épaule. Elle avait senti alors la chaleur de son corps avant même de connaître la force de ses bras et, cette nuit, elle avait rêvé qu'il l'enlaçait encore.

Elle s'assit dans le lit et repoussa ses cheveux de son front.

Elle était certaine d'avoir dormi longtemps. Il devait être tard mais cela n'avait aucune importance.

Il n'y avait pas de pasteur qui l'attendait, pas de Roderick Maigrin prêt à l'étreindre.

— Je suis sauvée ! s'exclama-t-elle tout haut et elle se leva.

Une fois habillée, elle eut faim. Mais elle ne se pressa pas.

Elle trouva un petit miroir parmi ses affaires et consacra un long moment à se brosser les cheveux et à les coiffer comme elle le faisait à Londres — une coiffure que sa mère trouvait très seyante.

Puis elle choisit une de ses plus jolies robes et ce fut seulement quand le miroir lui dit qu'elle était gracieuse qu'elle ouvrit la porte au grand soleil éclatant.

Le pont qui lui avait paru hier désert grouillait maintenant d'activité.

Il y avait des hommes dans les haubans, d'autres aux cordages, les voiles se gonflaient au vent du large. La mer bleue étincelait et des mouettes tournoyaient au-dessus du navire.

Grania regarda autour d'elle. Elle ne cherchait qu'un seul homme et quand elle le vit, son cœur battit plus fort.

Il était à la barre et elle trouva qu'avec ses deux mains sur la roue, la tête levée comme s'il scrutait l'horizon lointain, aucun homme mieux que lui ne pouvait donner une telle impression de maîtrise et de souveraineté !

Elle allait le rejoindre quand il l'aperçut, confia la barre à un matelot et s'approcha d'elle.

Il l'examina des pieds à la tête, avec un léger sourire, comme s'il devinait qu'elle avait cherché à se faire belle et l'appréciait.

— Je suis très en retard, dit Grania en pensant qu'il lui fallait parler.

— Il est bientôt midi. Voulez-vous attendre le déjeuner, ou prendre maintenant le petit déjeuner que vous avez manqué ?

— J'attendrai, dit-elle parce qu'elle voulait rester près de lui.

Il la prit par le bras et l'escorta le long du pont, en s'arrêtant tous les quelques pas pour lui présenter les hommes d'équipage.

— Voici Pierre... Jacques... André... et Léon.

Grania apprit par la suite que trois de ces hommes étaient très riches, avant de quitter la Martinique.

Deux d'entre eux étaient des planteurs comme le comte et avaient possédé de nombreux esclaves et le troisième, Léon, était un des plus grands avocats de Saint-Pierre, la capitale.

Elle devait apprendre aussi qu'ils avaient le courage de ne jamais se plaindre de leur sort et qu'ils restaient optimistes, certains qu'un jour la roue de la fortune leur serait favorable et qu'ils retourneraient chez eux.

Les autres étaient les serviteurs personnels du comte et de ses amis ; il y avait aussi plusieurs jeunes clercs de l'étude de Léon, tous profondément reconnaissants à Beaufort d'avoir pu fuir avec lui alors qu'ils risquaient d'être jetés en prison ou forcés de servir l'ennemi.

Durant les deux premiers jours en mer, Grania découvrit que c'était non seulement un navire actif mais aussi heureux.

Dès l'aube, et jusqu'à l'extinction des feux, l'équipage chantait et riait en travaillant.

Aucun des hommes n'était matelot de métier et les manœuvres les plus simples mobilisaient non seulement leur intelligence mais des muscles dont ils n'avaient pas fait usage jusque-là.

Ils semblaient en faire un jeu et souvent Grania se penchait à la dunette pour les observer, les écouter chanter ou tirer à pile ou face pour savoir qui grimperait aux mâts et sur les vergues.

Cependant, elle remarqua que même pour ses amis, le comte apparaissait toujours comme le commandant, le chef.

Elle avait l'impression, et elle était certaine de ne pas se tromper, qu'ils avaient autant qu'elle confiance en lui. Il leur apportait un sentiment de sécurité.

En montant à bord, elle avait cru qu'elle serait souvent seule avec Beaufort, mais il n'en fut pas ainsi.

Il avait beaucoup à faire et, toujours, il semblait à l'affût du danger.

Chaque fois que la vigie annonçait une voile à l'horizon, ils viraient de bord. Toutefois, Grania n'aurait pas juré qu'il aurait agi ainsi si elle n'avait pas été là.

Elle avait pensé aussi qu'ils prendraient leurs repas ensemble, mais elle apprit que les trois meilleurs amis du comte dînaient toujours avec lui et que le repas de midi n'était qu'un en-cas pris entre deux manœuvres.

Henri, le chef ou le « maître-coq » comme disaient les marins français, préparait des bols de soupe que les hommes mangeaient en travaillant, et aussi du fromage ou du pâté sur de longues tranches de pain français.

Grania mangeait comme les autres, sur le pont ou, quand elle était lasse du soleil, seule dans la cabine en lisant un livre. Elle trouvait les ouvrages du comte fort intéressants mais aussi un peu singuliers.

Bien sûr, elle s'était doutée qu'il devait apprécier Rousseau et Voltaire mais elle ne s'attendait pas à trouver dans sa bibliothèque tant de volumes de poésie, et même de poésie anglaise, encore moins des ouvrages religieux.

« Il doit être catholique », se dit-elle.

Peut-être était-ce l'air du large ou le mouvement du navire, ou encore parce qu'elle était heureuse, mais Grania dormait paisiblement et sans rêves comme lorsqu'elle était enfant, et se réveillait le cœur battant de joie à la naissance d'un nouveau jour.

Un après-midi enfin, après la grosse chaleur, ils arrivèrent en vue de Saint-Martin.

La veille, au dîner, le comte et ses amis avaient dit à Grania que le plus petit territoire du monde était partagé entre deux Etats souverains.

— Pourquoi ? demanda-t-elle.

Léon, l'homme de loi, rit et expliqua :

— Selon la légende, les Hollandais et les Français

prisonniers de guerre, amenés dans l'île pour détruire le fort espagnol et d'autres bâtiments, sortirent de leurs cachettes après la déroute des Espagnols et s'aperçurent qu'ils avaient une île à se partager.

— Par des moyens pacifiques, intervint Jacques.

— Ils en avaient assez de se battre, ajouta le comte.

— Le problème de la frontière fut tranché par une épreuve de marche.

Grania éclata de rire.

— Comment cela ?

— Un Français et un Hollandais, expliqua Léon, partirent du même point et firent le tour de l'île dans des directions opposées. Il avait été convenu que la frontière serait tracée à travers l'île, tout droit à partir de leur point de rencontre.

— Quelle merveilleuse idée ! s'exclama Grania. Pourquoi ne peut-on faire une chose aussi simple dans les autres îles ?

— Parce que les autres sont bien plus grandes, dit Léon. Le Français, stimulé par le vin, marchait plus vite que le Hollandais, alourdi par sa bière et son genièvre. (Tous les hommes rirent mais Léon poursuivit sérieusement :) Quelle que soit l'origine de la frontière, les Français et les Hollandais ont vécu depuis en parfaite harmonie.

— Voilà qui me paraît très raisonnable, déclara Grania.

Pour la première fois depuis qu'elle était à bord, le comte resta auprès d'elle après le départ de ses amis. Grania le regarda d'un air étonné.

— J'ai une suggestion à vous faire, dit-il, mais j'ai un peu peur qu'elle ne vous plaise pas.

— De quoi s'agit-il ? demanda-t-elle avec appréhension.

Le comte ne répondit pas tout de suite et elle s'aperçut qu'il examinait ses cheveux.

— Il y a quelque chose... quelque chose ne va pas ?

— Je pensais que vous êtes merveilleusement belle et que ce serait pour moi un péché de vous demander de changer, en quelque façon que ce soit, mais il s'agit d'une chose que je juge importante.

— Quoi donc ?

— Je dois songer à vous et pas seulement à votre sécurité mais à votre réputation.

— Comment cela ?

— Quand nous arriverons à Saint-Martin, même s'il est vrai que ma maison est très isolée, vous imaginez aisément que sur un territoire de quelques centaines d'arpents à peine, tout se sait et que les rumeurs circulent vite.

Grania acquiesça.

— C'est pourquoi je pense que vous devriez changer d'identité.

— Vous voulez dire... que je dois cacher que je suis anglaise ?

— Les Français, même à Saint-Martin, ont un sens patriotique aigu.

— Alors pourrais-je être française, comme vous ?

— C'est naturellement ce que je voudrais, répondit le comte, et j'ai pensé que je pourrais vous présenter comme ma cousine, Mlle Gabrielle de Vence.

— Je serais enchantée d'être votre cousine !

— Il y a une difficulté.

— Laquelle ?

— Vous n'avez pas du tout le type français. Vous êtes terriblement anglaise.

— J'ai toujours cru que mes cils, qui sont foncés, disaient mon origine irlandaise.

— Mais vos cheveux sont comme le soleil et aussi flamboyants que l'Union Jack.

Grania rit.

— Me voilà bien insultée, si vous les voyez en rouge blanc et bleu !

— C'était à une autre couleur que j'avais songé, dit le comte sans sourire.

Grania resta bouche bée de stupéfaction.

— Me demanderiez-vous de... de me *teindre* les cheveux ?

— J'en ai déjà parlé à Henri et il a préparé ce qu'il appelle un « rinçage », qui partira aisément quand vous pourrez révéler votre vraie nationalité.

Grania ne parut pas convaincue et le comte poursuivit :

— Je vous promets que ce n'est pas noir ni d'aucune teinte déplaisante. Cela changera simplement l'or éclatant de vos cheveux en une nuance un peu plus banale chez les Françaises, bien que jamais, je le crains, elles n'aient votre teint clair et cette peau douce comme un pétale de camélia.

Grania sourit.

— C'est très poétique.

— J'ai du mal à ne pas l'être quand je suis près de vous. En même temps, Grania, comme vous me l'avez fait observer, les Français sont raisonnables et réalistes et c'est ce que nous devons être tous les deux.

— Oui... Bien sûr.

Mais elle répugnait à se teindre les cheveux, craignant de paraître moins séduisante aux yeux du comte.

Henri entra dans la cabine pour lui expliquer comment elle devait s'y prendre et, pour commencer, il trempa une des mèches de Grania dans le liquide qu'il avait apporté dans un pichet. Quand il la retira, elle vit que l'or de ses cheveux s'était terni et assombri.

— Non, non! Je ne pourrai jamais! s'écria-t-elle.

Il posa le petit pichet et en prit un autre plein d'eau douce; de nouveau il plongea la mèche et l'agita un moment puis il la ressortit.

La teinte châtaine avait disparu.

— Comme vous êtes habile, Henri!

— C'est une très bonne teinture, dit-il avec fierté. Quand la guerre sera finie, j'en mettrai en vente et je ferai fortune.

— Je n'en doute pas un instant!

Henri expliqua que s'il avait utilisé du brou de noix, ou même une décoction de noix muscade, il aurait fallu des mois pour retrouver la teinte normale.

— Ceci est différent, dit-il, et un jour, vous verrez, mademoiselle, à Paris tout le monde réclamera la Couleur Rapide d'Henri!

— Je suis ravie, Henri, répliqua Grania en riant, d'être la première à l'essayer.

Henri apporta une cuvette et une serviette et lui teignit les cheveux. Quand elle se regarda dans une glace, bien plus grande que son petit miroir à main, elle pensa tout d'abord qu'elle avait l'air d'une étrangère, et pas particulièrement digne d'attention.

Et puis elle s'aperçut que si sa peau paraissait claire auparavant, maintenant elle semblait irradier comme un pétale de fleur et le contraste avec les cheveux foncés lui donnait un air quelque peu mystérieux.

Le lendemain matin, Grania sortit assez timidement sur le pont mais les amis du comte ne cachèrent pas leur admiration.

Ils la complimentèrent si bruyamment qu'elle rougit et leur échappa en courant. Quand elle découvrit le comte, il était à la barre et il lui sourit.

— Je vois que nous avons une nouvelle parente

fort séduisante. Vous allez indiscutablement enrichir les annales des comtes de Vence !

— J'avais peur que vous n'ayez honte de moi.

Il répondit d'un sourire et par un regard qui disait bien mieux que des mots qu'il l'admirait toujours autant. C'était tout ce qu'elle voulait.

Elle resta près de lui et il ne fut pas long à comprendre qu'elle aimerait qu'il lui montre comment gouverner le navire.

Ce ne fut pas tant la joie de faire une chose nouvelle qui fit battre le cœur de Grania que la présence du comte derrière elle qui, pour l'aider, avait mis ses mains sur les siennes, sur les poignées de la roue.

Elle le sentait presque contre elle et avait l'impression, alors que tous deux regardaient l'horizon, qu'ils naviguaient au-delà du bord du monde en laissant le passé derrière eux.

Le comte dut la quitter, tout de même, et elle se sentit terriblement seule.

Elle avait été si heureuse, ces derniers jours, qu'elle avait peur que tout change en arrivant à Saint-Martin.

Grania suivait des yeux le comte, sur le pont inférieur ; distraite, elle perdit un instant le contrôle de la roue et le vaisseau fit une embardée sous le vent.

Aussitôt, un des hommes d'équipage se précipita pour le redresser. Grania lui abandonna la barre et descendit, espérant retrouver le comte.

Elle comprit alors soudain qu'elle ne pouvait se passer de lui, qu'elle avait besoin de le sentir près d'elle et que chaque minute de séparation était une souffrance.

« Mais qu'est-ce que j'ai ? se demanda-t-elle. Comment puis-je éprouver ce sentiment ? »

La réponse lui vint tout de suite à l'esprit, comme

si elle lui avait été tirée à bout portant par un des canons montés sur chaque bord.

Elle était amoureuse !

Amoureuse d'un homme qu'elle ne connaissait que depuis quelques jours, un homme qui représentait pour elle la sécurité mais qui était, en fait, un pirate, un proscrit, un homme dont la tête était mise à prix, déclaré hors-la-loi non seulement par les Anglais mais aussi par les Français !

« Quoi qu'il soit, je l'aime ! » répliqua Grania à son cœur.

Et comme elle ne pouvait supporter d'être éloignée de lui une minute de plus, elle alla le rejoindre.

6

Grania constata que Saint-Martin n'était pas aussi belle que Grenade aux montagnes escarpées et à la végétation tropicale, mais quand même très séduisante avec ses plages dorées.

Elle remarqua aussi, tandis que le navire longeait la côte, bon nombre de petites baies et de criques charmantes.

Dans l'une d'elles, ils jetèrent l'ancre et si l'endroit n'était pas aussi protégé que Secret Harbour, c'était quand même un bon abri pour un pirate soucieux de se cacher.

Pendant que l'équipage carguait les voiles, le comte emmena Grania à terre et ils montèrent au sommet d'une petite falaise où la jeune fille découvrit une charmante maison.

Elle était petite et ressemblait aux anciennes demeures de Grenade, entourée par une véranda couverte de plantes grimpantes.

Le comte ne dit rien et Grania hésita, ne sachant si elle allait lui dire qu'elle trouvait la maison ravissante; elle devinait qu'il devait penser à sa maison de la Martinique et regretter qu'ils n'y soient pas.

Il ouvrit avec une clef. Quand ils entrèrent dans le

salon, après avoir traversé l'étroit vestibule, elle poussa une exclamation de surprise.

La pièce était meublée de meubles français marquetés et exquis : un secrétaire aux ferrures de bronze doré, une commode à dessus de marbre aux superbes pieds sculptés.

Les murs étaient ornés de portraits, ceux des ancêtres et de la famille du comte certainement, et elle devina que c'était là tous les biens qu'il avait pu sauver de la Martinique.

Il y avait aussi beaucoup d'objets d'art en porcelaine parmi lesquels elle reconnut des Sèvres, et le plancher était recouvert d'un bel Aubusson.

— C'est donc là que vous avez caché vos trésors ! s'exclama-t-elle.

— Ils sont au moins en sécurité, ici.

— Je suis très, très heureuse que vous ayez pu les emporter.

Elle voulait faire le tour, pour admirer les portraits et les bibelots, mais il lui dit d'une voix changée :

— J'ai à vous parler, Grania. Ecoutez-moi, je vous en prie.

Elle leva vers lui des yeux interrogateurs et il reprit gravement :

— Vous m'avez demandé de vous protéger et c'est ce que je veux faire. Je vais aller maintenant chercher la femme qui s'occupe de cette maison en mon absence pour lui demander de venir coucher ici.

— Mais... pourquoi ? Et... vous, où serez-vous ?

— Vous devez comprendre que ce serait tout à fait inconvenant que je reste ici avec vous, répliqua le comte. Je dormirai à bord, avec mon équipage, et vous n'aurez rien à craindre.

Grania ne dit rien et, au bout de quelques instants, il reprit :

— Je n'ai pas besoin de vous dire que vous devez être prête à jouer votre rôle de Française à tout moment, et pour cela vous devez parler français et penser en français.

— J'essaierai, murmura-t-elle, mais je croyais que... maintenant que nous sommes ici, je croyais que nous resterions ensemble.

Elle parlait d'une voix implorante mais fut étonnée de voir que le comte ne la regardait pas ; il avait détourné la tête et elle sentait qu'il allait dire que c'était impossible.

A ce moment, un cri retentit devant la maison, puis ce fut un bruit de pas précipités sur la véranda et Jean fit irruption dans le salon.

— Vite ! Vite, monsieur ! Un bateau en vue !

Tout en parlant sur un ton pressant, il indiquait le large.

— Restez ici ! ordonna brusquement le comte à Grania.

Puis il disparut en fermant la porte sur lui.

Elle alla à la fenêtre et le vit courir vers la falaise, sur les talons de Jean.

Quand elle l'eut perdu de vue, elle continua de regarder par la fenêtre, bien qu'elle ne pût rien voir ; elle avait peur qu'il ne soit en danger, elle aurait voulu être avec lui.

Elle savait qu'une voile à l'horizon était toujours une menace pour le comte. Durant toute la traversée, il y avait eu une vigie en permanence dans la hune et au premier signe d'un autre navire, on changeait de cap immédiatement.

Elle se demanda si on les avait vus entrer dans la baie, peut-être à partir d'un vaisseau de ligne anglais tentant d'aborder à Saint Martin.

Le comte et ses amis ne pensaient pas que cela arriverait mais les Anglais risquaient toujours de changer d'idée et de vouloir ajouter un succès de plus à ceux déjà remportés dans les îles.

Tout cela était très inquiétant et Grania resta un long moment à la fenêtre, dans l'espoir de distinguer leur navire ou celui que Jean avait aperçu, mais il n'y avait devant elle que l'horizon bleu.

Tout devint plus indistinct encore à l'approche du crépuscule, alors que le soleil baissait et commençait à plonger dans la mer.

Grania avait envie de grimper sur une haute falaise pour voir ce qui se passait, mais le comte lui avait ordonné de rester là et, comme elle l'aimait, elle voulait lui obéir.

Au bout d'un moment, elle décida de visiter la petite maison mais elle avait du mal à penser à autre chose qu'aux périls qu'il courait peut-être.

Lentement, elle monta et découvrit une grande chambre de maître et plusieurs autres.

Elles étaient toutes admirablement meublées mais celle du comte avait un magnifique lit français à baldaquin, avec des rideaux de soie tombant d'un petit ciel de lit circulaire.

Elle se dit qu'il l'avait apporté de la Martinique, puis elle tomba en admiration devant une élégante coiffeuse, plus faite pour une femme que pour un homme.

Il y avait de petits chiffonniers de chaque côté du lit, qui devaient être l'œuvre d'un des plus grands ébénistes de France, et les tableaux n'étaient pas des portraits de famille mais d'aimables toiles signées Boucher.

Tout était si ravissant qu'elle pensa que c'était une chambre faite pour l'amour et cette idée la fit rougir.

Elle visita les autres pièces de l'étage puis, nerveusement, elle redescendit et découvrit une petite salle à manger avec d'autres portraits de famille du comte, et une cuisine qui devait enchanter Henri.

Il y avait aussi une petite pièce tapissée de livres et elle se dit qu'au moins elle ne manquerait pas de lecture.

Pour le moment, cependant, elle n'avait aucune envie de lire. Tout ce qu'elle voulait, c'était être avec le comte et elle retourna à la fenêtre, inquiète de sa longue absence.

Le soleil se couchait dans un flamboiement de gloire et quand ses derniers feux disparurent la nuit tomba très rapidement.

Les étoiles apparaissaient une à une et un fin croissant de lune se levait à l'horizon, mais Grania était plongée dans les ténèbres du désespoir à la pensée de ne jamais plus revoir le comte.

Et s'il avait levé l'ancre pour éloigner un vaisseau ennemi, s'il y avait eu bataille ? Et s'il avait été tué ou s'était noyé ?

Elle ne savait ce qui lui arriverait si elle restait seule. Elle n'aurait plus personne pour la protéger et l'aider.

De plus, ses bagages n'ayant pas été transportés à terre elle n'avait ni argent ni vêtements. Mais cela ne comptait guère à côté de la perte du comte.

Les yeux brûlants d'avoir longuement tenté de percer les ténèbres, elle traversa la pièce à tâtons et s'assit dans un fauteuil, la tête dans ses mains, tantôt priant, tantôt gémissant comme un petit animal sans défense pris dans quelque piège.

« Rendez-le-moi, s'il vous plaît, mon Dieu, rendez-le-moi ! » pria-t-elle.

Les ténèbres l'affolaient, elle se sentait perdue !

Soudain, alors qu'elle ne pouvait supporter plus longtemps l'incertitude et s'apprêtait à descendre vers la baie, la porte s'ouvrit et il reparut.

Elle ne le vit pas mais elle poussa un petit cri qui résonna dans la pièce et courut instinctivement vers lui.

Elle se jeta contre lui, lui noua les bras autour du cou et s'y cramponna en gémissant :

— Vous êtes revenu ! J'ai cru que je vous avais perdu ! J'avais peur... si désespérément peur de ne jamais vous revoir !

Les mots se bousculaient sur ses lèvres et parce qu'elle avait cru mourir de peur et que son retour lui apportait un soulagement tel qu'elle en défaillait, elle cria :

— Je vous aime et... et je ne peux pas vivre sans vous !

Le comte laissa tomber à terre ce qu'il apportait et l'enlaça.

Il la serra à lui couper le souffle, puis ses lèvres se posèrent sur les siennes.

En sentant sa bouche prisonnière, elle comprit que c'était ce qu'elle avait toujours voulu, toujours désiré tout en pensant qu'elle ne connaîtrait jamais ce bonheur.

Le baiser fut violent, exigeant, insistant et elle s'y abandonna de tout son cœur, de toute son âme, de tout son être.

La peur s'effaçait, remplacée par un inexprimable ravissement, une extase qui semblait remplir la pièce d'une lumière insoutenable.

L'émerveillement qu'elle ressentait fit comprendre à Grania que ce n'était pas simplement un amour humain mais quelque chose de plus parfait, de presque divin.

Quand le comte l'eut embrassée jusqu'à ce qu'elle ne soit plus elle-même mais se sente entièrement à lui, il redressa la tête et murmura d'une voix sourde :

— Ma chérie, je ne voulais pas cela.

— Je vous aime !

— Moi aussi, je vous aime. J'ai lutté contre cette passion, j'ai voulu m'interdire de vous la confier, mais vous avez réduit tout cela à néant.

— J'ai cru vous avoir perdu !

— Jamais, tant que je vivrai, répliqua-t-il. Ma chérie, j'ai tenté de vous protéger de moi-même et de mon amour.

— Vous... vous m'aimez ?

— Naturellement, je vous aime ! dit-il presque avec colère. Mais je ne le devrais pas plus que vous ne le devriez.

— Comment pourrais-je m'en empêcher ? demanda Grania.

Il l'embrassa encore, la couvrit de baisers jusqu'à ce qu'elle se sente transportée en un paradis où il n'y avait plus ni problèmes ni difficultés, rien qu'eux-mêmes et leur amour.

Bien plus tard, le comte murmura :

— Laissez-moi allumer les chandelles, ma chérie. Nous ne pouvons rester éternellement ainsi, bien que je veuille continuer de vous embrasser.

— C'est ce que je veux, moi aussi, avoua Grania d'une voix haletante.

Il l'embrassa encore puis, se maîtrisant, il la lâcha et s'écarta de quelques pas, marchant vers une table au pied de l'escalier.

Il alluma une chandelle et Grania put le voir. Elle crut que son visage était illuminé d'un feu céleste.

Il ne la quittait pas des yeux mais, se refusant le bonheur de la reprendre dans ses bras, il emporta la chandelle et alla allumer celles du salon.

Quand la pièce fut éclairée, plus élégante que jamais, il lui dit :

— Pardonnez-moi de vous avoir bouleversée.

— Qu'est-il arrivé ? Qu'était ce bateau ? Etait-ce... un anglais ?

Il posa la chandelle et revint enlacer Grania.

— Je sais ce que vous avez pensé. Oui, c'est un navire anglais que mon équipage a aperçu mais il ne constitue pas un danger pour nous.

Elle poussa un soupir de soulagement et laissa retomber sa tête sur l'épaule du comte. Il lui baisa le front avant de reprendre :

— Mais, dans un sens, cela vous concerne peut-être.

— Moi ?

— Il a dû y avoir une bataille non loin d'ici, il y a deux ou trois jours.

Grania avait du mal à être attentive, tant elle était heureuse entre ses bras.

« Il est près de moi et je suis en sécurité », se répétait-elle.

— J'ai lieu de penser qu'un vaisseau de ligne anglais, expliqua le comte, le H.M.S. *Heroic*, a été coulé, car le canot que Jean est venu nous signaler appartenait à ce navire. S'y trouvaient un officier et huit soldats.

— Des... des Anglais ? demanda-t-elle nerveusement.

— Des Anglais, confirma le comte, mais ils étaient tous morts.

C'était mal, Grania le savait, mais elle ne put s'empêcher d'être soulagée à la pensée qu'il n'y avait plus de menace pour le comte et ses hommes.

— Nous ne pouvions rien faire pour eux, expliqua-t-il, sinon les ensevelir en mer, mais j'ai pris leurs papiers qui prouveront leur identité, si cela se révèle nécessaire... Le nom de l'officier, un capitaine de frégate, était Patrick O'Kerry.

Grania sursauta.

— Patrick O'Kerry?

— J'ai pensé qu'il était peut-être un de vos parents et je vous ai apporté ses papiers ainsi que sa tunique et son chapeau, au cas où vous voudriez les conserver.

Après un bref silence, Grania révéla:

— Patrick... était mon cousin. Je l'ai à peine connu... mais mon père sera bouleversé.

— Nous devrons le lui faire savoir un jour ou l'autre.

— Oui, naturellement. Il sera très affligé, non seulement parce que Patrick était son neveu mais aussi son héritier... Et maintenant il n'y a plus d'O'Kerry et le titre sera perdu.

— Oui, je comprends, ce sera un coup sévère pour votre père.

— Il n'y a pas grand-chose à hériter, certainement, mais papa est le quatrième comte. Maintenant, il n'y en aura pas de cinquième.

— J'en suis navré, murmura Beaufort. Je ne voulais pas vous attrister, ma chérie.

Comme il avait de nouveau les bras autour d'elle et les lèvres sur sa joue, Grania eut du mal à éprouver autre chose qu'une joie profonde.

En même temps, elle songeait que c'était un bien triste gaspillage d'une jeune vie.

Son cousin Patrick, qui était venu voir sa mère quand elles étaient à Londres, avait été tellement heureux d'être affecté à un nouveau vaisseau et de partir pour les Antilles! Sa mort était vraiment désolante.

Elle se rappelait ce qu'il avait raconté à sa mère sur son séjour dans les Indes Occidentales. Grania l'avait trouvé fort charmant mais il avait à peine fait attention à elle car elle n'était encore qu'une petite écolière.

— Ce que je trouve surprenant, reprit le comte, c'est que votre cousin était brun. J'aurais pensé que, dans votre famille, tout le monde avait votre blondeur.

Grania sourit un peu.

— Il y a des O'Kerry blonds, comme papa et moi, et aussi des bruns dont on dit qu'ils ont du sang espagnol.

Et, voyant la surprise du comte, elle expliqua :

— Quand les vaisseaux de l'invincible Armada sont venus pour envahir l'Angleterre et ont fait naufrage sur la côte sud de l'Irlande, beaucoup de marins espagnols ne sont jamais retournés chez eux.

Le comte sourit.

— Et ils ont trouvé les dames O'Kerry séduisantes...

— Sans doute, oui...

— Je comprends, mais je vous préfère blonde et un jour, ma toute belle, vous reprendrez votre visage anglais. Mais j'ai peur que, brune ou blonde, vous ne restiez française.

Grania le regarda sans comprendre.

— Acceptez-vous de m'épouser ? Je pensais pouvoir faire croire que vous étiez ma cousine et vous tenir à distance, mais vous avez fait si bien que...

— Je... je n'ai pas envie d'être tenue à distance murmura Grania, et... et je veux être votre femme.

— Dieu seul sait quel genre de vie je puis vous offrir. Vous savez que je n'ai rien d'autre à vous donner que mon cœur.

— Je ne veux rien d'autre. Mais... êtes-vous sûr que je ne serai pas... encombrante et que vous ne regretterez pas de m'avoir épousée ?

— Impossible ! s'écria le comte. Je vous ai cherchée toute ma vie et maintenant que je vous ai trouvée je sais que je ne puis vous perdre, quoi que disent la raison et les convenances !

Il se remit à embrasser Grania et elle ne put que s'abandonner à ce qu'elle ressentait.

Au bout d'un long moment, le comte soupira :

— Dès qu'Henri arrivera pour préparer le dîner, j'irai voir le curé et veillerai à ce qu'il nous marie dès demain matin, à la première heure. Vous ne serez pas opposée à un mariage catholique, j'espère, mon amour ? Cela paraîtrait très bizarre que ma femme appartienne à une autre Eglise.

— Dès l'instant que vous voulez bien de moi pour épouse, je me moque de l'Eglise où se déroulera la cérémonie, mais il se trouve justement que j'ai été baptisée dans la religion catholique.

Le comte la regarda avec stupéfaction.

— Vous parlez sérieusement ?

Grania hocha la tête.

— Papa était catholique, maman, non. Ils se sont mariés dans une église catholique et j'y ai été baptisée.

Comme le comte témoignait toujours d'un vif étonnement, elle ajouta :

— Je crains que papa n'ait jamais été un très bon catholique, même quand nous vivions en Angleterre. Quand nous nous sommes installés à Grenade, il a compris que les Anglais étaient très hostiles au catholicisme à cause de leurs sentiments anti-français, alors il a cessé de se rendre à l'église.

Puis, croyant le comte choqué, elle expliqua vivement :

— Quand maman se rendait à Saint-George's, elle fréquentait l'église protestante et parfois elle m'emmenait avec elle le dimanche. C'était loin de la plantation et comme cela fâchait papa que nous le laissions seul, cela n'arrivait pas souvent.

Le comte la serra contre lui.

— Quand vous m'épouserez, mon cœur, vous deviendrez une bonne catholique et ensemble nous remercierons Dieu de nous avoir permis de nous trouver. Je sens que désormais il nous protégera tous deux.

— Je le sens aussi et vous savez que je ferais n'importe quoi pour vous plaire... tout ce que vous voudrez.

Sa voix ardente poussa le comte à l'embrasser de nouveau et ils ne se séparèrent qu'en entendant Henri pénétrer dans la cuisine pour préparer le dîner.

Lorsque le comte partit, Jean arriva avec une des malles de Grania et elle monta se changer.

Elle prit d'abord un bain rafraîchissant après la chaleur de la journée et protesta quand Jean lui dit qu'elle devait s'installer dans la chambre du maître mais il insista, en déclarant que c'étaient les ordres du comte, ce qui coupait court à toute discussion.

En se déshabillant, elle n'avait qu'une idée : demain ils seraient l'un à l'autre ! Dieu l'avait non seulement sauvée de Roderick Maigrin mais il lui avait donné l'homme de ses rêves.

« Comment puis-je avoir autant de chance ? » se demandait-elle.

Ensuite elle récita avec ferveur des prières catholiques, qui étaient probablement celles que faisait le comte.

Quand il revint, elle l'entendit se rendre dans une autre chambre où Jean avait préparé son habit de soirée.

Après avoir choisi une jolie robe, Grania se coiffa avec un soin tout particulier.

Elle regrettait de ne plus être blonde mais savait que cela n'avait guère d'importance puisque le comte l'aimait; elle se rappelait ce qu'il lui avait dit, qu'elle devait penser en français et essayer de se sentir Française.

— Lorsque je serai comtesse de Vence, dit-elle à son reflet dans la glace, il n'y aura plus besoin de faux-semblants et je porterai le plus beau titre du monde.

Elle se contemplait encore quand il frappa à la porte et entra dans la chambre.

— Je croyais que vous étiez prête, mon cœur.

Comme elle quittait le tabouret de la coiffeuse, il tendit les bras et elle courut s'y jeter.

Il ne l'embrassa pas mais il y avait dans ses yeux une expression d'une tendresse infinie.

— Tout est arrangé, annonça-t-il. Demain, vous serez ma femme. Nous dormirons ensemble dans le lit qui appartenait à mon grand-père et qui faisait si bien partie de ma maison que je n'ai pu l'abandonner.

— C'est ce que j'ai pensé, dit-elle. (Puis, incapable de croire à son bonheur, elle demanda:) Vous allez vraiment m'épouser?

— Vous serez ma femme et nous affronterons ensemble toutes les difficultés et tous les problèmes. (Regardant autour de lui, il ajouta:) Je pensais, en revenant de l'église, que pendant un certain temps au moins nous ne mourrions pas de faim.

Son regard s'était posé sur un des tableaux de Boucher et Grania poussa un petit cri.

— Vous n'avez pas l'intention de vendre ce tableau!

— J'en obtiendrai un bon prix des Hollandais de

l'autre côté de l'île. Etant neutres, ils ont eu tout à gagner de la guerre.

— Mais vous ne pouvez vendre vos trésors de famille !

— Il n'est plus qu'un seul trésor pour moi, à présent, affirma-t-il.

Ses lèvres firent taire toute nouvelle protestation.

Ils descendirent en se tenant par la main et Jean leur servit un délicieux dîner. Quand ils eurent fini et se retrouvèrent seuls, le comte expliqua :

— Je me suis arrangé pour que la servante qui s'occupe du presbytère vienne dormir ici ce soir. Je ne voudrais pas que nous commencions notre vie conjugale en choquant ces dames de Saint-Martin, qui jasent comme toutes les commères du monde entier.

— Vous coucherez à bord ?

— Dans le lit où vous avez dormi la nuit dernière. Je rêverai de vous et demain mes rêves seront réalité.

— Moi aussi, je rêverai.

— Je vous aime, dit-il. Je vous aime tant qu'à tout instant je me dis que je ne puis aimer davantage et pourtant il me suffit de vous regarder... Que m'avez-vous fait, ma douce, pour que pour la première fois de ma vie je sois amoureux comme un gamin ?

— Mais vous avez dû aimer d'autres femmes, hasarda Grania.

Le comte sourit.

— Je suis français. Je trouve les femmes fort séduisantes mais contrairement à la plupart de mes compatriotes, j'ai résisté dans ma jeunesse à un mariage de convenance et je puis vous jurer que jamais je n'ai rencontré jusqu'à présent une femme avec qui je désire partager le reste de ma vie.

— Et si je vous déçois ?

— Jamais vous ne le pourrez. J'ai su tandis que je regardais ce que je croyais être votre portrait que vous étiez tout ce dont j'avais rêvé, et quand je vous ai vue j'ai compris que j'avais sous-estimé à la fois mon désir et ce que vous êtes capable de me donner.

— Vous... vous en êtes sûr ?

— Absolument. Ce n'est pas tant ce que vous dites ou même ce que vous pensez, mon amour, mais ce que vous êtes. Votre douceur, que j'ai reconnue au premier regard, brille comme une flamme et vous enveloppe d'un halo de pureté et de bonté qui ne peut venir que de Dieu.

Grania joignit les mains.

— Vous me dites des choses si merveilleuses ! Cela m'effraie et j'ai désespérément peur de ne pouvoir répondre à ce que vous attendez de moi. Déçu, peut-être lèverez-vous l'ancre et m'abandonnerez-vous ?

Le comte secoua la tête.

— Sachez que j'ai cessé d'être un pirate. Après notre mariage, je parlerai à mes amis et nous trouverons un autre moyen de gagner notre vie... Comme je vous l'ai dit, je vendrai quelques-uns de mes biens pour que nous ne mourions pas de faim, et parce que je sais que Dieu ne nous abandonnera pas, nous pourrons peut-être retourner bientôt à la Martinique.

Il parlait avec une émotion qui fit monter des larmes aux yeux de Grania et elle tendit les mains vers lui.

— Je prierai, je prierai de toutes mes forces, et vous devrez m'instruire, mon chéri, pour que mes prières soient écoutées.

— Je sais qu'en la matière vous n'aurez pas besoin de leçons, mais il est d'autres choses que je veux vous apprendre et je crois que vous devinez lesquelles.

Grania rougit, puis elle murmura :

— J'espère que vous ne serez pas trop... insatisfait de votre élève.

Le comte quitta la table et, aidant Grania à se lever, il l'enlaça pour passer au salon.

La pièce était ravissante à la lueur des chandelles et la jeune fille se crut presque dans un château de France, ou dans un de ces palais décrits dans les livres que sa mère lui faisait lire pour qu'elle se perfectionne en français.

Elle eût voulu dire qu'elle ne pourrait supporter qu'aucun de ces magnifiques objets soit vendu, mais elle savait qu'elle aurait tort car cela attristerait Beaufort et lui ferait plus encore prendre conscience des sacrifices qu'il devrait consentir.

« Au moins, j'ai un peu d'argent », pensa-t-elle.

Elle savait que les souverains anglais, changés en livres françaises, feraient une somme considérable.

Elle sourit, parce qu'elle était heureuse de pouvoir apporter sa contribution à leur vie commune, et le comte demanda :

— Qu'est-ce qui vous fait sourire, adorable enfant ?

— J'étais contente à la pensée d'avoir un peu d'argent par-devers moi. Demain, il sera légalement à vous mais avant que vous ne me disiez que vous le refusez, je vous propose de contribuer ainsi à ce que vous devez dépenser pour vos amis et votre équipage. Après tout, c'est par ma faute qu'ils ne peuvent plus continuer d'exercer leur métier... de pirates...

Le comte posa sa joue contre celle de Grania.

— Je vous adore, ma beauté, et je ne vais pas discuter car, vous avez raison, c'est à cause de vous que nous devons nous assagir et nous conduire comme des citoyens respectables. Mais avant que nous vendions le navire, qui rapportera indiscutablement un bon prix, il faut retourner à Grenade pour apprendre à votre père la mort de votre cousin et aussi pour vous assurer qu'il est lui-même en sécurité.

— Le pouvons-nous ? Je m'inquiète pour papa, d'autant plus qu'il est en compagnie de M. Maigrin.

— Nous irons tous deux, parce que les convenances l'exigent. Il me semble aussi que votre père doit être mis au courant du mariage de sa fille. Je crains cependant qu'il ne soit pas très satisfait d'apprendre qu'elle a épousé un Français.

Grania laissa fuser un petit rire.

— Mon père n'en sera pas particulièrement fâché. Il ne faut pas oublier qu'il est irlandais et que les Irlandais n'ont jamais aimé les Anglais.

Le comte rit aussi.

— J'avais oublié. Ainsi votre père voudra-t-il peut-être bien de moi pour gendre ; quand le calme sera revenu, il pourra venir nous rendre visite à Saint-Martin et vous irez le voir à Grenade.

— Comme vous êtes bon de comprendre que j'estime, dans un sens, que je dois veiller sur papa !

Elle savait cependant que ce n'était qu'un rêve, car tant que son père persisterait dans son amitié pour Roderick Maigrin, il leur serait impossible de renouer de véritables liens.

Grania était sûre que si Maigrin apprenait qu'elle avait épousé un Français, il ferait tout pour se venger de lui, soit en le combattant les armes à la main soit en le dénonçant aux Anglais.

Cependant, elle voulait avoir des nouvelles de son père et peut-être trouverait-elle un prétexte pour le faire venir à Secret Harbour. Elle pourrait ainsi au moins lui dire au revoir, avant de retourner vivre à Saint-Martin.

Puis l'idée lui vint une fois de plus que le comte était vraiment d'une grande sensibilité, en allant de cette façon au-devant de ses vœux.

Et comme elle désirait de nouveau ses baisers, elle se nicha entre ses bras et lui offrit ses lèvres.

La servante du curé, une brave femme d'un certain âge, arriva dans la soirée, une lanterne à la main. Le terrain était accidenté derrière la maison.

— Je suis bien heureuse de vous connaître, mademoiselle, dit-elle à Grania. M. le curé vous envoie sa bénédiction et se fait une joie de vous marier à M. le comte demain matin à neuf heures et demie.

— Merci, madame, répondit Grania en français, et merci également de venir ici ce soir pour me tenir compagnie. C'est très aimable de votre part.

— Nous devons faire ce que nous pouvons pour ceux qui ont eu à souffrir des cruautés de la guerre.

Le comte prit congé, baisant les mains de Grania avant de retourner à bord.

Quand il fut parti, la femme dit avec chaleur :

— Voilà un bon gentilhomme et un très bon catholique, mademoiselle. Vous avez beaucoup de chance d'épouser un homme comme lui.

— Beaucoup de chance, en effet, madame, reconnut Grania, et j'en suis très reconnaissante à Dieu.

— Je prierai pour vous deux et je suis certaine que le bon Dieu vous donnera beaucoup de bonheur.

Grania n'en doutait pas un instant et elle resta longtemps éveillée dans le magnifique lit au baldaquin doré, songeant à la fortune qui lui souriait et sentant que sa mère voyait son bonheur.

« Comment aurais-je su… comment aurais-je pu deviner que je serais sauvée, au dernier moment, de cet horrible M. Maigrin ? » se demandait-elle.

Elle se remit à adresser au ciel des prières d'action de grâces, un peu incohérentes car il était beaucoup question du comte et tout en priant elle revivait la douceur de ses baisers.

Quand elle s'endormit enfin, ce fut avec la certitude que Dieu veillait sur elle et que le lendemain serait un jour merveilleux.

Grania se réveilla très tôt, dans une impatience heureuse. Elle entendit du bruit au rez-de-chaussée : Jean ou Henri était déjà au travail.

Tandis que le soleil inondait la chambre, elle pensa que c'était de bon augure. Dehors, des oiseaux chantaient ; dans le jardin, les vives couleurs des bougainvilliers rivalisaient avec celles de la vigne vierge qui montait à l'assaut de la véranda ; au loin la mer était émeraude.

« Je ne rêve pas... c'est vrai... vraiment vrai ! » pensa-t-elle joyeusement.

Elle n'avait pas de robe de mariée mais parmi ses toilettes il y avait celle que sa mère avait choisie pour sa présentation à la Cour.

Elle était blanche, ainsi qu'il convenait pour une « débutante », et avait été livrée après la mort de sa mère.

Grania s'était même alors demandé si elle ne devait pas essayer de la rendre car elle pensait ne jamais avoir l'occasion de la mettre. Puis elle s'était dit que ce serait humiliant et l'avait payée, mais à contrecœur.

En la retirant de la malle, elle vit qu'elle ferait aisément office de robe de mariée. Elle souhaita que Beaufort la trouvât à son goût.

Elle n'avait pas de voile et quand Grania en fit part à la gouvernante du curé qui était venue l'aider, la brave femme demanda à Jean de se rendre promptement au presbytère.

— Nous avons un voile que nous prêtons parfois aux jeunes mariées, dit-elle, si elles viennent à l'église coiffées d'une simple couronne que M. le curé ne juge pas assez digne de la maison de Dieu.

— Je serais heureuse de pouvoir l'emprunter.

— Ce sera un plaisir. Et je vous ferai une couronne bien plus jolie que tout ce que vous pourriez acheter.

La gouvernante envoya Henri dans le jardin et, quand il revint avec une pleine corbeille de fleurs blanches, elle s'installa dans la chambre de Grania et tressa habilement une couronne.

Quand elle eut fini, rien n'était plus ravissant que le frais jasmin blanc souligné de ses petites feuilles vertes, et aucune couronne artificielle n'eût été aussi seyante.

Le voile en fine dentelle retombait doucement sur les épaules de Grania et lui donnait un aspect éthéré. Après avoir disposé la couronne, la gouvernante recula pour juger son œuvre et joignit les mains avec admiration.

— Quelle belle mariée vous faites, mademoiselle! Aucun homme ne pourrait rester insensible à une aussi jolie épouse.

— J'espère que vous dites vrai, murmura Grania avec simplicité.

Quand elle descendit au salon où le comte l'attendait, elle vit tout de suite à son expression qu'elle était tout ce qu'il avait espéré et même plus encore.

Il la considéra pendant un long moment avant de murmurer:

— Je n'aurais jamais cru qu'une femme puisse être aussi belle.

Elle lui sourit tendrement.

— Je vous aime !

— Je vous dirai plus tard à quel point je vous aime, répondit-il, mais en ce moment, je n'ose vous toucher. J'ai simplement envie de tomber à genoux et d'allumer des cierges, car non seulement je vous aime mais je vous adore.

— Vous ne devez pas parler ainsi, protesta Grania. Cela m'intimide et me fait craindre de... n'être pas digne de vous.

Il sourit avec indulgence, comme si elle avait dit quelque bêtise. Puis il lui baisa la main et annonça :

— Notre voiture nous attend derrière la maison. Comme les hommes d'équipage ont estimé que les chevaux n'étaient pas assez beaux, ils vont nous conduire eux-mêmes à l'église.

Sur le seuil, Grania poussa un petit cri de surprise : le léger phaéton découvert n'avait pas de chevaux et les plus jeunes des membres de l'équipage étaient déjà alignés aux brancards.

La voiture était décorée de ce même jasmin dont était faite sa couronne de mariée et un bouquet était posé sur le siège.

Quand le phaéton se mit en mouvement, Grania pensa que c'était exactement le mariage de conte de fées qu'elle souhaitait.

Le comte lui tint la main tandis qu'ils suivaient le chemin étroit qui conduisait au petit village. Il n'était constitué que de quelques jolies maisons coloniales, aux balcons de fer forgé, construites en bord de mer et adossées à des collines qui formaient pour elles comme un écrin.

La vieille église était pleine de monde. Le curé qui les attendait sur le seuil les précéda à l'intérieur. Les amis du comte et les garçons qui avaient tiré la voiture étaient tous là pour assister à la cérémonie.

Ce fut pour Grania un office très émouvant et elle

avait l'impression que les volutes d'encens qui s'élevaient très haut portaient leurs prières à Dieu qui, dans sa bonté, bénissait leur amour.

Elle était consciente du poids de l'alliance à son doigt mais plus encore de la présence du comte, à genoux à côté d'elle, et de sa voix qui faisait avec ferveur écho à la sienne.

La veille au soir, elle lui avait dit un peu nerveusement :

— Si je suis censée être votre cousine, est-ce que ce mariage sera légal ?

— Je pensais que vous poseriez cette question, répondit-il. Comme vous le savez, nous ne serons appelés que par nos prénoms et j'ai déjà dit au curé que vous aviez été baptisée « Teresa Grania ».

— Je croyais que ce devait être Gabrielle ?

— J'ai pensé que Gabrielle Grania n'était pas du plus heureux effet, répliqua-t-il et ils rirent tous deux.

— Teresa est un très joli nom et j'en suis ravie.

Au cours de la cérémonie, elle découvrit les autres prénoms de son mari, car en répétant les vœux il dit :

— Moi, Beaufort, Francis, Louis...

Quand ils sortirent de la petite église et furent reconduits à leur voiture, Grania ne pouvait penser qu'à l'homme assis à côté d'elle et aux mots d'amour qu'il lui murmurait à l'oreille.

A la maison, ils furent rejoints par tous ceux qui avaient assisté à la cérémonie et aussi par d'autres amis de l'île. On servit du vin et un repas qu'Henri avait dû passer la nuit à préparer, Grania en était sûre.

Tout était très gai, plein de rires et de soleil.

Enfin, un peu à regret, les invités commencèrent à prendre congé.

Partirent d'abord les amis qui habitaient dans l'île,

puis le curé et sa gouvernante et finalement, à l'heure de la sieste, l'équipage regagna son navire.

Ce fut alors que Grania prit conscience d'être seule avec son mari.

— Je crois, dit-il, que nous serions tous deux plus à l'aise si nous faisions la sieste délivrés de nos beaux atours. J'aurais grand-peur de froisser cette magnifique robe.

— Elle devait être portée au palais de Buckingham, dit Grania, mais je préfère l'avoir étrennée le jour de mon mariage.

— J'en suis heureux, approuva le comte en souriant. Pourquoi nous soucier de rois et de reines alors que nous sommes l'un à l'autre ?

Il l'entraîna dans l'escalier et une fois dans la chambre Grania constata que quelqu'un, sans doute Jean, avait baissé les jalousies. La pièce baignait dans une fraîche pénombre.

Elle embaumait les fleurs qui avaient été disposées dans de grands vases, sur la coiffeuse et de chaque côté du lit.

— Ma femme ! murmura tendrement le comte.

Puis il ôta avec délicatesse sa couronne de jasmin et souleva son voile.

Pendant un long moment, il la contempla avant de la prendre dans ses bras.

— Vous êtes réelle ! dit-il comme s'il se parlait à lui-même. Tout à l'heure, il me semblait avoir à mes côtés quelque déesse des montagnes ou une nymphe des cascades, et j'avais presque peur…

— Je suis réelle, chuchota Grania, mais j'ai comme vous l'impression de vivre un rêve.

— Si c'en est un, alors continuons de rêver !

7

Quand Grania se réveilla, son cœur chantait comme les oiseaux dans le jardin et elle se tourna avec adoration vers le comte endormi à côté d'elle.

A chaque jour, chaque nuit passés avec lui, elle l'aimait davantage.

Mais aujourd'hui, ce n'était pas une journée comme les autres : ils partaient pour Grenade.

Ils étaient mariés depuis plus de trois semaines et, la veille, le comte avait dit :

— Je crois, ma chérie, que nous devrions faire notre dernier voyage à bord du navire avant que je le vende.

Elle s'était étonnée et il avait poursuivi :

— J'ai l'intention de vendre le navire en premier. Cela nous donnera, à l'équipage et à moi, assez d'argent pour prendre le temps de réfléchir et prévoir notre avenir. Ensuite, si nous ne sommes pas encore établis, d'autres choses seront mises en vente.

A sa façon de parler de ces « autres choses », Grania devinait combien il souffrait à l'idée de se séparer des tableaux et des trésors collectionnés par ses ancêtres pendant des siècles.

— Nous avons eu la chance de pouvoir les emporter de France avant la Révolution. Sans quoi tout ce que nous possédions aurait été pris ou brûlé par les paysans.

Grania comprenait qu'il aurait aimé tout préserver pour son fils, mais c'était sans doute impossible. Elle s'était alors écartée de lui pour dire au bout d'un moment, d'une voix hésitante :

— Parfois, je me dis que j'aurais dû vous laisser à votre liberté... de pirate, de flibustier.

Le rire du comte la rassura.

— Ma chérie, croyez-vous que j'aurais voulu rester pirate... et vous quitter sans cesse ? Je suis si heureux que je remercie Dieu tous les jours que nous vivions ensemble et que vous soyez ma femme. Cependant il nous faut vivre.

— Oui je sais, mais...

Pour l'empêcher de se confondre en nouvelles excuses il l'avait prise dans ses bras et embrassée, et Grania s'était laissée aller à son bonheur.

A présent, sachant que le navire était en vente, elle espérait qu'il rapporterait assez d'argent pour que Beaufort, avant très très longtemps, n'ait à sacrifier quelque autre trésor.

Elle savait aussi qu'il avait raison quand il lui disait qu'avant d'être bloqués à Saint-Martin elle devait aller voir comment allait son père et, si possible, lui annoncer son mariage.

Comme cela signifiait qu'elle devrait quitter, ne fût-ce que brièvement, la petite maison du comte et le bonheur qu'elle y avait découvert, elle se serra contre lui.

Il se réveilla et, sans ouvrir les yeux, il la prit dans ses bras.

— Nous ne prendrons pas de risques, n'est-ce pas ? dit-elle. Si c'est dangereux d'aborder à Grenade, nous ferons demi-tour ?

Le comte la regarda.

— Croyez-vous, mon adorable, que je vous emmènerais là où il y a du danger ? Je vous promets que si le drapeau blanc d'Abe ne nous dit pas que tout va bien, nous virerons de bord instantanément.

— C'était tout ce que je voulais savoir. Si jamais il vous arrivait quelque chose, je... je suis sûre que j'en mourrais.

— Ne parlez pas de mourir. Vous allez vivre et nous verrons nos enfants et nos petits-enfants courir dans les plantations de la Martinique avant que nous quittions cette terre.

Il parlait avec exaltation et Grania le prit par le cou pour attirer ses lèvres vers sa bouche.

— Comment puis-je vous dire combien je vous aime ? murmura-t-elle.

— Comme ceci !

Il l'embrassa alors, elle sentit son cœur battre contre le sien et une même flamme brûla en eux.

Puis Grania crut entendre une musique venue d'ailleurs, une lumière très douce les enveloppa comme une bénédiction de Dieu et ils ne firent qu'un...

La mer était d'un vert émeraude étincelant, le ciel embrasé de soleil et, les voiles gonflées au vent, le navire semblait glisser sur les eaux lisses.

L'équipage chantait en travaillant et Grania avait le sentiment que, comme le comte, les hommes étaient heureux de renoncer à la dangereuse vie de la flibuste et de retourner à ce qu'ils appelaient la « respectabilité ».

Tous les soirs, au dîner, ils parlaient de leurs projets.

— C'est grand dommage qu'il n'y ait pas plus

d'habitants à Saint-Martin, et ni crimes ni délits, disait Léon, sinon on aurait besoin de mes services.

— Pas de crime ? demanda Grania.

Il secoua la tête.

— Si quelqu'un volait, comment s'enfuirait-il avec son butin ? Et les gens sont si gais, si euphoriques que personne ne veut assassiner personne.

— Cela me paraît être un gaspillage de ton intelligence, répliqua le comte, mais je suis sûr que, lorsque nous rentrerons chez nous, tu trouveras des centaines d'affaires à régler.

Ils parlaient toujours avec optimisme de leur retour à la Martinique, et les clercs de Léon travaillaient le soir pour préparer leurs examens, même s'il était vrai qu'ils dussent attendre des années avant de les passer.

Grania avait maintenant beaucoup d'affection pour ces trois compagnons si proches de son mari et elle se rendait compte aussi que les hommes de l'équipage ne se contentaient pas de l'admirer : ils la consultaient sur leurs problèmes ou quand ils envisageaient des solutions pour l'avenir.

— Je suis sûre que toutes les femmes du monde m'envieraient si elles savaient que j'ai tant d'hommes merveilleux rien que pour moi ! dit un jour Grania au comte.

— Vous m'appartenez, ma chère, et si jamais je vous surprends à regarder un autre homme, vous découvrirez que je suis très jaloux !

Elle se serra plus fort contre lui.

— Vous savez que jamais je ne pourrais regarder un autre que vous. Je vous aime tant que j'ai parfois peur de vous ennuyer en vous le répétant et que, lassé, vous alliez à la recherche d'une autre femme — un peu moins monotone en ses propos.

— Je veux votre amour et je considère que vous

ne m'aimez pas encore assez. Je vous forcerai à m'aimer deux fois plus !

Il l'embrassa alors avec une fougue exigeante qui fit comprendre à Grania combien il avait besoin d'elle.

Comme ils ne croisèrent pas de navire tandis qu'ils voguaient vers Grenade, le voyage fut plus bref qu'à l'aller.

La veille de leur arrivée, Henri vint aider Grania à débarrasser ses cheveux de toute trace de teinture.

Ensuite, elle alla sur le pont les sécher au soleil et quand ils furent secs, elle les laissa tomber librement sur ses épaules.

Le comte était à la barre et quand il descendit dans la cabine au coucher du soleil, il vit Grania dans la lumière du hublot. Il s'arrêta un moment sur le seuil pour la contempler. Enfin il dit en souriant :

— Je vois que j'ai une visiteuse anglaise ! Je suis enchanté de vous connaître, Mrs Vence !

Grania éclata de rire et courut vers lui.

— C'était parfait ! Maintenant vous parlez mieux l'anglais que moi le français !

— C'est impossible, mais je suis ravi que vos leçons m'aient permis de faire des progrès.

— Vous parlez comme un Anglais, affirma-t-elle, mais vous êtes un peu trop élégant pour en être tout à fait un.

— Vous me flattez, répondit le comte. Quant à vous, n'oubliez jamais que, brune ou blonde, vous êtes mon épouse, ma très fascinante épouse française !

Il l'embrassa, puis il lui fit glisser les cheveux en travers du visage et l'embrassa de nouveau entre les mèches bouclées.

— Vous êtes de nouveau ma jeune femme dorée. Je ne sais trop comment je vous préfère, brune et mystérieuse comme le crépuscule, ou éblouissante comme un soleil d'été.

Le comte avait prévu qu'ils arriveraient au large de Grenade après le lever du soleil, point trop tôt au cas où Abe n'aurait pas eu le temps de changer le drapeau. Mais ils furent retardés par une accalmie, si bien que lorsqu'ils arrivèrent en vue de l'île il devait être environ 11 heures.

Grania était sur la dunette avec son mari et tous deux attendaient le signal de la vigie, qui pointait sa longue-vue.

Sur le pont, tout le monde se taisait. Enfin on entendit le cri :

— Un drapeau blanc ! Je le vois nettement !

Le comte vira de bord, le vent gonfla les voiles et le navire s'élança.

Ce fut vraiment une prouesse de pénétrer dans la baie de Secret Harbour, mais Beaufort manœuvra admirablement et Grania sentit battre son cœur quand elle aperçut la jetée, les pins et les bougainvilliers qu'elle connaissait depuis son enfance.

Ils jetèrent l'ancre, la passerelle fut disposée et le comte aida Grania à descendre.

Ils étaient convenus de se rendre seuls à la demeure, pendant que les autres restaient à bord, prêts à appareiller rapidement si c'était nécessaire.

— Si papa est là, je veux qu'il fasse la connaissance de tout le monde, dit Grania.

— Il faudra d'abord savoir ce qu'il pense de moi. Il peut être violemment opposé à votre mariage avec un Français.

— Personne ne peut s'opposer à vous, affirma Grania et le comte rit en lui embrassant le bout du nez.

Il portait sur son bras la tunique d'uniforme de

Patrick O'Kerry, et avait par-devers lui les papiers d'identité du jeune homme.

— Papa les conservera, dit Grania. Plus tard, quand la guerre sera finie et si elle est encore de ce monde, ils reviendront à la mère de Patrick.

— C'est ce que j'ai pensé.

— Comment pouvez-vous être si bon ! s'exclama Grania. Je ne puis croire qu'un autre homme aurait de ces délicatesses, en pleine guerre.

— Une guerre qui, si Dieu le veut — et mes prières le lui demandent —, s'achèvera bientôt, murmura le comte.

Grania sentait qu'il craignait un peu l'accueil que lui réserverait son beau-père.

Mais elle était sûre que, à moins que Roderick Maigrin ne fût présent, son père serait heureux d'apprendre que sa fille vivait un grand amour partagé.

Si son père ne se trouvait pas à Secret Harbour, comment ferait-elle pour qu'il y vienne seul ?

Il n'était pas possible de prévoir ce qui se passerait à leur arrivée, et l'essentiel était de voir Abe pour connaître la situation.

Ils traversèrent le bois de pins et Grania regarda son mari, avant qu'ils quittent l'abri des arbres pour le jardin. Il avait la mine grave, mais elle le trouva plus beau que jamais.

Comme il faisait très chaud, il ne portait qu'une fine chemise de batiste mais sa cravate était nouée de cette manière savante qui la fascinait toujours.

« Qu'il est élégant, pensa-t-elle, mais en même temps si viril ! »

Ses pensées la firent rougir.

Ils passèrent entre les bosquets retournés à l'état sauvage, ces bosquets qui avaient été la fierté de sa mère.

Soudain, alors qu'ils atteignaient le milieu du jardin et faisaient face à la maison, un homme apparut sur la véranda.

Au premier regard, le cœur de Grania lui parut cesser de battre : l'homme portait l'uniforme britannique et des galons de colonel.

Le comte et elle s'immobilisèrent. Ni l'un ni l'autre ne bougea quand le colonel descendit et s'avança vers eux.

Derrière lui, Grania aperçut Abe et comprit, à son air consterné, que la visite de l'officier anglais était inattendue.

Le colonel s'approcha, tendit la main à Grania et sourit.

— Vous devez être lady Grania O'Kerry, dit-il. Permettez-moi de me présenter. Lieutenant-colonel Campbell. Je viens d'arriver de la Barbade avec un renfort de troupes.

Pendant un instant, Grania fut incapable de parler. Puis elle dit d'une voix qui ne lui sembla pas être la sienne :

— Comment allez-vous, colonel ? Vous avez certainement été bien accueillis à Saint-George's.

— Nous l'avons été, certes, et je pense que bientôt nous pourrons rétablir le calme.

Sur quoi, le colonel se tourna vers le comte et Grania comprit qu'il attendait des présentations.

Elle se demandait anxieusement ce qu'elle allait dire quand elle vit le colonel baisser les yeux sur la tunique d'officier de marine que Beaufort portait sur le bras.

Ce fut presque comme un message du ciel, une inspiration.

— Colonel, permettez-moi de vous présenter mon cousin, qui est aussi mon mari. Le capitaine de frégate Patrick O'Kerry.

Ils se serrèrent la main et l'Anglais dit en souriant :

— Je suis enchanté de faire votre connaissance, capitaine. Chose curieuse, le gouverneur me parlait justement de vous aujourd'hui et se demandait comment vous atteindre.

— A quel sujet ? demanda le comte.

Grania, que l'anxiété envahissait, admira son calme et son naturel. Le colonel se tourna vers elle.

— Je crains fort, lady Grania, d'être porteur de tristes nouvelles.

— De tristes nouvelles ? répéta-t-elle dans un souffle.

— Je suis ici pour vous apprendre que votre père, le comte de Kilkerry, a été tué par les rebelles.

Grania étouffa un cri et tendit une main vers le comte.

Il la prit aussitôt, et le contact de ses doigts fut un réconfort pour la jeune femme.

— Que... que s'est-il passé ? demanda-t-elle.

— Il y a dix jours, les esclaves de la plantation de M. Roderick Maigrin ont voulu se joindre aux rebelles, expliqua le colonel. M. Maigrin l'a su et il a tenté de les retenir.

Grania fut certaine que Maigrin les avait abattus, mais elle ne dit rien et le colonel poursuivit :

— Les esclaves l'ont désarmé et ils ont abattu votre père, qui est mort sur le coup. Puis ils ont torturé M. Maigrin et finalement l'ont assassiné.

Grania garda le silence, soulagée cependant que son père soit mort sans souffrir.

Le comte intervint alors :

— Vous devez comprendre, mon colonel, que c'est un grand choc pour ma femme. Puis-je proposer que nous entrions dans la maison, afin qu'elle puisse s'asseoir ?

— Oui, oui, certainement.

Le comte mit un bras autour des épaules de Grania et tandis qu'ils se dirigeaient vers les marches de la véranda, elle remarqua qu'il s'était mis à boiter d'une manière très convaincante.

Elle se demanda vaguement pourquoi.

Quand ils furent installés au salon, après avoir prié Abe de leur apporter un punch, le colonel demanda :

— J'imagine, capitaine, que vous avez hâte de reprendre la mer ?

— J'ai bien peur que ce ne soit impossible pour le moment, répondit le comte. Comme vous devez le savoir, j'étais à bord de l'*Heroic* qui a été coulé et j'ai été blessé. Plusieurs membres de l'équipage également.

— Oui, j'ai remarqué que vous boitiez, mais indépendamment de votre blessure et étant donné que les circonstances ont changé pour vous, j'espère que nous pourrons vous persuader de rester ici.

Le comte parut étonné et le colonel expliqua :

— Vous avez certainement déjà compris que vous êtes désormais le comte de Kilkerry. Je dois vous dire que si les corps des gentilshommes assassinés ont été découverts, c'est parce que le gouverneur est pressé de remettre de l'ordre dans les plantations et de voir les esclaves reprendre le travail.

Grania redressa la tête.

— Je pense qu'il doit rester bien peu d'esclaves chez nous...

— Oui, sans doute, comme sur la plupart des plantations où beaucoup ont voulu rallier les rebelles ; d'autres encore se cachent. Mais nous ne tarderons pas à reprendre le Belvédère et une fois que Fédor sera tombé entre nos mains, la révolte sera terminée.

— Par conséquent, les esclaves se remettront au travail et seront heureux de le faire, dit le comte.

— J'ai lieu de le croire. Et c'est pourquoi, milord,

j'aimerais que vous restiez ici afin de diriger la plantation au nom de votre femme. C'est essentiel pour l'île. Et peut-être, si vous trouvez quelqu'un qui soit capable de s'occuper de la plantation de M. Maigrin, pourriez-vous veiller sur ses terres en même temps que sur les vôtres ?

Un bref silence tomba, pendant lequel Grania devina à quoi pensait son mari.

— Je ferai de mon mieux, dit enfin le comte, et je crois pouvoir faire en sorte que nos esclaves soient satisfaits et oublient toute velléité de révolte.

Le colonel sourit.

— C'est bien ce que j'espérais entendre, monsieur, et je suis sûr que votre attitude fera plaisir au gouverneur... A ce propos, lady Grania, j'ai le regret de vous annoncer que le vieux gouverneur, que vous connaissiez bien, a été tué par les rebelles. Le gouverneur actuel est un nouveau venu dans l'île. Il sera heureux de faire votre connaissance plus tard mais, pour le moment, vous comprendrez sans peine qu'il ait des tâches urgentes à remplir.

— Je le comprends, dit Grania. Nous aussi allons être très occupés. Je crains que mon père n'ait laissé la plantation assez à l'abandon ces dernières années, et il va y avoir fort à faire.

— Je suis bien certain que votre mari saura redresser la situation, dit le colonel. (Et, ayant vidé son verre de punch, il se leva.) Si vous voulez bien m'excuser, je dois prendre congé. Il faut que je retourne à Saint-George's. Le gouverneur m'a prié, alors que j'aplanissais quelques difficultés à Saint-David, de passer par ici au retour et j'ai eu la chance de vous rencontrer.

— Nous espérons vous revoir, colonel, dit Grania.

— Je l'espère aussi, répliqua-t-il. (Et il serra la main du comte.) Au revoir, monsieur. Mes meilleurs vœux vous accompagnent. Je suis enchanté de vous savoir ici. Vous l'ignorez peut-être, mais il y a eu très peu de survivants de l'*Heroic*.

Le comte raccompagna le colonel jusqu'à son cheval qui l'attendait, encadré d'un peloton de dragons montés.

Il les regarda s'éloigner au trot, puis il revint dans le salon.

Dès qu'il apparut sur le seuil, Grania se précipita vers lui et se jeta à son cou.

— Chéri, vous avez été merveilleux ! Pas un instant il n'a soupçonné que vous n'étiez pas celui que vous disiez !

— Celui que *vous* avez dit, rectifia-t-il. Et j'ai beaucoup admiré votre présence d'esprit.

Il attira Grania vers le canapé et s'assit à côté d'elle, lui tenant la main.

Elle l'interrogea du regard et il lui dit très gravement :

— C'est une décision que vous, et vous seule, pouvez prendre. Devons-nous rester ici ou repartir ?

Grania n'eut pas besoin de réfléchir.

— Accepteriez-vous de diriger la plantation, comme l'a suggéré le colonel ?

— Pourquoi pas ? Elle vous appartient. Je me doute que ce sera un dur travail, mais avec mon expérience je crois pouvoir réussir. Et en restant ici, nous pourrons probablement procurer du travail à nos amis, et votre mission, ma chérie, sera de leur inculquer parfaitement la langue anglaise. Vous verrez, ils sont intelligents, et il ne devrait pas être difficile à Léon de trouver à s'employer à Saint-George's. Et si nous agissons avec efficacité, André et Jacques pourraient reprendre la plantation de Roderick Maigrin.

Grania battit des mains.

— Ce serait merveilleux ! Et, dans un sens, ce ne serait que justice : cet homme s'est si mal conduit et a eu sur papa une si désastreuse influence.

— Si j'ai pu tenter d'être flibustier, je puis certainement tenter d'être un planteur anglais, dit le comte. C'est à vous d'en décider. Mais si vous préférez retourner à Saint-Martin, mon adorable, je serai d'accord.

Grania sourit.

— Pour vendre vos précieux trésors ? Jamais ! Nous devons rester ici, et intelligent comme vous êtes, je suis sûre que nous ne serons jamais démasqués. D'ailleurs, il n'y a plus d'O'Kerry pour vous accuser d'usurper le titre.

Le comte se pencha et embrassa sa femme.

— Il en sera fait selon vos désirs, et à l'avenir vous pourrez choisir, décider si vous êtes une *countess* ou une comtesse, et assortir la couleur de vos cheveux à votre personnage !

Grania éclata de rire, puis elle appela Abe.

— Ecoute-moi, Abe, lui dit-elle. Toi et moi serons les seuls à savoir que ce monsieur-là est en réalité un Français. Tu as entendu ce que le colonel a dit ?

— J'ai écouté, milady. Très bonne nouvelle ! Nous serons riches. Tout le monde heureux !

— Bien sûr !

— Une petite mauvaise nouvelle, milady.

— Ah, mon Dieu ! Quoi donc ?

— Le nouveau gouverneur, il nous prend Mama Mabel. Il la paie très cher. Elle est partie à Saint-George's !

Grania rit.

— Eh bien, ainsi, il sera plus facile de demander à Henri de prendre en main la cuisine, déclara-t-elle. (Elle ajouta, plus vivement :) Cours vite au navire, Abe, et demande à Henri de venir préparer le déjeuner. Dis à tous les autres de venir aussi, et « Sa Seigneurie » leur expliquera ce qui a été décidé.

Elle rit encore, en donnant au comte son nouveau titre anglais.

Alors qu'Abe, sans un mot, s'éloignait, le comte tendit les bras à Grania et la serra contre lui.

— J'espère que vous savez à quoi vous vous engagez, ma chérie. Vous allez avoir à travailler très dur et moi aussi.

— Mais ce sera merveilleux de travailler ensemble et j'ai imaginé un nouveau prénom pour vous, un nom anglais.

Le comte haussa les sourcils et elle annonça :

— En territoire anglais, je vous appellerai Beau, et Beaufort en territoire français. Après tout, Beau peut être appliqué à des Anglais — ainsi Beau Flush. Et qui mieux que vous porterait ce nom ?

— Si vous me voyez ainsi, je ne puis qu'être satisfait.

Il la serra contre lui en ajoutant à voix basse :

— Quelle chance, ou quelle bénédiction, d'avoir trouvé un asile où nous pourrons travailler, où je pourrai vous aimer jusqu'à ce qu'il nous soit possible de rentrer chez nous !

— Et si, le moment venu, je veux rester ici ? demanda Grania.

Il l'examina pour voir si elle parlait sérieusement et comprit qu'elle le taquinait.

Les lèvres sur la bouche de sa femme, il murmura :

— Mettons cela au point une fois pour toutes : où j'irai, vous irez. Vous êtes à moi ! Vous m'appartenez et toutes les nations du monde ne pourraient nous séparer.

— Ah, mon amour, c'est ce que je voulais vous entendre dire ! murmura Grania dans un soupir. Et vous savez combien je vous aime.

— Je vous en rendrai plus certaine de jour en jour, d'heure en heure!

Le comte la serra contre lui avec passion et quand il l'embrassa elle sentit qu'une fois de plus il affirmait sa suprématie et sa domination.

Elle s'y soumettait avec joie parce qu'elle l'adorait, parce qu'il était tellement «homme» mais en même temps si sensible et compréhensif.

Elle savait qu'avec lui elle serait toujours en sécurité, protégée. Et peu importerait le lieu, peu importerait dans quelle île ou dans quelle partie du monde...

Ses bras étaient la rade cachée, son doux refuge.

Enfin, comme les baisers du comte devenaient plus exigeants, elle rejeta la tête en arrière, leva les yeux et dit d'une voix tremblante:

— Mon amour, les autres vont arriver. Je vous en prie... ne me troublez pas avant... avant ce soir.

Elle vit un éclair fulgurer dans les yeux du comte mais il sourit.

— Ce soir? Pourquoi attendre ce soir? Après le déjeuner, nous avons droit à la sieste et j'ai la ferme intention de vous raconter, ma merveilleuse petite épouse, comment je suis tombé amoureux d'un portrait et comment le destin m'a apporté davantage, le modèle, infiniment plus fascinant que tout ce que j'ai jamais connu.

Et il se remit à l'embrasser avec fougue jusqu'à ce qu'ils entendent des voix dans le jardin.

C'étaient des hommes parlant avec animation dans une langue qui n'était pas la leur.

Car pour Grania et Beaufort, il n'y avait plus qu'un seul langage, que tous deux comprenaient et qui serait le même partout où ils iraient, le langage de l'amour.

Les jalousies étaient baissées et la pièce embaumée de jasmin était noyée dans la pénombre. Sur les oreillers bordés de dentelle, deux têtes étaient rapprochées.

— Je t'adore, mon amour, murmura le comte en français.

— Mon chéri… Je vous aime, je vous aime.

— Répétez-le-moi, je veux en être certain.

— Je vous adore.

— Moi aussi je vous adore et vous vénère, mais je veux aussi vous plaire.

— Comment puis-je… exprimer… ce que je ressens ?

Grania parlait d'une voix basse, haletante. Les mains du comte la caressaient et elle sentait qu'il avait le cœur aussi battant qu'elle.

— Je te désire, ma chérie, je te désire !

— Et moi je te veux… Ah, mon merveilleux Beau… aime-moi !

— Donne-toi toute !

— Je suis à toi… à toi…

— A moi, maintenant et pour toujours !

Et puis il n'y eut plus que l'amour dans la baie secrète qui n'appartenait qu'à eux et où nul ne pouvait pénétrer.

Un souhait d'amour

Barbara Cartland

Un souhait d'amour

*Traduit de l'anglais
par Laure Terilli*

Éditions J'ai lu

Précédemment paru sous le nº 1792

Titre original :

WISH FOR LOVE

NOTE DE L'AUTEUR

Aux XVIIe et XVIIIe siècles, les voleurs et détrousseurs de grand chemin représentaient un danger permanent pour les voyageurs. Les nobles louaient les services de piqueurs pour les accompagner et lorsqu'un de ces brigands était capturé, on le pendait haut et court à la croisée des chemins. S'il était abattu, c'était un acte de bravoure qui méritait récompense.

Souvent ces voleurs avaient servi comme laquais ou domestiques dans de grandes maisons et ils avaient convoité les richesses de leurs maîtres. Ils connaissaient les risques qu'ils couraient mais quelques années d'aventures leur semblaient préférables à toute une vie de tâches fastidieuses.

Il arriva que des nobles prissent ainsi la route. William Parsons était le fils d'un baronet, sorti d'Eton et ancien officier de la Marine royale. Sir Simon Clarke était baronet.

Joan Bracey, fille d'un riche fermier du Northamptonshire, fut la seule femme voleur de grand chemin. Habillée en homme, elle commit de nombreux et audacieux larcins, jusqu'au jour où elle se balança au bout d'une corde. Elle n'avait pas trente ans.

1

— Me voilà ! s'écria Jeremy Forde en entrant dans la salle à manger.

Il s'assit à la petite table recouverte d'une nappe blanche qui se trouvait dans le recoin de la fenêtre. C'était là que la famille Forde prenait le petit déjeuner. Sa sœur, Mariota, surgit de la cuisine, une assiette d'œufs au bacon dans une main, un pot de café dans l'autre.

— Tu arrives bien tard ! dit-elle.

— Je sais, répondit son frère, mais je n'avais pas envie de me lever. A quoi bon d'ailleurs se lever ? Je n'ai rien à faire ! En fait, je me demandais comment nous pourrions bien nous procurer un peu d'argent.

— Voilà qui n'est pas très original, observa Mariota en riant.

— En effet ! dit Jeremy d'un ton lugubre.

Il se mit à manger et Mariota lui versa du café ainsi qu'à elle.

— On pourrait peut-être vendre une miniature reprit Jeremy. J'imagine qu'on en tirerait un bon prix, et après tout, personne n'en saurait rien !

— Mais tu n'y es pas ! Tout le monde s'en rendrait compte ! s'exclama sa sœur, horrifiée. Tu sais très bien que père serait furieux ; de plus, ce serait du vol !

— Prendre ce qui nous appartient, pour moi, ce n'est pas du vol ! répondit Jeremy, vexé.

— Mais... c'est prendre ce qui revient à ton fils, à ton petit-fils et à tous tes descendants !

— Vu la situation, il est peu probable que j'aie jamais les moyens de fonder un foyer et d'élever un fils, encore moins un petit-fils ! répliqua-t-il.

Ayant fini de déjeuner, il se renversa sur sa chaise.

— Soyons sérieux, Mariota, il faut faire quelque chose ! J'ai besoin d'habits neufs, et crois-moi, ce n'est pas parce que les miens sont vieux, mais parce qu'ils sont trop petits.

C'était la vérité, et Mariota qui le savait bien fit un geste d'impuissance.

— Je suis désolée, Jeremy, tu le sais, n'est-ce pas ? Mais nous avons tout juste de quoi manger. Acheter des habits est tout à fait hors de question !

— Et père, que dit-il ? A-t-il une idée ?

— Si tu as une idée, toi, je lui en parlerai... s'il veut bien m'écouter...

— De toute façon, quand bien même il t'écouterait, crois-tu qu'il comprendrait à quel point nous sommes dans la misère ? s'emporta Jeremy. Moi, j'en doute !

Pendant un moment, ils ne dirent rien.

— Ce n'est pas vrai. Père comprend très bien la situation, reprit Mariota. Et c'est justement parce que cela lui fait trop de mal de voir ainsi la maison se délabrer et d'entendre nos doléances qu'il se replie sur lui-même avec ses livres. C'est le seul moyen pour lui de se consoler de la mort de mère.

A cette évocation, le visage de la jeune fille se radoucit.

— Il faut trouver une solution, reprit Jeremy après un silence. Combien de temps encore pouvons-nous tenir comme ça ?

C'était la même question qui à tout instant du jour et de la nuit hantait Mariota.

Depuis le règne d'Elisabeth Ire, la famille Forde habitait le « Gué de la Reine », une belle et grande demeure, originale mais peu pratique avec son architecture irrégulière. Au fil des générations, les Forde n'avaient fait que s'appauvrir et lorsque l'actuel lord Fordcombe eut hérité à son tour du titre et du domaine, ce fut pour découvrir que son père était mort criblé de dettes. Tout ce qui avait une valeur marchande et ne constituait pas des biens inaliénables avait donc été vendu pour rembourser les créanciers ; et même alors, ceux-ci avaient dû se faire une raison et accepter dix shillings pour une livre ! Mais, après tout, « mieux vaut peu que pas du tout ! ».

Lord Fordcombe vivait grâce à la fortune de sa femme, qui représentait un revenu d'à peine plus de deux cents livres par an. A sa mort, cette rente reviendrait de droit à ses trois enfants. Les maigres loyers qu'il percevait de ses fermes et de ses autres maisons constituaient sa seule autre source de revenus. Quant aux nombreuses petites chaumières éparpillées sur ses terres, elles ne rapportaient presque rien : la plupart étaient habitées par des invalides de guerre qui ne pouvaient pas payer beaucoup, les autres étaient dans un tel état de délabrement qu'elles servaient tout au plus d'abri aux paysans les plus déshérités. La ruine de la famille mettait les héritiers de lord Fordcombe au désespoir.

L'aîné, Jeremy, avait vingt et un ans ; il ne pouvait faute d'argent faire carrière dans l'armée comme ses ancêtres l'avaient toujours fait. Il supportait très mal une vie inactive et peu brillante où il n'avait que de vieux chevaux fatigués à sa disposition, tout juste capables d'aller et venir. Ses seules occupations consistaient à chasser et à pêcher ; mais la pratique systématique de ces deux sports, devenus indispensables à leur survie, avait tué tout plaisir : c'était un devoir fastidieux dont il s'acquittait avec aigreur.

Pour Mariota, c'était différent. Elle ne connaissait ni l'ennui ni l'oisiveté. Du matin au soir, elle avait un emploi du temps bien rempli. Il n'y avait plus qu'un vieux couple de domestiques pour l'entretien du château, et de nombreuses pièces auraient été laissées à l'abandon si elle ne s'était pas tour à tour improvisée intendante, maître d'hôtel, femme de chambre et valet, sans oublier cuisinière de temps à autre. Grâce à son esprit pratique, elle savait s'organiser et mener à bien parfaitement toutes ces tâches. Aussi, sa famille avait tendance à oublier qu'en d'autres circonstances, c'est une vie fort différente qu'elle aurait menée. Comme toute jeune fille de dix-neuf ans, elle aurait passé une saison à Londres, serait allée au bal et des jeunes gens de bonne famille l'auraient demandée en mariage... Bien sûr, pour l'instant, rien de tout cela ne risquait d'arriver ! Comme disait Jeremy, ils végétaient dans ce trou de campagne, bien plus semblables à des navets qu'à des êtres humains !

C'était la plus jeune des enfants, Lynne, qui souffrait le moins des difficultés financières de la famille. En effet, elle avait la chance de suivre les cours qu'une gouvernante donnait à la fille de leurs voisins, Elaine Fellows. Les deux enfants étaient amies et toutes deux du même âge : elles n'avaient pas encore dix-sept ans.

Tous les jours, une voiture venait du manoir pour chercher Lynne, et il arrivait fréquemment qu'elle passât la nuit là-bas lorsqu'il pleuvait ou qu'on l'invitait pour la soirée. A tous les soucis de Mariota s'ajoutait celui de l'avenir de sa sœur. Elle ne pouvait s'empêcher de se demander avec angoisse ce qui se passerait dans un an, lorsque l'éducation de sa sœur serait terminée. Lynne était tellement jolie! Assurément, le premier jeune homme qui la verrait en tomberait follement amoureux et la demanderait en mariage! Mais il y avait si peu de jeunes gens dans ce coin du Worcestershire! De plus, le père d'Elaine Fellows était fort strict en matière d'éducation. Les jeunes filles n'étaient pas autorisées à descendre au salon lorsqu'ils recevaient et devaient rester dans la salle d'étude. Lynne n'avait donc pas encore goûté à la vie mondaine que Mariota souhaitait pour elle.

Semblable à une porcelaine de Saxe, avec ses cheveux blonds, ses yeux bleus, son teint frais et rose, Lynne était ravissante. Mariota, elle, était d'une beauté fort différente. Leur mère avait dit un jour:

— Lynne fait penser à un portrait peint par un grand artiste qui utiliserait des couleurs vives pour charmer. Mais vous, ma chérie, vous êtes comme une délicate esquisse de Léonard de Vinci: une fois que l'on pose les yeux sur vous, on ne peut plus les détacher car votre beauté est tout en profondeur. Il y a tant à découvrir en vous regardant!

Sur le moment, Mariota n'avait pas vraiment compris ce que sa mère voulait dire, mais elle y songeait parfois, lorsqu'elle se regardait dans son miroir. Avec ses grands yeux gris, ses cheveux si blonds qu'ils semblaient d'argent, elle trouvait en effet qu'elle ressemblait à certaines gravures qu'elle avait vues dans la bibliothèque. Toutefois, elle avait rarement le temps de penser à elle-même.

Dès le matin, avant de se mettre au travail, elle nattait rapidement ses cheveux et les enroulait en chignon; puis, elle se dépêchait de descendre pour tirer les rideaux et ouvrir les fenêtres du rez-de-chaussée. D'esprit pratique, elle avait compris qu'il était impossible d'entretenir une aussi grande demeure sans le personnel approprié. Aussi, avait-elle fermé les ailes du château construit en forme de E en hommage à la reine Elisabeth Ire. Parfois, elle ne résistait pas à la tentation de pénétrer dans ces belles pièces aux plafonds bas et aux vitres en forme de losange pour veiller à leur bonne conservation. Le sol poussiéreux, les tableaux et le mobilier protégé de housses, tout cela lui faisait penser au palais endormi de la Belle au bois dormant, un palais qui jamais plus ne reviendrait à la vie... Alors, triste et découragée, elle quittait les pièces désertes et retournait dans la partie habitée du château, pauvre et défraîchie, mais qui résonnait du bruit des voix familières, des nombreuses allées et venues, des éclats de rire, tout au moins lorsque Jeremy n'était pas mal luné. Ce qui était justement le cas ce matin.

— Ne te désespère pas ainsi, cher frère, dit-elle. D'ailleurs, j'ai l'impression que quelque chose va arriver.

— Que veux-tu dire ? Un plafond qui s'effondre ? Ou un tuyau de cheminée cassé ?

— Non, pas du tout ! Rien de tout cela ! répondit-elle avec le plus grand sérieux. C'est une intuition que j'ai parfois, ce que notre vieille nounou appellerait « le don »... Je suis sûre que quelque chose de formidable va bientôt nous arriver !

— Je crois que tu as l'esprit un peu dérangé ! s'exclama Jeremy. Je vais te dire, moi, la seule chose qui risque d'arriver, c'est un violent orage qui aura raison des dernières tuiles du toit, ou bien une facture oubliée que nous devrons payer sans délai !

— Oh ! Voilà que tu es vraiment méchant maintenant ! C'est affreux ce que tu dis là ! De toute façon, la grogne ne sert à rien, alors que parfois les rêves deviennent réalité !

— Pas pour moi, en tout cas!

En voyant l'expression chagrinée de sa sœur, il sourit et son visage redevint charmant.

— Pardonne-moi. Je me conduis comme un enfant gâté, je sais bien. Mais cette situation est insupportable!

— Bien sûr, je comprends, répondit sa sœur, et cela est encore plus dur pour toi que pour nous autres, car tu es l'aîné.

Elle fit une pause avant de reprendre:

— Et tu es si beau! C'est normal que tu rêves d'habits élégants et de chevaux comme ceux de grand-père qui menait grand train... mais qui était endetté jusqu'au cou!

— En tout cas, il en a bien profité, lui!

Jeremy, ayant bu son café, regarda autour de lui.

— Il n'y a assurément plus rien à vendre dans cette pièce, dit-il, ses yeux s'attardant sur les portraits de famille qui ornaient la salle.

— Il n'y a plus rien à vendre dans aucune autre pièce, reprit Mariota d'un ton sans réplique. On a déjà fait l'inventaire de toutes nos richesses, Jeremy, et tu sais aussi bien que moi que tout ce qui avait un tant soit peu de valeur a déjà été vendu à l'époque où père a hérité!

— C'est bien dommage qu'il ne puisse vendre son titre, ou son livre sur lequel il travaille depuis trois ans!

Mariota laissa échapper un soupir.

— Quand son livre sera fini, personne ne voudra l'acheter! Qui donc serait intéressé par l'histoire de notre famille? Il ne reste plus beaucoup de Forde aujourd'hui!

— De toute façon, ils sont aussi pauvres que nous, conclut Jeremy en se levant.

Une grande table de bois autour de laquelle pouvaient s'asseoir une trentaine de personnes trônait au milieu de la salle à manger. Un chandelier d'argent était posé sur le buffet. Mariota ne prenait pas la peine de le mettre à l'abri dans le coffre, le soir, après s'en être servi ; c'était plus simple de le laisser dehors, prêt pour le lendemain. Jeremy le soupesa du regard. Pressentant ce qu'il allait dire, Mariota poussa un cri.

— Non, tu ne peux pas faire ça, Jerry ! Tu ne peux pas vendre ce chandelier ! Il figure dans tous les inventaires officiels. C'est George Ier qui l'a offert à notre arrière-grand-père ! Cela fait partie de notre patrimoine !

Jeremy ne répondit pas.

— J'ai une idée ! s'écria-t-il tout à coup. Si tu ne veux pas que je vende ce qui m'appartient, sous prétexte que c'est volcr mcs héritiers — bien hypothétiques en vérité, les héritiers —, je prendrai l'argent ailleurs !

— Que veux-tu dire ? Tu ne vas pas voler, tout de même ?

— Non, mais devenir un bandit de grand chemin !

— Mais tu es fou !

— Non, je ne suis pas fou. Tu te souviens de ce bandit dont on avait parlé, il y a deux ans, et qui avait attaqué plusieurs voitures dans les environs ? Il ne s'est jamais fait prendre !

— Mais, Jeremy, tu ne peux pas faire ça !

— Pourquoi pas ? Je suis sans doute aussi pauvre et aussi nécessiteux que n'importe lequel de ces bandits qui terrorisent les voyageurs !

— Tu n'es pas sérieux... ?

— Mais si ! Et maintenant que j'y pense, il faudrait que tu m'aides.

— T'aider ? Comment cela ?

— Pour qu'une attaque réussisse, il faut être deux.

Si les bandits ont un peu de bon sens, c'est ce qu'ils font. Autrement, tout seul pendant qu'il serait occupé à prendre les bijoux et l'argent des voyageurs, rien ne serait plus facile pour le cocher et le valet assis à l'avant que de lui tirer dans le dos, ou du moins de le frapper et de le maîtriser.

— Je n'ai pas envie d'écouter toutes ces sottises ! dit Mariota en commençant à débarrasser la table. Si tu veux te rendre utile, va plutôt voir s'il y a assez de pommes de terre pour le repas de midi.

Sans parler, Jeremy se dirigea vers la fenêtre. Mariota le regarda, pleine d'appréhension. Son frère était jeune et beau. Elle comprenait combien il lui coûtait de mener une vie aussi médiocre. Il n'avait rien de plus réjouissant à faire que de monter de mauvais chevaux et d'arpenter un domaine aussi pauvre que la famille qui en était propriétaire. Elle devinait à l'expression concentrée de son visage qu'il avait encore une de ses folles idées en tête. Elle les redoutait car elles finissaient toujours par se révéler désastreuses et lui attirer les pires ennuis.

— Jeremy, tu ne m'écoutes pas !

— Voilà, je sais ! s'exclama-t-il, réjoui. On va se poster cet après-midi sur la route de Worcester. Sûrement, beaucoup de voitures passent par là avec des gens riches qui vont à Worcester ou à Malvern. On en arrêtera une. On trouvera peut-être de quoi remplir nos poches ! Comme de vrais bandits !

— Oh ! Jeremy ! Comment peux-tu dire une chose aussi ridicule et dangereuse qui plus est ? Sûrement, tu ne parles pas sérieusement !

— Mais si, je ne plaisante pas ! Il me faut de l'argent et j'en aurai. Je veux aller à Londres une semaine pour m'acheter des habits convenables et peut-être rencontrer une jeune héritière.

— Une héritière ?

— Pourquoi pas ? Si j'épousais quelqu'un de riche, je pourrais remettre le domaine en état et nous pourrions tous vivre confortablement. Je vais enfin mener la vie d'un jeune homme de mon âge au lieu de moisir comme une vieille pomme ridée !

Jeremy ne cachait pas son amertume. Laissant son plateau sur la table, Mariota s'approcha de lui et posa affectueusement la main sur son bras.

— Je suis désolée, mon cher frère, mais nous ne pouvons que continuer à vivre ainsi en faisant de notre mieux et en espérant que la chance bientôt nous sourira...

— Et combien de temps encore faut-il attendre ? dit-il d'un ton sec. Que je sois mort et enterré ?

Il n'y avait rien à répondre à cela. Mariota se contenta de soupirer et leva sur lui ses yeux pleins de douceur et de compréhension.

— Non ! s'exclama Jeremy si fort qu'elle sursauta. On dit bien « Aide-toi, le ciel t'aidera », n'est-ce pas ? Eh bien, c'est ce que je vais faire, et tu vas m'aider !

— Jamais ! dit-elle fermement.

— Très bien ! Alors, j'irai seul attaquer une diligence et si l'on me tire dans le dos et que l'on me retrouve baignant dans mon propre sang, tu n'auras qu'à t'en prendre à toi !

— Comment peux-tu être aussi méchant ?

— Je suis tout simplement réaliste. Si tu m'accompagnes, nous ne courrons aucun danger. Voilà ce que nous ferons : nous n'avons qu'à arrêter une voiture. Pendant que je prendrai l'argent et les bijoux des passagers, toi, tu surveilleras le cocher et le valet, et tu feras en sorte qu'ils gardent les mains en l'air. L'argent pris, nous partirons et jamais plus on ne nous reverra.

— Cela ne peut être aussi simple, dit Mariota, faiblement. Et puis... de toute façon, on risque d'être reconnus ! Ce serait épouvantable ! Un véritable scandale !

— On ne nous reconnaîtra pas, repartit Jeremy d'un ton supérieur, car on portera des masques. Mais... attends un peu... j'ai une meilleure idée encore ! Tu vas t'habiller en garçon !

— En garçon ? répéta Mariota d'une voix à peine audible.

— Des vieux habits à moi feront l'affaire. Il doit bien y en avoir quelque part dans la maison. Il faut simplement trouver un pantalon. Ma vieille redingote d'Eton devrait t'aller.

— Non ! Je ne peux pas ! Je ne peux pas !

— Très bien ! Puisque tu refuses de m'aider, je me débrouillerai tout seul. Adieu, Mariota. Tu n'auras pas à fleurir ma tombe, car on me pendra sans doute à une potence au carrefour de la grand-route, pour servir d'exemple !

Mariota poussa un cri d'horreur.

— Tu ne parles pas sérieusement... Ce n'est pas vrai ? implora-t-elle.

Mais c'était peine perdue ! Elle connaissait le caractère impulsif de Jeremy. Avec ou sans son aide, il ferait ce qu'il disait !

C'est dans une tenue fort peu féminine que Mariota quitta le château cet après-midi-là, à 4 heures. Elle portait une culotte de Jeremy qu'il mettait à l'âge de treize ans, et une redingote un peu trop grande en vérité —, mais elle n'avait rien trouvé de plus petit. Une casquette de chasse en velours, rabattue sur les yeux, et une cravate proprement nouée complétaient son déguisement de garçon.

Quand ils furent suffisamment loin de la maison, ils se cachèrent dans un petit bois et Jeremy sortit de sa poche deux masques de velours noir, il en donna un à sa sœur.

— Mets ce loup! Je les ai fabriqués ce matin. Je suis sûr que personne ne nous reconnaîtra.

En tout cas, Jeremy, avec son masque, était méconnaissable. « Pourtant, songeait Mariota, sans le reconnaître, ne serait-il pas facile de se souvenir de la silhouette de ce cavalier aux larges épaules, bien campé sur son cheval, un grand chapeau posé sur l'oreille ? »

Mais ce n'était pas la peine de soulever ce problème. Ils avaient déjà passé toute la matinée à discuter tandis que Jeremy cherchait parmi ses vieux vêtements ceux qu'elle allait mettre. Tout ce qu'elle pourrait dire maintenant ne changerait rien à la décision de son frère. Ce serait parler en vain. Jeremy ne changeait pas d'avis aussi facilement. Si elle avait accepté de le suivre, c'était seulement parce qu'elle avait trop peur qu'il ne lui arrive malheur. Peut-être avait-il raison: attaquer seul une diligence, c'était plus dangereux qu'à deux. Mon Dieu, quelle folie! Elle mit son loup en place et en noua le mince ruban derrière sa tête, espérant que sa casquette tiendrait bien en placé. Il ne fallait surtout pas que ses cheveux se défassent, révélant qu'elle n'était pas un garçon!

— Et maintenant, ton pistolet, dit Jeremy, en lui tendant l'arme. Il est amorcé et chargé, aussi, fais attention!

— Mais, je n'aurai pas à m'en servir? murmura-t-elle.

— Non, sauf pour te défendre, si l'on cherche à t'arrêter! Autrement, c'est la pendaison! Mais si tu dois t'en servir, vise le bras ou la jambe, jamais le corps ni la tête!

Mariota serra les lèvres mais ne dit mot. En vérité,

elle tirait fort bien. Lorsque son père avait appris à Jeremy à viser une cible, puis le gibier, elle avait voulu apprendre elle aussi.

— Tu es une fille ! Tu n'auras jamais besoin de te servir d'une arme ! disait Jeremy avec mépris.

Mais son père, lui, n'était pas de cet avis.

— Au contraire, c'est utile pour une femme de savoir se défendre, avait-il déclaré.

Il lui avait donc appris à manier un fusil de chasse et un pistolet de duel. Elle espérait bien n'avoir jamais besoin de se servir d'une arme, mais elle était suffisamment experte pour ne pas tuer un homme par mégarde.

— Tu es prête ? demanda Jeremy. Tu reconnaîtras, du moins, que c'est un peu plus amusant que de rester assis à la maison à compter les toiles d'araignées !

Elle ne répondit pas. Son cœur battait à tout rompre dans sa poitrine et sa bouche était sèche. L'idée de Jeremy allait tourner au désastre, elle en était sûre ! Et s'ils étaient arrêtés et amenés devant les magistrats pour être jugés ? Elle se sentit glacée d'effroi devant une telle perspective. Cependant, elle ne pouvait rien dire pour changer le cours des choses. Pourvu que leur père ne sache jamais rien de cette terrible aventure ! Il avait déjeuné avec eux mais s'était montré plus distrait que jamais. Son travail de recherche sur l'histoire de leur famille l'accaparait énormément. Le repas avait d'ailleurs été fort silencieux car Jeremy de son côté était préoccupé par son projet, et aussi fort rapide, car il y avait peu à manger. Comme Mariota apportait un plat de la cuisine, Jeremy s'était écrié :

— Encore du lapin !

— Je suis désolée, mon frère, avait-elle répliqué. Mais à cette époque de l'année, il n'y a guère que le lapin à chasser, et c'est la seule chose que l'on n'a pas à payer !

Le vieux Jacob, qui s'occupait du domaine avec sa femme, prenait les lapins au collet dans les fourrés. C'était le gibier le plus fréquent, dont ils faisaient leur ordinaire, un régime bien monotone en vérité ! Pour le dessert, Mariota avait ramassé au prix de nombreuses égratignures des groseilles à maquereau qui mûrissaient en abondance sur les buissons mal taillés du jardin. Lord Fordcombe les avala distraitement, sans paraître en remarquer le goût, et Jeremy les engloutit en quelques secondes.

— J'ai encore faim ! dit-il lorsqu'il eut vidé son assiette.

— Il ne reste qu'un morceau de fromage, répondit sa sœur. Mrs Robinson m'en a promis pour ce soir.

Autrefois, le château vivait sur la production de la ferme, mais les choses avaient changé. Mariota avait eu l'idée de la louer contre une somme fort modique, les fermiers devaient en outre leur procurer les œufs, le lait, le beurre, et quand il y en avait, le fromage. Au début, les Robinson étaient ravis de cet arrangement. Mais la fin de la guerre avait causé la ruine de nombreux fermiers, et ceux qui n'avaient pas fait faillite étaient inquiets pour leur avenir. Désormais, Mr et Mrs Robinson respectaient leur engagement avec mauvaise grâce et renâclaient à donner les produits que réclamait Mariota. Il lui semblait qu'elle devait s'excuser pour chaque chose qui lui était pourtant due. Car elle était extrêmement sensible aux sentiments des autres. Aussi, elle n'aimait pas aller à la ferme et tâchait d'y envoyer le vieux Jacob, lorsqu'il avait le temps. Mais ce dernier avait tellement à faire dans le jardin à cette époque de l'année ! Il fallait sarcler les légumes, et empêcher les oiseaux de dévaster le jardin pour que la table soit pourvue ! Il était rarement disponible !

Jeremy mangea le morceau de fromage avec un reste de beurre. Mariota pensa qu'il aurait dû le partager avec son père, mais celui-ci, toujours perdu dans ses pensées, ne sembla pas même remarquer que le repas s'était terminé sans qu'il ait eu sa part du dernier plat, si l'on peut dire.

— J'ai beaucoup à faire cet après-midi, dit-il en se levant de table. Je ne veux pas être dérangé.

— Personne ne vous dérangera, père, répondit Mariota. Je suis contente de voir que votre livre avance bien.

— En effet, ça avance, ça avance ! dit-il en quittant la pièce.

Ses pas résonnèrent dans le couloir.

— Je me demande qui selon lui pourrait le déranger ? observa Jeremy. Si quelqu'un venait nous voir, ce serait un vrai miracle !

Comme sa sœur ne disait rien, il poursuivit :

— En attendant, c'est parfait pour notre expédition ! Dès que tu as fini de débarrasser la table, on se prépare.

Bientôt, Mariota fut prête et habillée. Jeremy ayant sellé les chevaux, il les amena près de la maison. Et c'est cachés sous les arbres qu'ils enfourchèrent leurs montures pour que Jacob et sa femme, Mrs Brindle, ne risquent pas de les voir. Il y avait d'ailleurs peu de chances que les vieux domestiques les aperçoivent. En effet, après la vaisselle du déjeuner, Mrs Brindle aimait se reposer dans l'un des confortables fauteuils installés dans la cuisine par les soins de Mariota. Elle sommeillait ainsi, assise devant la cheminée où brûlait un bon feu.

La grande salle des domestiques, qui autrefois réunissait plus de vingt personnes à chaque repas, était maintenant fermée; de même l'on n'utilisait plus les cuisines dallées et leurs énormes éviers, les celliers et leurs longues tables de marbre. Mariota se souvenait bien de cette époque, et elle voyait encore les bassines de lait que l'on écrémait chaque matin. Elle mélangeait la crème à son porridge. Que c'était délicieux! Désormais, la crème fraîche était un luxe qu'ils ne pouvaient s'offrir que rarement. La ferme leur donnait tout juste assez de lait pour le petit déjeuner et le thé de 5 heures.

«La vie n'est pas facile», pensa-t-elle. Cependant, leurs difficultés leur donnaient-elles le droit de voler? C'était mal et de plus très risqué. Au fond d'elle-même, elle espérait bien qu'aucune voiture ne passerait cet après-midi-là sur la route de Worcester. En fait, il était même fort probable qu'ils ne rencontrent que des fermiers en carriole, ou un pasteur et son corbillard, ou bien encore une simple charrette de marchandises. Mais à quoi bon ruminer tout cela? On verrait bien!

Elle continuait de galoper derrière Jeremy, aussi vite que lui permettait sa monture. Si elle avait de l'argent, elle achèterait un cheval vif et racé pour la chasse en hiver. Luciole était vieux et on ne pouvait vraiment pas le qualifier de fougueux. En fait, il avait l'habitude d'aller à son allure et Mariota craignait qu'il ne soit pas assez rapide pour fuir s'ils étaient poursuivis. On aurait vite fait de la rattraper!

Jeremy montait leur meilleur cheval —, ce qui ne signifiait pas grand-chose! Leur père l'avait acheté pour une misère à un fermier des environs. Rufus leur rendait bien service, mais ne payait vraiment pas de mine, et malgré de nombreuses tentatives, on ne réussissait pas à lui faire sauter une haie de plus de deux pieds de haut!

Du moins avait-il quatre jambes pour les transporter où ils voulaient. Dans leur malheur, ils avaient de la chance : un jour viendrait peut-être où ils devraient aller à pied ! C'est ainsi que Mariota se réconfortait.

Ils rejoignirent enfin la route de Worcester. Ce n'était en réalité qu'un chemin poussiéreux bordé d'arbres, qui coupait à travers les champs fermés par de hautes haies et parsemés de bosquets. C'était dans l'un de ces petits bois longeant la route que Jeremy avait l'intention de se cacher.

Auraient-ils longtemps à attendre ? Heureusement que leurs chevaux avaient l'habitude de rester tranquilles ! De meilleurs animaux auraient moins de patience !

— Je me demande combien de temps il va falloir attendre, dit Jeremy.

Au ton de sa voix, Mariota comprit qu'il était tout excité par l'aventure.

« C'est mal, très mal », se dit-elle, tout en sachant qu'il était bien inutile de soulever de nouveau ce problème. Ou elle aidait son frère, comme il le lui avait demandé, ou bien elle le laissait se débrouiller seul face au danger. Il n'y avait pas d'autre solution !

Or, elle aimait son frère et n'aurait pas supporté d'attendre à la maison jusqu'à ce qu'on vienne lui dire qu'il était blessé, mort ou arrêté ! Quoi qu'il arrive, du moins, seraient-ils ensemble ! Mais si les choses tournaient mal, qu'adviendrait-il de son père et de Lynne ? Mariota était au comble du désespoir ! Combien sa mère aurait été bouleversée d'apprendre qu'elle avait pris part à une telle action ! Glacée d'effroi, elle priait le ciel de tout son cœur que Jeremy ait tout l'argent qu'il désire et qu'ils s'en retournent sains et saufs à la maison !

— Voilà quelqu'un ! chuchota Jeremy.

Le cœur battant, elle scruta la route. Le chemin

tournait, et une minute entière s'écoula avant qu'ils aperçoivent le toit d'une voiture au-dessus des haies, puis le cheval qui la tirait. Mariota retint sa respiration : la voiture approchait...

— Ce n'est que le sellier d'Evesham ! Je ne savais pas qu'il venait livrer jusqu'ici, dit Jeremy d'un air déçu.

— Il va peut-être au manoir. Lynne a dit que Mr Fellows avait acheté de nouveaux chevaux.

— Lui peut s'en offrir ! marmonna Jeremy amèrement.

Maintenant, la voiture passait devant eux, et ils purent lire le nom du sellier peint sur la portière.

— Voilà bien une chose dont on n'a pas besoin ! reprit le jeune garçon. On n'utilise ni brides, ni selles, ni éperons ! Il fut un temps où grand-père possédait quarante chevaux que nous pouvions loger dans nos écuries !

Ils ne savaient que trop bien le peu qu'il leur restait ! Mariota préféra ne pas répondre. Elle ne voulait pas abonder dans le sens de son frère qui ressassait la ruine de la famille alors qu'il n'y était pour rien. Et elle concentra toute son attention sur la route.

— J'entends une voiture ! s'exclama-t-elle soudain.

Jeremy tourna vivement la tête.

— Tu as raison, dit-il au bout d'un moment. C'est sûrement une voiture à deux chevaux.

Retenant leur respiration, ils attendirent. Bientôt, ils distinguèrent au loin deux chevaux qui galopaient à vive allure. C'était un brillant attelage dont les brides et les courroies étincelaient au soleil. Avec un serrement de cœur, Mariota comprit que leur propriétaire était un homme riche. Sur le siège, à côté du cocher, se tenait un valet en livrée. Leurs hauts-de-forme étaient ornés de cocardes, et le manteau du cocher avait un grand col rabattu sur les épaules.

C'était précisément le genre de voiture que Jeremy attendait! Mariota sentit son cœur battre si fort qu'elle pouvait à peine respirer.

Tous deux tendus à l'extrême, ils regardaient la voiture avancer. Quand les chevaux ne furent plus qu'à quelques mètres, Jeremy bondit courageusement au milieu de la route. Il n'eut pas besoin de parler. Devant cet individu masqué, un pistolet braqué sur lui, le cocher tira sur les rênes pour arrêter la voiture, tandis que le valet levait immédiatement les mains en l'air, en signe de reddition. C'était maintenant qu'il fallait agir avec prudence. Jeremy avait prévenu sa sœur : le passager de la voiture pouvait très bien utiliser son arme, s'il en avait une, et tirer de la portière, sans courir aucun risque. Mariota s'avança, son pistolet braqué. Et c'est avec un vif soulagement qu'elle découvrit une femme à l'intérieur.

— Les mains en l'air! Et pas un geste! ordonna Jeremy d'un ton autoritaire.

Il s'approcha de Mariota.

— Surveille-les! dit-il en mettant pied à terre.

Elle pointa le revolver sur le cocher et le valet. Mais sa peur était si forte que sa main, serrée sur l'arme, tremblait. Elle n'osait quitter des yeux les deux hommes qui, de leur côté, restaient pétrifiés. Le laquais surtout était blême de peur. Il avait l'air tout jeune et levait ses mains de plus en plus haut comme s'il s'attendait à tout instant à être tué. Jeremy donna l'ordre à la voyageuse de lui remettre tout son argent et ses bijoux.

— Merci, madame, dit-il enfin en reculant et en refermant la portière.

— Allez, cocher, partez! Et ne vous retournez pas, sinon, vous le regretterez!

Le cocher ne se le fit pas dire deux fois : il fouetta les chevaux et la voiture s'éloigna plus vite qu'elle n'était venue. Mariota poussa un soupir de soulagement.

— C'est une belle prise! Et maintenant, rentrons à la maison pour compter notre butin! dit Jeremy, prêt à sauter en selle.

A ce moment-là, de l'autre côté de la route, un cavalier surgit du bois. Saisie d'horreur, Mariota resta sans voix. Elle s'apprêtait à prévenir Jeremy lorsqu'elle vit l'inconnu sortir un pistolet de sa ceinture et le braquer dans le dos de son frère.

— Jeremy, attention!

Et elle appuya sur la détente de son arme. Elle tira sans viser, agissant par impulsion, pour sauver son frère. Le coup partit. Les chevaux sursautèrent. Rufus fit un écart qui empêcha Jeremy de sauter en selle. Le cheval de l'inconnu, affolé lui aussi, se cabra si brusquement que le cavalier, tenant les rênes d'une seule main, fut projeté à terre. Sa monture s'éloigna au galop, décochant de formidables ruades. L'inconnu gisait, immobile sur le sol.

— Je l'ai tué?... chuchota Mariota, alarmée, qui avait enfin maîtrisé Luciole.

— Non, je ne crois pas que tu l'aies touché, répondit Jeremy. Mais il faut s'en assurer.

Elle sauta à terre. Luciole se mit tranquillement à brouter l'herbe au bord de la route : pas de risque qu'il s'échappe. Elle rejoignit rapidement son frère, agenouillé près du cavalier.

— Il est blessé ?

— Non, je ne lui vois pas d'égratignures. Mais sa tête a dû heurter une pierre. Il a perdu connaissance.

En effet, l'inconnu gisait, la tête contre une grosse pierre du chemin.

— Qu'allons-nous faire ? interrogea Mariota.

— Nous ne pouvons pas l'abandonner ainsi...

— Non, bien sûr que non ! Il pourrait mourir ! Et ce serait notre faute !

Tout en parlant, son frère glissa la main dans la redingote de l'homme et en sortit un portefeuille.

— Mais, que fais-tu ? demanda-t-elle, interloquée.

— S'il s'apprêtait à tirer sur de vrais bandits, ceux-ci ne se gêneraient pas pour lui faire les poches !

— Mais tu ne peux pas faire ça !

— Mais si, puisque je suis un bandit ! Ce qui n'empêche pas qu'en bons samaritains, nous lui portions secours ! Nous allons le ramener à la maison et attendre qu'il revienne à lui.

Mariota regardait son frère, incrédule. Au bout d'un moment, la logique quelque peu tortueuse de ses propos lui apparut pleine de bon sens. C'était vrai qu'un bandit ne laisserait pas un homme riche, ce que semblait être l'inconnu, gésir inconscient sur la route sans le dévaliser ; et, bien sûr, il fallait porter secours à un homme blessé, l'amener à la plus proche maison pour le soigner !

Jeremy vidait maintenant les poches du pantalon. A première vue, le cavalier avait beaucoup d'argent sur lui. Cela fait, il enleva son loup et Mariota fit de même.

— Bon, dit-il, je dirai que j'ai trouvé cet après-midi, en me promenant sur mes terres, un homme qui semblait avoir été attaqué par des bandits.

— Je ne vois toujours pas comment nous allons le transporter.

— « Nous » n'allons pas le transporter, expliqua Jeremy. Personne ne doit te voir dans cette tenue de garçon. Tu vas vite rentrer à la maison et te changer.

Quand j'arriverai avec le blessé, affiche la plus grande surprise !

— Tu ne pourras pas le porter tout seul.

— Je sais, répliqua-t-il, non sans impatience. Tout à l'heure, il y avait deux paysans qui travaillaient dans le champ des Robinson. Je leur demanderai de m'aider.

Tous deux contemplèrent l'inconnu toujours évanoui. C'était un beau jeune homme, habillé avec beaucoup de goût. Jamais elle n'avait vu d'aussi belles bottes de cheval ! Le nœud de la cravate était fort élégant : Jeremy ne résisterait sans doute pas à le copier ! Et son haut-de-forme, qui avait roulé un peu plus loin, ne ressemblait pas non plus à ceux de son père et de Jeremy. Tout ce que portait le cavalier était chic, beau, coûteux !

— Dépêche-toi, Mariota ! reprit Jeremy d'un ton agacé. Quelqu'un risque de venir. Il ne faut surtout pas qu'on te voie habillée en garçon !

— Non, bien sûr.

Elle se dirigea vers Luciole qui se laissa monter sans difficulté. Reprenant le chemin de la maison, elle disparut derrière les arbres, pressant le plus possible sa monture.

C'était une aventure palpitante qu'ils venaient de vivre, sans commune mesure avec la monotonie de leur existence ! Ce n'est qu'au bout d'un moment qu'elle se rendit compte combien leur action était blâmable.

2

Mariota s'était changée, et maintenant elle attendait que Jeremy revienne avec l'inconnu. Les minutes s'écoulaient avec une lenteur insupportable. Et si quelque chose était arrivé qui bouleversait leurs plans ? Mariota était terrifiée à cette idée.

En y réfléchissant, elle se rendait bien compte que Jeremy avait raison de vouloir ramener le blessé chez eux : c'était leur devoir. De plus, les deux hommes qui travaillaient aux champs les avaient probablement aperçus et n'auraient pas manqué de trouver bien étrange qu'ils s'en retournent chez eux sans remarquer le cavalier blessé au bord de la route.

Jeremy avait pensé à tout. Cependant, ce qu'ils avaient fait l'effrayait terriblement : n'était-ce pas mal et dangereux ? Car si elle n'avait pas vu le cavalier surgir du bois, si elle n'avait pas tiré, Jeremy serait en ce moment même blessé, mort peut-être !

L'idée d'une telle éventualité, sans parler du scandale qui se serait ensuivi, la glaçait d'effroi. Il valait mieux ne pas y penser.

« Plus jamais, se dit-elle, au grand jamais, nous ne devons recommencer cela. »

Toutefois, cette première attaque ayant réussi,

Jeremy risquait fort de vouloir continuer, séduit par ce moyen facile de se procurer de l'argent. C'était cela qu'elle redoutait maintenant !

« C'est mal de voler, je sais que c'est mal, mère ! Mais Jeremy est si jeune ! Ne pas avoir d'occupation, c'est affreux, et il voudrait tant avoir de beaux habits à la mode ! »

Elle s'adressait en pensée à sa mère, les yeux fermés, comme pour prier.

Lorsqu'elle rouvrit les yeux, elle aperçut par la porte d'entrée restée entrebâillée deux hommes qui remontaient l'allée du château, portant le cavalier. Ils l'avaient installé sur une planche et avançaient lentement : l'homme devait être lourd à porter. Il s'agissait des deux fils du fermier Robinson, qui étaient rentrés de la guerre, l'un d'eux avait été blessé à la jambe et boitait.

Mariota alla à la fenêtre et les regarda approcher, cachée derrière les rideaux de brocart, à l'origine d'un beau rouge cramoisi, mais qui depuis avaient pris une teinte rose fané. L'ourlet déchiré de la tenture lui sauta aux yeux.

Il lui sembla que les deux hommes mettaient un temps infini pour gravir avec leur fardeau la légère côte et arriver sur le devant de la maison, où les mauvaises herbes se mêlaient impunément au gravier et où ce qui était jadis une pelouse bien entretenue ne ressemblait plus qu'à un champ abandonné.

Elle attendit qu'ils soient sur le perron pour aller à leur rencontre.

— Que s'est-il passé ? demanda-t-elle, feignant la surprise.

— C'est m'sieur Jeremy qui nous a demandé d'l'amener ici, mam'selle, répondit l'un des fils Robinson. Il s'est blessé en tombant. M'sieur Jeremy est parti chercher son cheval qui s'est échappé.

Mariota regarda l'homme évanoui sur le brancard improvisé. Il avait la tempe meurtrie, et son épaule semblait déplacée.

— M'sieur Jeremy pense qu'il a la clavicule cassée, expliqua le fermier, devançant sa question.

— Oh ! Mon Dieu ! s'exclama-t-elle. Il faut aller chercher le Dr Dawson. Vous savez peut-être où il se trouve en ce moment ?

Ils secouèrent la tête négativement.

— Bon, on verra plus tard, reprit-elle. Pour l'instant, veuillez transporter ce gentilhomme à l'étage. Je passe devant pour vous montrer la chambre où vous allez l'installer.

En attendant l'arrivée de Jeremy avec le cavalier, elle avait pensé que le mieux serait d'installer le blessé dans la « chambre du roi ». Lorsqu'elle avait décidé de fermer la plus grande partie du château, son père étant resté dans ses appartements, la « suite du Maître », les autres membres de la famille s'étaient partagé les chambres d'invités tout autour : c'était le plus pratique. Elle avait emménagé dans la chambre de sa mère, contiguë à celle de son père, Lynne dans la « chambre de la reine » où avait dormi autrefois la reine Elisabeth. C'était d'ailleurs au cours de son séjour qu'Elisabeth avait baptisé le domaine le « Gué de la Reine » ; en effet, son propriétaire avait construit spécialement pour Sa Majesté un petit pont qui enjambait une rivière que l'on avait jusque-là toujours dû passer à gué pour rejoindre le village.

A côté se trouvait la « chambre du roi ». On l'appelait ainsi depuis que Charles II y avait séjourné après la Restauration. Logiquement, Jeremy aurait dû l'occuper. Mais la décoration extrêmement chargée de cette pièce, dont le lit affichait une profusion de cupidons, de couronnes et de colombes sculptés dans le bois, était beaucoup trop extravagante à son goût. Il avait préféré une chambre plus austère, juste de l'autre côté du couloir, qu'il avait simplement décorée de tableaux de chasse de ses ancêtres et de ses armes, Mariota ayant également fermé l'armurerie.

Ils arrivèrent enfin devant la chambre. Les deux hommes suaient à grosses gouttes et posèrent un instant le brancard à terre pour reprendre leur souffle : monter l'escalier avec le blessé les avait durement éprouvés. Mariota vit que le brancard était trop large pour passer par la porte. A ce moment-là, lord Fordcombe sortit de sa chambre un livre à la main. Il posa un regard étonné sur sa fille et l'homme évanoui.

— Qui est-ce ? demanda-t-il. Pourquoi transportez-vous cet homme ici ?

— J'allais justement vous en parler, père, répondit Mariota. Jeremy a trouvé ce cavalier blessé sur la route. Il l'a fait transporter chez nous pour qu'on le soigne jusqu'à ce qu'il revienne à lui.

— On dirait qu'il est blessé à la tempe, dit lord Fordcombe en se penchant sur l'homme.

— M'sieur Jeremy pense qu'il s'est aussi cassé la clavicule, m'sieur, ajouta l'un des fermiers.

— Le mieux est de le mettre au lit, reprit lord Fordcombe. Je vais vous aider. Toi, Mariota, demande à Jacob d'aller au village chercher le docteur, à moins que Jeremy ne s'en soit déjà occupé.

— Jeremy est à la recherche du cheval du blessé.

— Alors, envoie Jacob, ou mieux encore, prends Luciole et vas-y toi-même, ce sera plus rapide.

— Oui, père.

Et elle laissa les trois hommes s'occuper du blessé. Son père avait pris la situation en main et faisait preuve d'un calme olympien. A trois, ils n'auraient aucun mal à mettre le gentilhomme au lit.

Heureusement, Luciole n'était pas encore dessellé. Elle l'avait simplement mis dans son box, sachant qu'elle aurait tout le temps ensuite pour s'en occuper. Le plus urgent alors était d'ôter ses habits de garçon. Elle alla donc chercher Luciole et l'amena dans la cour. Se juchant sur une pierre, elle se hissa sur le cheval, s'installant confortablement en selle, et veillant à ne pas déchirer sa jupe. Les deux sœurs montaient souvent à cheval sans prendre la peine de revêtir une tenue d'équitation. Cependant, comme elles n'avaient pas les moyens de renouveler leur garde-robe, elles prenaient grand soin de leurs vêtements.

Il lui fallut près d'un quart d'heure pour aller chez le Dr Dawson et le même temps pour en revenir : étant déjà sorti dans l'après-midi, le cheval refusait tout simplement de se dépêcher. Le docteur n'était pas chez lui. Elle s'y attendait un peu. Mrs Dawson promit de prévenir son mari dès qu'il rentrerait.

— Dire que votre frère a trouvé un homme blessé sur la route de Worcester ! s'exclama-t-elle. Je me demande qui ça peut bien être ! Nous ne sommes pas habitués à tant d'animation par ici !

— C'est vrai ! répondit en souriant Mariota.

— Je serais curieuse de savoir qui est ce gentilhomme ! reprit Mrs Dawson. Peut-être allait-il chez lord Dudley ou chez le comte de Coventry ? Peut-être même chez le duc de Madresfield ? Se peut-il qu'il soit leur hôte ?

— Il me semble que oui. Mais je l'ai à peine entrevu, je suis tout de suite venue chercher le docteur.

— Eh bien, nous en saurons plus d'ici quelques jours ! conclut Mrs Dawson, se délectant à l'avance de ce divertissement tout trouvé. En général, mon mari ne me parle pas de ses patients, aussi, il me faudra compter sur vous !

Mariota se mit à rire et prit congé.

En rentrant Luciole à l'écurie, Mariota comprit que Jeremy était de retour : dans le box voisin, qui n'avait pas servi depuis bien longtemps, se trouvait le plus beau cheval qu'elle ait jamais vu. Jeremy avait retiré le harnais et la selle ; la robe noire de l'étalon brillait, éclairée par le soleil qui entrait à flots par la fenêtre. C'était un cheval magnifique qu'elle aimerait bien monter si cela lui était possible. Mais, réfléchit-elle, si quelqu'un devait sortir le cheval en attendant que son propriétaire se remette, ce serait Jeremy. Tout excitée, elle se précipita vers la maison. Son père et son frère étaient dans l'entrée.

— Le Dr Dawson est là ? interrogea lord Fordcombe.

— Non, père, mais Mrs Dawson dit que d'ici une demi-heure il devrait être chez lui. Elle l'enverra au château. Tu as retrouvé le cheval de l'inconnu, ajouta-t-elle en se tournant vers Jeremy et sans laisser le temps à son père de parler. Le fermier m'a dit que tu étais parti à sa recherche.

— Cela n'a pas été facile pour l'attraper, aussi, j'ai préféré le monter. C'était plus simple de tirer Rufus.

A son intonation et à son regard, on comprenait que Jeremy était encore tout exalté par son aventure.

— Prévenez-moi lorsque le docteur arrivera, dit lord Fordcombe, s'apprêtant à retourner dans son bureau. J'ai beaucoup de travail et toutes ces interruptions sont fort désagréables !

— J'en suis désolée, père, répondit Mariota, tout en sachant qu'il ne prêtait déjà plus attention à ce qu'elle disait.

Quand ils entendirent la porte du bureau se refermer, Mariota regarda son frère dont les yeux brillaient d'excitation.

— Maintenant, nous pouvons enfin compter notre butin ! dit-il. Allez, viens, Mariota !

Et il grimpa l'escalier quatre à quatre. Elle le suivit en courant.

Bien qu'il n'y ait aucun risque qu'on les dérange, Jeremy ferma la porte de sa chambre à clé avant de sortir de sa poche le portefeuille, les pièces de monnaie, trouvés sur le gentilhomme, et une ravissante bourse noire brodée de fleurs blanches.

— Oh ! Jeremy ! Tu as pris le sac de la voyageuse ! s'exclama Mariota sur un ton de reproche.

— Je lui ai laissé sa bague en diamant !

— C'est vraiment généreux de ta part ! dit-elle sarcastique. Mais je ne vois pas pourquoi !

— Cette bague avait une grande valeur sentimentale, d'après ce qu'elle m'a dit. Un cadeau de son mari qui est mort.

— Tu crois que c'est vrai ?

— J'en suis certain. Je l'ai crue tout de suite. Cela m'a fait beaucoup de peine.

Emue par ses paroles, Mariota l'embrassa sur la joue.

— Je t'aime ! dit-elle. Tu n'es pas aussi mauvais que tu veux le faire croire !

Jeremy ouvrit le portefeuille. Les deux jeunes gens regardèrent, incrédules : deux billets de cent livres et trois de cinquante. Jeremy émit un petit sifflement. Il vida sur le lit le contenu du sac : trois pièces d'or de cinq livres et dix souverains. Mariota regardait, bouche bée, incapable de dire un mot. Ayant compté les pièces trouvées dans les poches du cavalier, Jeremy prononça d'une voix blanche qui exprimait plus de surprise que de joie :

— Cela fait trois cent soixante-quinze livres !

— Je n'arrive pas à y croire ! dit sa sœur. Oh ! Jeremy, je crois que nous devrions rendre cet argent !

— Et qu'on me passe la corde au cou ? Ne sois pas ridicule, Mariota ! Je n'ai vraiment aucune envie de mourir !

— Non, bien sûr... mais...

— Il n'y a pas de mais qui tienne ! répliqua-t-il. Tout au contraire, il faut garder le silence sur ce qui s'est passé. C'est un secret entre nous deux. Mais je vais te faire une promesse.

— Laquelle ?

— Jamais plus je ne volerai. Je te le promets.

Elle ressentit un tel soulagement que les larmes lui vinrent aux yeux. Toutefois, il fallait qu'elle sache pourquoi il avait changé d'avis.

— Parce que c'est trop dangereux. J'ai risqué ma vie, mais aussi la tienne ! Tu étais dans le champ de tir, tu aurais pu être tuée !

Jamais elle n'avait vu cette expression sur le visage de son frère.

— Tu as tiré, le cavalier est tombé de cheval... c'est à ce moment-là que je me suis rendu compte que c'était de la folie de prendre de tels risques !

Bouleversée, Mariota pleurait. Elle essuya rapidement ses larmes.

— Je suis si heureuse que tu dises cela...

— J'ai pensé à tout cela en cherchant le cheval continua Jeremy. Vois-tu, Mariota, je crois que j'ai mûri. Si tu avais été tuée, jamais plus je n'aurais pu regarder quelqu'un en face.

— Oh, Jeremy ! Jeremy ! s'écria Mariota d'une voix brisée par l'émotion.

Elle s'efforça de sourire à travers ses larmes. Que l'on pleure embarrassait toujours son frère.

— Eh bien, en tout cas, reprit-elle, tu vas pouvoir aller à Londres et t'acheter des habits.

— Oui, je vais aller à Londres, répondit Jeremy, mais plus exactement pour les mêmes raisons qui m'ont poussé à agir de façon aussi irresponsable.

Sa sœur le regarda, intriguée.

— Je me suis efforcé de parer à toutes les éventualités pour réussir notre entreprise. Mais ce blessé qui nous tombe sur les bras bouleverse bien sûr tous mes plans.

— Le Dr Dawson le remettra vite sur pied, j'en suis sûre.

— Le problème n'est pas là, répliqua Jeremy. De toute évidence, ce cavalier est apparenté à la femme de la voiture, ou du moins l'escortait.

— Je n'avais pas pensé à ça !

— Moi, si. Et comme il va rester plusieurs jours à la maison, le temps de se remettre, cette femme va sans aucun doute se mettre à sa recherche et venir ici. La dernière personne qu'elle doit voir, c'est bien moi !

— Tu veux dire qu'elle pourrait te reconnaître ? demanda Mariota, consternée.

Mais n'avait-elle pas pensé elle-même que la silhouette séduisante de son frère se remarquait et qu'un masque ne suffisait pas à cacher son beau visage ? Comprenant le risque qu'il courait, elle poussa un cri.

— C'est vrai ! Tu dois partir tout de suite !

— C'est ce qu'il me semble. Et si par hasard l'inconnu était toujours là à mon retour, cette femme, son épouse peut-être, ne pourrait en me voyant reconnaître le bandit masqué et en guenilles qui l'a attaquée quelques jours auparavant.

— Mais bien sûr, tu as raison ! acquiesça Mariota. Il lui sera difficile alors de se rappeler avec précision ce qui s'est passé aujourd'hui ! Du moins, son souvenir sera-t-il plus flou.

— C'est cela. Aussi, si tu n'y vois pas d'inconvénient, demain matin, je pars pour Londres. Pardonne-moi, Mariota, de te laisser, comme d'habitude, le soin de nous sortir de ce mauvais pas.

— Non, c'est bien ainsi. C'est ce qu'il faut faire. Mais il faudra trouver une explication pour justifier ton départ auprès de père.

— Je doute fort qu'il se rende compte de mon absence ! dit Jeremy en riant. Il vaut mieux attendre qu'il te demande de mes nouvelles pour lui dire où je suis !

— Très bien, approuva Mariota avec un léger soupir. C'est vrai que père est tout à fait capable de ne pas même remarquer que nous sommes un peu moins nombreux à table !

En parlant de repas, Mariota ne put s'empêcher de regarder avec convoitise les pièces d'or qui brillaient sur le lit.

— Sitôt à Londres, reprit Jeremy, je courrai déposer cet argent à la banque. Ainsi je pourrai l'utiliser plus tard quand et comme je l'entends. Cependant, il ne faut pas que l'on sache ici que je jouis d'une petite fortune !

— Bien sûr !

— Il me semble donc plus sage que tu gardes cinq livres seulement pour le moment. Naturellement, on partagera après.

— Non ! l'interrompit Mariota d'un ton catégorique. Non, je ne veux pas de cet argent ! Je te remercie, mais comme toi, mon cher Jeremy, il me semble que c'est payer trop cher le risque que nous avons couru. Jamais je ne pourrai dépenser cet argent sans me rappeler cet homme s'apprêtant à te tirer dessus ! Jamais je ne pourrai oublier !

— Tu m'as sauvé la vie ! Tu as été rapide et astucieuse, mais il faut oublier cet accident, maintenant !

— J'accepte juste un peu d'argent pour acheter à manger, pour Lynne et père, mais rien de plus, rien...

C'est avec une certaine violence que Mariota prononça ces mots. Aussi Jeremy se contenta-t-il d'acquiescer comme s'il jugeait plus sage de ne pas discuter.

— Comme tu veux ! dit-il. Mais veille à ce que personne ne sache que tu as de l'argent ! Fais attention quand tu vas faire les courses au village à ne pas trop dépenser à la fois.

Mariota eut un petit rire nerveux.

— En effet, on a tellement l'habitude de me voir avec quelques sous pour toute richesse que j'éveillerais sûrement la curiosité si on voyait briller mes belles pièces d'or.

— Attends plutôt d'avoir une facture à payer, on pensera que l'argent vient de père. Ou alors, va à Malvern pour le changer. Tiens, voici cinq souverains qui devraient suffire jusqu'à mon retour.

— Sois prudent avec le reste ! Ne dépense pas tout ! Cet argent doit durer le plus longtemps possible !

— Je sais, répondit Jeremy à voix basse. Ne crains rien, je n'irai pas le perdre au jeu ni en d'autres amusements ridicules !

Il compta les cinq pièces d'or et les donna à sa sœur. Un moment, elle hésita à les prendre, comme si ces pièces étaient tachées de sang et portaient la marque de leur crime. Pourtant, ne devait-elle pas se montrer pratique ? Il fallait voir les choses en face : Jeremy allait partir, ils auraient donc moins à manger puisque c'était lui qui ravitaillait la maison. De plus, il y avait ce gentilhomme blessé à nourrir ; il faudrait acheter plus de produits à la ferme. Ce serait très déplaisant de ne pouvoir payer Mrs Robinson... Elle prit l'argent.

Jeremy sortit de l'armoire un vieux fourre-tout de cuir informe, suffisamment grand en tout cas pour contenir les quelques affaires qu'il emportait à Londres, et suffisamment léger à porter car il devait marcher un bon moment jusqu'au carrefour de la grand-route, à la sortie du village, là où passait la diligence. Il se mit à faire son sac.

— Donne-moi tes cravates que je les repasse, dit vivement Mariota. Et je vais cirer tes bottes. Il faut que tu sois aussi élégant que possible en attendant tes habits neufs.

En songeant à tout ce qu'il allait enfin pouvoir s'acheter, un sourire éclaira son visage, impatient qu'il était d'être bien habillé.

— As-tu remarqué les vêtements de l'inconnu ? dit Mariota.

— Bien sûr.

— J'aime bien la façon dont sa cravate est nouée.

— Moi aussi. Ne t'en fais pas, Mariota, je sais exactement quels vêtements je vais choisir, et où je vais les acheter. Ce sera cher, mais, comme tu l'as justement fait remarquer, il faut qu'ils soient solides.

— Comme ce sera amusant de te voir en dandy !

— Pas en dandy ! répliqua-t-il d'un ton méprisant. Ils s'habillent avec beaucoup trop de recherche. Ce ne sont que des sots et des vaniteux ! Je veux être habillé avec goût et distinction. Un peu comme ce gentilhomme qui s'est blessé en tombant.

A ces mots, Mariota poussa un cri.

— Je ne veux plus y penser ! J'ai cru que je l'avais tué !

— Ne songe plus à tout cela ! Et si tu veux savoir, lui aussi préférera oublier qu'il a été jeté à bas de son cheval !

Elle eut un petit rire mal assuré, puis ouvrit la porte et courut jusqu'à sa chambre. Elle cacha les cinq pièces d'or que Jeremy lui avait données dans l'un des tiroirs de sa coiffeuse, là où sa mère rangeait toujours ses bijoux. De nouveau, cet argent mal acquis lui faisait peur. Et pourtant, il avait porté chance à Jeremy et, à part la chute du cavalier, aucun mal n'avait été fait ! Il fallait d'ailleurs prendre des nouvelles du blessé. Elle se rendit donc dans la « chambre du roi » où l'inconnu reposait, vêtu d'une chemise de nuit de son père, couché sur le dos, presque à plat.

Comme elle avait déjà pu le constater, il était fort beau : des traits bien dessinés, quoique un peu durs ; même en dormant, ils reflétaient un certain cynisme, et il devait être autoritaire. La blessure à la tempe, qui avait légèrement saigné, s'étendait jusqu'au milieu du front. D'ici demain, le coup ne serait pas beau à voir !

Immobile, il rappelait les gisants sculptés dans la pierre sur les tombes de la petite église construite au fond du parc, à la même époque que le « Gué de la Reine ». C'étaient les tombes des ancêtres de Mariota dont certaines étaient finement ouvragées et pleines de majesté. Assurément, le blessé était un personnage important. Quelle serait sa réaction lorsqu'il reprendrait connaissance ? Se mettrait-il en colère lorsqu'il se souviendrait de ce qui s'était passé ? Et s'il ne revenait pas à lui et qu'il meure ? C'est elle qui serait responsable de sa mort ! En proie à la plus vive inquiétude, elle repoussa légèrement le drap et posa la main sur sa poitrine. Un instant, elle le crut mort... Mais non, elle sentit les battements de son cœur. Soulagée, elle le recouvrit. Le soleil couchant inondait la chambre. Elle alla tirer les rideaux pour faire l'obscurité. En retournant vers le lit, il lui vint à l'idée que cet homme si distingué occupait par une étrange coïncidence la « chambre du roi ». Et en effet, il aurait bien pu être roi !

Un moment, debout à son chevet, elle pria du fond de son cœur :

« Je vous en supplie, mon Dieu, faites qu'il se remette vite de cet accident, et retrouve toute sa santé ! »

Puis, comme intimidée tout à coup, elle quitta vivement la pièce et referma la porte.

— Eh bien, mademoiselle Forde, je crois que votre patient n'a rien de bien méchant, dit le Dr Dawson comme ils descendaient l'escalier. Cependant, il faut être prudent. Il s'agit d'une blessure à la tête. Cela peut avoir des conséquences plus fâcheuses qu'une simple bosse. Je pense à un traumatisme crânien.

— Voulez-vous dire que son état mental pourrait s'en ressentir ? demanda Mariota d'une voix tremblante.

— Sincèrement, j'espère que non, répondit le docteur. Mais, à vrai dire, j'aimerais demander l'avis d'un confrère. Je pense à un médecin de Worcester pour qui j'ai le plus grand respect.

— Peut-être, en effet, vaudrait-il mieux l'envoyer chercher, murmura-t-elle.

Elle ne pourrait certes pas payer une autre consultation. Ils avaient déjà bien du mal en temps ordinaire à régler les maigres honoraires du Dr Dawson chaque fois qu'ils faisaient appel à lui. Mais l'inconnu pourrait sans doute payer une telle extravagance.

— Et sa clavicule ?

— Il n'y a pas de cassure, mais elle est peut-être

fêlée. Pendant quelque temps, il aura mal à l'épaule et à la tête.

— Vous devriez aller voir mon père et le rassurer sur l'état du blessé, reprit Mariota. Il m'avait demandé de le prévenir de votre arrivée, et j'ai complètement oublié !

— Je ne dérangerai pas votre père plus qu'il n'est nécessaire, dit le docteur en souriant. Son livre avance ?

— Je crois qu'il en est à la moitié. Mais nos ancêtres sont si nombreux à avoir accompli de grandes choses au cours des siècles, qu'il faudra probablement plusieurs volumes pour raconter toute l'histoire de notre famille !

— Cela l'aide à vivre ! Il est heureux ainsi ! C'est d'ailleurs un bien meilleur tonique que tous les remèdes que je peux prescrire !

Riant de sa propre plaisanterie, le docteur se dirigea vers le bureau de lord Fordcombe, et Mariota courut à la cuisine chercher le sherry que son père réservait pour les visites. Leur voisin, Mr Fellows, leur en avait offert au Noël dernier plusieurs bouteilles. En ayant entamé une, lord Fordcombe avait dit à son fils :

— Il serait sage de garder les autres pour les grandes occasions. Je me trouve toujours gêné de n'avoir rien à offrir lorsqu'un ami me rend visite. Le vin est quelque chose que nos moyens ne nous permettent vraiment pas !

Jeremy avait soupiré.

— Vous avez raison, père. Je vous avouerai, toutefois, que j'ai trouvé ce sherry délicieux.

— Moi aussi, avait acquiescé lord Fordcombe. D'ailleurs, je regrette souvent de ne pouvoir boire un bon vin de Bordeaux ! Que c'est donc triste que nos caves soient vides !

Pour honorer ses dettes, l'ancien lord Fordcombe avait dû vendre sa sélection de vins fins qui représentait une somme d'argent importante. Et cela avait laissé bien assoiffés le fils et le petit-fils de ce jouisseur qui avait dépensé sans compter !

Mariota posa le carafon de sherry entamé et deux petits verres sur un plateau d'argent (elle avait eu la bonne idée de faire l'argenterie quelques jours auparavant).

— Ah, merci, ma chérie ! dit son père, comme elle posait le plateau sur sa table de travail. Dawson, vous prendrez bien un verre avec moi, n'est-ce pas ?

— Volontiers, monsieur, avec plaisir !

Mariota se glissa hors de la pièce et attendit que le docteur sorte pour le raccompagner. Quelques instants plus tard, il la rejoignait.

— Je sais, mademoiselle Forde, dit-il, que c'est vous qui allez vous occuper de cet hôte inattendu. C'est déjà beaucoup de travail. Je vous demanderai néanmoins de veiller votre malade cette nuit, au cas où il serait agité. Votre père m'a assuré que Jacob et lui s'arrangeraient entre eux pour vous remplacer dans la journée.

Mariota ne répondit rien, mais elle savait fort bien que son père se lasserait vite de son rôle de garde-malade ; quant à Jacob, il n'aurait guère le temps de rester au chevet du blessé. Trop de travail le réclamait ailleurs !

— Oh, je me débrouillerai ! dit-elle. De toute façon, ses amis ou ses parents ne vont certainement pas tarder à venir.

— Bien entendu, renchérit le docteur. Cependant, étant donné que nous n'avons aucun moyen de savoir qui ils sont, nous ne pouvons qu'attendre !

Devant le perron, se trouvait sa voiture que tirait un cheval fatigué.

— J'enverrai chercher le Dr Mortimer de Worcester, et je passerai voir notre patient dès demain matin, ajouta-t-il. Aussi, ne vous inquiétez pas !

— J'essaierai, promit Mariota.

Et tandis que la voiture s'éloignait, elle agita la main. Puis elle gravit, toute pensive, les marches du perron. Il lui faudrait s'installer sur un sofa cette nuit pour veiller le malade. Elle avait le sommeil léger, ce qui lui permettrait malgré tout de dormir un peu.

« Cela ne va pas être de tout repos, songea-t-elle. Mais nous ne pouvons nous en prendre qu'à nous-mêmes ! »

Le lendemain, Jeremy partit de bonne heure. La diligence passait vers 6 h 30. Il fallait deux journées entières pour aller à Londres, mais il était si joyeux et plein d'entrain que Mariota n'avait pas à s'en faire : même ce long voyage serait une partie de plaisir pour lui !

Il avait eu soin de répartir sa précieuse fortune dans les différentes poches de son habit et de ne rien mettre dans son sac. Parfois, profitant de ce que les passagers d'une diligence s'arrêtaient à un relais pour se restaurer, des voleurs s'emparaient des bagages restés dans les voitures. Il arrivait aussi que les voyageurs se fassent dévaliser la nuit en partageant à plusieurs une chambre d'auberge par économie. Mariota avait insisté : Jeremy ne devait pas prendre ce risque !

— J'y ai pensé, dit-il. Ne t'inquiète pas. Cela n'a pas été facile de se procurer cet argent, et je ne tiens pas à le perdre ou à dépenser un seul sou inutilement.

Au moment de partir, il l'embrassa avec tendresse.

— Merci, dit-il, tu es la plus merveilleuse des sœurs ! J'espère que l'inconnu sera un peu plus amusant a son réveil !

Mariota se mit à rire. Plus tard, lorsqu'elle se présenta au chevet du blessé, elle se rendit compte qu'elle éprouvait un certain intérêt pour lui. Il l'intriguait, d'une façon qu'elle n'aurait su expliquer.

Comme elle était si souvent seule, tout en vaquant à ses diverses occupations de maîtresse de maison, elle inventait dans sa tête des histoires romanesques, des intrigues palpitantes. Certaines l'étaient au point qu'il lui semblait pouvoir un jour les écrire, si elle avait le temps !

« Je pourrais même les faire éditer et gagner ainsi un peu d'argent ! » songeait-elle.

Mais elle avait tellement à faire dans la maison ! Il lui était déjà difficile de trouver un moment pour repriser les bas, raccommoder son linge, celui de son père et de son frère. Aussi, ses histoires n'étaient jamais écrites et restaient dans son imagination... Maintenant, ce gentilhomme blessé lui inspirait de nouvelles aventures.

Elle souffla les bougies, ne laissant qu'une petite veilleuse pour se guider au cas où il se réveillerait dans la nuit, et aurait besoin d'elle. Etait-ce parce qu'il ressemblait si peu aux hommes qu'elle avait rencontrés jusqu'à présent qu'elle éprouvait autant d'intérêt pour lui ?

Il n'avait pas la prestance de son père, ni la beauté séduisante de son frère. Non. Il faisait penser à un général à la tête de son armée, livrant bataille contre un ennemi supérieur et sortant vainqueur de ce combat inégal. Il aurait pu être aussi bien un explorateur, gravissant les sommets élevés de l'Himalaya, ou découvrant une gigantesque mine de diamants, apportant ainsi la prospérité à tout un pays. Il parcourait de nouveaux mondes, tels Marco Polo ou Christophe Colomb; semblable à un dieu de l'Olympe, il dispensait la lumière à ceux qui vivaient enfermés dans les ténèbres de l'ignorance.

L'imagination débordante de Mariota lui prêtait tant de qualités que ce fut un choc lorsque, durant la seconde nuit de veille, elle entendit pour la première fois le malade s'agiter dans son lit.

Rejetant vivement la couverture et l'édredon qui la recouvraient, elle alluma une bougie. Le malade se débattait, murmurant des paroles incohérentes. C'était la fièvre qui le terrassait. Le Dr Mortimer avait prévenu Mariota :

— La plupart des patients souffrant de traumatismes crâniens délirent et s'agitent beaucoup. Ils sont parfois même saisis de violents soubresauts. Puis la fièvre disparaît, et ils entrent en convalescence. Ne vous inquiétez pas, mademoiselle Forde, avait-il ajouté pour la rassurer. Il s'agit d'une évolution normale de la maladie et si, par hasard, le patient remuait un peu trop, vous lui donnerez ce calmant qui le fera dormir.

Mariota avait expliqué du mieux possible au vieux Jacob les recommandations du médecin, sans avoir néanmoins la certitude qu'il ait bien compris.

Elle s'approcha du lit et posa la main sur le front du blessé. Comme elle s'y attendait, il était brûlant. A ce moment-là, le malade ouvrit les yeux, et à la lueur de la bougie, elle vit qu'il la regardait sans comprendre.

— Où suis-je ? Que s'est-il passé ?

— Tout va bien, dit-elle. Vous avez eu un accident, mais vous n'êtes plus en danger.

— J'ai chaud... très chaud.

— Je sais. Je vais vous donner à boire.

Elle prit sur la table de chevet un verre de citronnade qu'elle avait préparée dans l'après-midi. Lui soulevant légèrement la tête, elle approcha le verre de ses lèvres. L'inconnu but avidement.

— Maintenant, je vous en prie, tâchez de dormir, supplia-t-elle. Vous serez bientôt guéri.

Un instant, il sembla vouloir l'interroger de nouveau puis, vaincu par la fatigue, il referma les yeux et sombra dans le sommeil. Mariota le borda et retourna s'allonger sur le sofa, laissant la bougie allumée au cas où il se réveillerait de nouveau. De son lit, elle voyait son visage, ses cheveux noirs. Il avait les yeux bleus, alors qu'elle l'imaginait avec des yeux gris comme les siens — pourquoi? elle n'aurait su le dire. Ses yeux, d'un bleu profond, avaient la couleur de la mer par temps d'orage. Avec ses cheveux sombres, c'était d'un effet saisissant.

« Qui peut-il bien être ? » pensa-t-elle avant de s'endormir à son tour.

Le lendemain, sa curiosité se trouva satisfaite.

Elle finissait d'aider Mrs Brindle à faire la vaisselle du petit déjeuner — Jacob la remplaçait auprès du malade —, lorsqu'elle entendit une voiture s'arrêter devant le perron. Elle porta vivement la main à ses cheveux pour les recoiffer, rabattit les manches de sa robe en coton et en boutonna les poignets. Puis elle se dirigea à pas lents, avec une dignité étudiée, vers la porte d'entrée. Au même moment, la sonnette retentit violemment. Sur les marches, se tenait un laquais qui portait la même livrée que celui qu'elle avait tenu en respect au bout de son pistolet.

— Excusez-moi, mademoiselle, dit-il poliment. Il paraît que le comte de Buckenham est ici.

— Le comte de Buckenham ?

— Oui, au village, on nous a dit que Mr Jeremy Forde avait trouvé un gentilhomme blessé au bord de la route et l'avait fait transporter chez lui.

— Oui, c'est bien cela.

Sans plus attendre, le laquais retourna en courant vers la voiture qui attendait au bas du perron, ouvrit la portière et dit quelques mots. Une femme vêtue de noir en descendit, probablement la propriétaire du petit sac noir brodé que Jeremy avait volé. Elle s'avança vers Mariota et celle-ci vit qu'elle était belle, sinon plus très jeune.

— Mon domestique me dit, commença-t-elle d'une voix douce et musicale, que mon frère, le comte de Buckenham, se trouverait chez vous.

— Nous ne connaissions pas l'identité de votre frère, répondit Mariota. On l'a trouvé blessé au bord de la route.

— Blessé ? s'exclama la voyageuse. Lui aurait-on tiré dessus ?

Mariota, qui s'était attendue à cette question releva les sourcils, comme mue par la surprise et s'écria :

— Tiré dessus ? Mais pourquoi donc ?

— J'ai été attaquée par des bandits qui m'ont volée. Lorsqu'ils nous ont laissés partir, j'ai entendu un coup de feu, mais je ne pouvais rien faire.

La façon dont la voyageuse racontait son aventure laissait clairement entendre que les domestiques qui l'accompagnaient avaient eu peur et qu'ils avaient fui le plus vite possible les bandits qui les menaçaient. De sorte qu'elle avait compris ce qui s'était passé seulement plus tard, lorsque son frère avait tardé à la rejoindre.

— Mon Dieu, quelle peur vous avez dû avoir ! dit Mariota. Mais, je vous en prie, veuillez entrer ! Vous désirez certainement voir votre frère, bien qu'il ne soit pas encore complètement revenu à lui.

— Est-il gravement blessé ?

— Non, je ne crois pas. Deux médecins l'ont examiné. Il souffre d'une commotion cérébrale car il est tombé sur une pierre.

— Il est tombé ? C'est qu'on a tiré sur lui, alors !

— Je ne connais pas les détails, reprit Mariota. Mais d'après ce que j'ai compris, votre frère est tombé de cheval et sa tête a heurté une grosse pierre. C'est pourquoi il a la tempe meurtrie.

Tout en parlant, elles étaient rentrées dans la maison et se trouvaient maintenant dans l'entrée. La sœur du comte s'arrêta et regarda Mariota droit dans les yeux, comme si elle n'arrivait pas à croire ce qu'elle lui disait.

— J'avoue que je ne comprends pas, dit-elle. Mon frère est un excellent cavalier, et autant que je sache, il n'est jamais tombé de cheval sans raison !

— Il est difficile de savoir ce qui a pu se passer, répondit Mariota. Mais... vous parlez de bandits... ce sont peut-être eux qui ont tiré sur son cheval et l'ont manqué !

— Et son cheval, on l'a retrouvé ?

— Il est à l'écurie. Il ne porte aucune trace de blessure.

— Voilà une bonne nouvelle !

— Je vous montre la chambre où se trouve votre frère.

— Oh, oui ! J'étais follement inquiète à son sujet. Le plus terrible, c'est qu'une fois de retour à Madresfield où nous séjournons chez le duc, je ne me souvenais pas, et mes domestiques non plus, où exactement les bandits nous avaient attaqués.

Elle soupira avant de poursuivre :

— Jusqu'à présent, nous avons cherché partout, sauf au bon endroit ! Ce n'est qu'hier soir qu'un laquais du duc a appris en se renseignant dans votre village qu'un homme blessé avait été transporté chez vous.

— Nous avons pris soin de votre frère, dit Mariota d'une voix apaisante. Un médecin réputé de Worcester et notre médecin de famille ont tous deux affirmé que votre frère ne souffrait que de simples contusions.

— Vos gens l'ont soigné? Comme c'est gentil! Vraiment, il faut que je les remercie!

— En fait, nous avons peu de personnel, répondit Mariota avec un petit sourire, et c'est moi qui m'en suis occupée. Mon père et notre valet qui est très vieux lui ont fait sa toilette et l'ont rasé.

— Votre père, serait-ce lord Fordcombe?

— C'est cela.

— Et vous portez le même nom?

— Je m'appelle Mariota Forde.

— Et moi, Noreen Coddington. Mon mari, lord Coddington est mort à la guerre. Depuis je suis seule... vous pouvez imaginer ce que représente mon frère... je n'ai plus que lui au monde!

— Naturellement, je vous comprends. Moi aussi, j'ai un frère que j'aime énormément!

C'était peut-être une erreur de parler de Jeremy mais après tout, il n'était pas là et cela ne pouvait pas prêter à conséquence. Elles étaient maintenant dans la galerie qui conduisait à la « chambre du roi ». Mariota jeta un regard furtif vers lady Coddington. Son visage était la gentillesse et la douceur mêmes. Assurément, ce n'était pas le genre de personne décidée à poursuivre sans pitié des bandits, et à les envoyer à la potence, alors qu'ils l'avaient en définitive à peine menacée.

Lorsqu'elles entrèrent dans la chambre, Jacob était assis sur une chaise près de la fenêtre.

— Le gentilhomme est réveillé, mademoiselle Mariota, dit-il en se levant précipitamment, mais il est très calme.

— Merci, Jacob, répondit-elle. Vous pouvez aller, maintenant. Je vais rester à son chevet.

Ravi d'être délivré de ses fonctions de garde-malade, Jacob se retira de son pas traînant. Lady Coddington s'approcha du lit.

— C'est moi, Alvic. Je suis tellement heureuse de vous avoir retrouvé ! Comment vous sentez-vous ? Vous souffrez beaucoup ?

— Un peu, dit le comte avec difficulté. Je ne me souviens pas de ce qui s'est passé.

— Je vous raconterai plus tard, quand vous serez mieux, reprit lady Coddington. Maintenant, il faut vous reposer. Tâchez de dormir et ne pensez plus à rien.

— Je me sens très fatigué, articula-t-il lentement.

Il ferma les yeux. Pour ne pas troubler le sommeil du malade, les deux femmes sortirent en silence de la chambre.

— Il a reçu un coup violent ! dit lady Coddington.

— En effet. Sa tête a heurté une grosse pierre. Je crois que son épaule est aussi très meurtrie.

— Enfin, il est vivant ! C'est ce qui importe ! Ces misérables ne l'ont pas tué comme ils auraient très bien pu le faire !

— Il ne porte aucune autre blessure, précisa vivement Mariota.

Il y eut un silence. Puis :

— Pourrais-je parler à votre père ? reprit lady Coddington. Je voudrais tant le remercier de son hospitalité ! Naturellement, dès mon retour à Madresfield, je vais envoyer le valet de mon frère pour vous aider.

— M. le comte sera très heureux d'avoir son valet auprès de lui, acquiesça Mariota.

— Vous avez été si bonne de veiller sur lui ! Vous verrez que Hicks est un excellent garde-malade. Il est au service de mon frère depuis l'époque de l'armée. Je vous assure qu'il ne vous posera aucun problème.

Le nombre restreint de domestiques qui entretenaient le château du « Gué de la Reine » n'avait pas échappé à lady Coddington. En vérité, il aurait fallu être bien peu observateur pour ne pas remarquer l'extrême usure des tapis, la couleur fanée des tentures, le délabrement dans lequel se trouvait le château. Elles descendirent l'escalier pour se rendre dans le bureau de lord Fordcombe. Mariota sentait quelque part sa fierté blessée : ils avaient fait de leur mieux, ils n'accepteraient aucune critique. Et si cela n'était pas suffisant, rien n'obligeait le comte de Buckenham à demeurer ici !

Elle ouvrit la porte du bureau. Son père, qui écrivait, leva les yeux, les sourcils froncés. Voilà qu'on le dérangeait de nouveau !

— Père, voici lady Coddington. Notre malade est son frère, le comte de Buckenham. Elle désirait vous voir.

— Oui, je voulais vous remercier, dit lady Coddington. (Elle s'avança la main tendue.) Merci, merci de tout cœur, lord Fordcombe, d'avoir pris soin de mon frère ! Jamais je ne pourrai vous exprimer toute ma gratitude !

— C'est heureux que mon fils l'ait trouvé, répondit lord Fordcombe. Cela aurait pu lui être fatal de passer toute la nuit, blessé, sur une route. Heureusement, on l'a transporté à la maison où ma fille lui a, je crois, donné les meilleurs soins.

— Vous avez tous été tellement bons ! Je vous présente toutes mes excuses pour avoir abusé ainsi de votre hospitalité.

Mariota vit son père sourire : son beau visage

rayonnait, il semblait ravi de l'amitié que lui témoignait lady Coddington.

— Puis-je vous offrir un verre de sherry? proposa-t-il.

— Avec plaisir!

Mariota courut chercher le carafon. Il en restait très peu, après le verre offert au Dr Mortimer et au Dr Dawson. Fallait-il descendre à la cave et remonter une autre de ces bouteilles, trésor inestimable? Non, ce serait bien trop long. Elle disposa donc sur le plateau d'argent le flacon et les deux verres qu'elle apporta dans le bureau. Lady Coddington et son père étaient assis sur le sofa face à la cheminée, parlant non pas du comte de Buckenham, mais du travail de son père sur l'histoire de la famille Forde.

— Maintenant, je me souviens, disait la visiteuse J'ai déjà entendu parler du «Gué de la Reine». J'ai toujours trouvé que c'était un nom charmant — et, naturellement, j'ai lu des livres où l'on rapporte les hauts faits de vos ancêtres! Vous devez être très fier de votre famille!

— Je suis fier des grandes actions que les marins, les soldats et les hommes politiques de ma famille ont réalisées, répondit lord Fordcombe. Je souhaiterais seulement parfois qu'ils n'aient pas jugé indispensable pour servir leur pays de gaspiller autant d'argent! Cette génération est venue au monde sans rien et le quittera de même!

— J'ai un peu honte, dit lady Coddington en riant, car la famille de mon mari a fait exactement l'opposé. Sans appartenir à une famille aussi ancienne que la vôtre, les Coddington ont réussi à se hisser à de hautes fonctions, à jouir de beaucoup de puissance et y ont toujours trouvé leur compte!

— Alors, c'est qu'ils ont eu plus de chance que nous! répliqua lord Fordcombe, amusé.

Mariota s'éclipsa. Curieuse de savoir comment allait le malade après la visite de sa sœur, elle remonta le voir. Comme elle s'y attendait un peu, il était éveillé. Elle s'approcha.

— Noreen était là, tantôt ? demanda-t-il.

— Oui, votre sœur est venue vous voir. Elle vous a cherché partout, et maintenant, elle vous sait ici.

— Qui êtes-vous ?

— Je suis Mariota Forde.

— Mariota... C'est la première fois que j'entends ce prénom.

— Il faut dormir, reprit-elle gentiment, et vite guérir. Votre sœur veut vous voir sur pied rapidement. Elle est tellement heureuse de vous avoir retrouvé !

Le comte ne répondit pas, mais Mariota sentait son regard posé sur elle tandis qu'elle remettait un peu d'ordre dans la chambre. Elle prit la carafe de citronnade qui était presque vide.

— Voulez-vous boire encore un peu ? Je crois que ce soir vous pourrez manger légèrement.

— Je n'ai pas faim, mais j'ai soif.

Elle versa le reste de citronnade dans un verre. Le miel avec lequel elle avait sucré la boisson était resté au fond. Peut-être allait-il trouver mauvais goût à ce rafraîchissement ? Toutefois, elle ne dit rien, et le comte but sans protester. Quand il eut fini, il reposa la tête sur l'oreiller.

— Je descends dire au revoir à votre sœur, dit-elle, et je reviens. Vous êtes sûr de ne rien vouloir d'autre ?

— Vous reviendrez ?

— Je vous le promets. C'est moi qui vous soignerai jusqu'à l'arrivée de votre valet.

Comme il ne disait rien, elle se demanda s'il avait entendu. Sur le seuil de la chambre, elle se retourna.

Les yeux du comte ne la quittaient pas. Peut-être avait-il peur qu'on ne le laisse seul ?

— Je reviens très vite, promit-elle.

Et elle eut le sentiment que c'étaient les mots qu'il désirait entendre.

3

Hicks ouvrit la porte pour Mariota qui apportait un grand bouquet de fleurs.

— Voilà pour vous égayer un peu ! dit-elle en posant le vase sur une table de façon que le comte puisse le voir de son lit.

— En effet, j'ai bien besoin de réconfort ! répondit celui-ci avec cette sécheresse qui, comme elle l'avait souvent remarqué, le caractérisait.

Elle le regarda, surprise.

— Je me sens abandonné, reprit-il. Vous n'êtes pas venue me voir ce matin.

— Je suis désolée, répliqua Mariota, mais je pensais que vous n'aviez pas besoin de moi, étant donné que votre valet est arrivé.

— Hicks est remarquable pour bien des choses, mais il fait un piètre compagnon quand il s'agit de bavarder !

Celui-ci avait quitté la pièce à l'arrivée de la jeune fille. Ayant disposé les fleurs, elle s'approcha du lit. Le malade semblait beaucoup mieux. Bien sûr, la blessure qu'il avait reçue au front n'avait pas encore disparu et virait au noir ; mais il avait incontestablement meilleure mine. Avec ses cheveux rejetés en arrière dégageant son front haut, il ne ressemblait plus du tout au malade sans connaissance qu'elle avait veillé et pour lequel elle avait même craint la mort.

Il avait revêtu une chemise de nuit en soie, beaucoup plus élégante que celle que son père lui avait prêtée pour commencer. Le jabot était aussi volumineux qu'un nœud de cravate. Adossé aux oreillers, il arborait cet air d'autorité qu'elle avait deviné, bien avant qu'il ne lui adresse la parole.

— Votre sœur vient vous voir cet après-midi, dit-elle. Père lui fera visiter ensuite les parties les plus anciennes de la maison qui sont toutes fermées maintenant.

— Et pourquoi sont-elles fermées ?

— N'est-ce pas évident ? Nous avons dû les fermer parce que nous n'avons pas assez de personnel pour l'entretien du château. Il n'y a que le vieux Jacob et moi pour s'occuper du ménage, et comme vous le savez, Jacob est bien loin d'être rapide !

C'était dit sur le ton de la plaisanterie, car elle ne cherchait qu'à distraire son malade. Mais elle le vit froncer légèrement les sourcils.

— Etes-vous donc si pauvres ? demanda-t-il.

— Plus que les souris d'église ! dit-elle en souriant.

Il y eut un silence.

— Je me rends bien compte que je dois être une gêne pour vous, reprit-il, et, puisque les médecins m'interdisent de me lever pour le moment, il faut me dire ce que je peux faire pour vous aider !

C'était vrai. Le Dr Dawson avait été catégorique. Le comte ne devait pas bouger tant que l'os de la clavicule n'était pas ressoudé et que les terribles migraines dont il souffrait quotidiennement ne disparaissaient pas.

— C'est avec plaisir que nous nous occupons de

vous, s'empressa de dire Mariota. Il ne faut pas écouter Lynne.

Le comte sourit. Lynne avait parlé sans retenue dès qu'il avait été suffisamment bien pour avoir des visites.

— Grâce à vous, voilà enfin un peu d'animation! avait-elle déclaré. Nous n'avons rien connu de semblable dans la région depuis que la dernière personne de qualité a occupé cette chambre! C'était Charles II, avait-elle précisé comme le comte levait un sourcil étonné. D'ailleurs, en y réfléchissant, je trouve que vous lui ressemblez assez!

— Merci.

— Père a consacré tout un chapitre de son livre à la grande fête qui eut lieu ici, au « Gué de la Reine », lorsque Charles II y séjourna. Malheureusement, votre festin à vous se composera uniquement de lapin et toujours de lapin!

Le visage de son interlocuteur affichait la plus grande surprise tandis qu'elle expliquait :

— A cette époque de l'année, on ne peut chasser que du lapin sur nos terres. D'ailleurs, Jeremy dit souvent que s'il continue ce régime encore quelque temps, il va bientôt lui pousser une queue de lapin!

— C'est une histoire très triste! dit le comte en riant.

— Bien sûr que c'est triste, pour nous. J'imagine, en revanche, que l'on vous sert les mets les plus délicieux chez vous, dans l'Oxfordshire!

— Et qui, je vous prie, vous a parlé de ma maison?

— Elaine. Nous suivons ensemble les cours de sa gouvernante. Elle m'a raconté plein de choses sur vous : combien vous êtes important, que vous vivez dans un luxe inouï, comme si vous étiez un prince, et que toutes les jeunes ladies encore sans mari sont à vos pieds et veulent vous épouser !

Le comte ne réussit pas à prendre l'air sévère et un sourire lui échappa.

— Je vois que ma réputation m'a précédé jusqu'ici !

— Parfaitement ! Même ici, dans « ce trou perdu, au diable Vauvert », comme dirait Jeremy, mon frère ! Nous n'avons pas de cheval pour nous emmener loin d'ici, aussi, nous restons là, à regarder pousser les légumes !

— En attendant, vous êtes intarissable sur ce sujet ! observa le comte d'un ton moqueur.

— Etant donné que nous n'avons qu'à nous soucier de ce que nous allons bien pouvoir manger, j'avoue qu'un régime de lapins a dû nous donner des cerveaux de lapins ! rétorqua Lynne.

Sur ces entrefaites, Mariota était entrée, surprenant les derniers mots de sa sœur.

— Il ne faut pas fatiguer M. le comte, dit-elle, sévère. De plus, nos problèmes ne l'intéressent pas.

— Je croyais qu'il désirait savoir comment les pauvres et les nécessiteux font pour vivre, répliqua Lynne.

— Je ne crois pas. Pourrais-tu, chérie, aller ranger un peu le salon avant que lady Coddington n'arrive ? Tu as laissé traîner toutes tes affaires.

— Voilà une façon polie de se débarrasser de moi, dit Lynne au comte en se levant. Très bien, si Mariota vous veut pour elle toute seule, je me sauve !

Et lui adressant un sourire charmant et plein de séduction, elle quitta vivement la pièce avant que Mariota ne puisse lui faire des remontrances.

— Je suis désolée que Lynne vous ait ennuyé, reprit-elle quand ils se retrouvèrent seuls.

— Mais pas du tout ! répliqua le comte un peu

brusquement. Simplement je suis gêné de m'être imposé ainsi, d'avoir fait venir Hicks par surcroît, sans avoir pensé à vous dédommager !

Un peu mal à l'aise, Mariota redressa le menton. Allait-il lui proposer de l'argent pour les frais qu'il leur occasionnait ?

— Je me rends compte, mademoiselle Forde, ajouta-t-il comme s'il saisissait ses pensées, qu'une famille comme la vôtre qui a largement contribué à l'histoire de notre pays ne peut faire taire sa fierté, cependant...

— Cependant, j'espérais que M. le comte était satisfait ! l'interrompit Mariota d'un ton sec. Hier vous avez dit que le poulet était délicieux !

— C'était délicieux, c'est la vérité ! reprit-il vivement. Mais, en y réfléchissant, j'imagine que c'était là un extra qui a dû considérablement alourdir vos dépenses.

« Quelle ne serait pas sa surprise, songea Mariota, s'il apprenait que c'était en réalité son propre argent qui avait servi à le payer ! »

— J'ai d'ailleurs demandé à ma sœur, continua le comte, d'apporter cet après-midi des fruits cultivés dans les serres du duc. Vous verrez, ils sont excellents. Toutefois, nous devrions nous montrer plus pratiques, me semble-t-il, et je propose qu'à partir de demain, ma sœur se charge elle-même des repas qui vous aideront autant que moi à reprendre des forces.

Ne sachant que répondre, Mariota fit quelques pas vers la fenêtre où elle se tint immobile, regardant le jardin mal entretenu et quasiment à l'abandon.

Pour elle, il avait pourtant une réelle beauté lorsqu'il était, comme en ce moment, baigné par le soleil. Mais elle savait qu'aux yeux d'un étranger, ce n'était qu'un triste amas de végétation ayant désespérément besoin des soins d'un jardinier. Un sentiment de fierté qu'elle n'avait pas soupçonné jusqu'alors lui commandait de refuser, de dire non au comte. Il lui semblait, en outre, que s'ils devaient souffrir, après le départ de leur hôte, du manque d'argent, ce ne serait que justice après tout! S'il était ici, dans cette chambre, n'était-ce pas leur faute, à Jeremy et à elle?

— Venez ici, je vous prie, dit le comte. Je veux vous parler et je ne vois pas pourquoi je devrais hausser la voix.

Il lui donnait des ordres, et c'était quelque chose qui lui déplaisait profondément. Cependant, c'était un malade et elle ne pouvait décemment se montrer hostile et se refuser à l'écouter. De mauvaise grâce, elle se détourna de la fenêtre et s'approcha.

— C'est votre frère qui m'a sauvé la vie, reprit le comte. Si j'avais passé la nuit dehors, j'aurais sans doute attrapé une pneumonie. C'est vous qui m'avez soigné et veillé jusqu'à ce que ma sœur me retrouve et cela au détriment de votre confort! C'est grâce à vous que je suis en vie! Si vous étiez à ma place vous désireriez vous aussi exprimer votre reconnaissance, non?

Mariota ne savait que répondre.

— Je sais par Hicks que vous vous donnez beaucoup de mal dans cette maison, poursuivit-il. De plus, c'est vous qui préparez les repas que l'on m'apporte. Cela vous plaît donc tellement de n'être qu'une domestique dans votre propre maison?

— Je suis parfaitement heureuse ainsi, lança Mariota d'un air de défi.

— Sottise! répondit le comte sur le ton coupant qu'il avait lorsqu'il était agacé. Vous savez très bien que vous feriez sensation dans les salons, à Londres! Quant à votre jeune sœur Lynne, elle serait adulée par tout Saint-James.

Mariota poussa un soupir avant de répliquer sèchement :

— Si les souhaits étaient des chevaux, les mendiants iraient à cheval, monsieur ! Les choses étant ce qu'elles sont, nous tâchons de prendre la vie comme elle se présente et de nous en accommoder le mieux possible.

Elle fit une pause puis, comme il ne disait rien, ajouta :

— J'espère que vous n'encouragerez pas Lynne à être mécontente de son sort et à rêver de plaisirs qu'elle ne connaîtra jamais !

— Envisagez-vous sérieusement pour votre sœur et vous-même de passer votre vie ici, sans aucune distraction que, de temps à autre, un inconnu qui fait une chute de cheval ?

Le comte avait dit cela avec tant d'ironie que Mariota aurait voulu le détromper et lui affirmer qu'ils ne s'ennuyaient pas à ce point, qu'ils s'amusaient parfois et que de toute façon, peut-être, un jour la chance leur sourirait... Mais il l'avait blessée dans son amour-propre.

— Si monsieur le comte trouve le « Gué de la Reine » si déplaisant, qu'il se rassure ! D'ici quelques jours, les médecins l'autoriseront à se lever et il pourra s'installer chez le duc. Ainsi, il n'aura plus à nous supporter, ni à penser à nous !

Elle s'attendait à ce que le comte réponde par une remarque aussi cinglante, mais il dit gentiment :

— Venez ici, Mariota !

Il l'avait appelée par son prénom et elle n'émit aucune protestation. Comme elle ne bougeait pas, il tendit la main vers elle en répétant :

— Venez ici, je veux vous dire quelque chose.

Elle se rapprocha, et instinctivement, comme si une force extérieure la dirigeait, elle mit sa main dans la sienne. Il étreignit ses doigts et remarqua qu'ils étaient froids. Le contact de leurs mains les bouleversa : une vibration très nette allait de l'un à l'autre.

— Je vous ai fait de la peine, Mariota. Je ne le voulais pas. Pardonnez-moi ! dit-il en plongeant son regard dans celui de la jeune fille.

C'était la première fois qu'il lui parlait ainsi, qu'il lui prenait la main... Dans son trouble Mariota ressentit un grand élan d'affection envers cet homme généreux.

— Je désire vous aider, poursuivit-il, et si vous, Mariota, souhaitez ne m'être redevable de rien, pensez du moins à votre père, à votre sœur si jolie, à votre frère que je ne connais pas encore...

— Je ne les oublie pas !

— Je sais, et je me rends bien compte que c'est vous qui portez tous les soucis de votre famille. Mais il ne peut en être toujours ainsi !

— Peut-être qu'un jour... quelque chose arrivera...

— Quoi, par exemple ?

Son ton calme, son air plein d'intérêt et de gentillesse décidèrent Mariota à se confier.

— Oh ! j'imagine que peut-être un jour nous trouverons un trésor caché au fond du grenier, ou bien enfoui dans un coin du jardin ; que peut-être le livre de père se vendra bien et que nous ferons fortune, ou encore qu'un génie apparaîtra dans un nuage de fumée et m'accordera trois vœux.

Elle parlait, perdue dans ses rêves, sans voir que son interlocuteur l'observait, intensément, et étreignait sa main avec force.

— Et quels sont ces trois vœux ?

— D'abord, que notre domaine retrouve sa splendeur d'autrefois, ensuite, que Jeremy ait des chevaux beaux comme votre étalon noir, enfin, que Lynne sorte dans le monde et soit, comme vous le disiez tantôt, admirée par tout Saint-James. Je serais heureuse si ces trois vœux se réalisaient.

— Si vous étiez honnête, Mariota, il me semble que vous souhaiteriez rencontrer quelqu'un qui vous aime et que vous aimerez... C'est ce que toute femme désire.

— J'imagine que oui, acquiesça-t-elle.

Elle ne regardait pas le comte, mais restait plongée dans sa rêverie, comme lorsqu'elle était seule et se réfugiait dans des histoires merveilleuses.

— Vous n'avez jamais été amoureuse ?

— Seulement dans mes rêves.

— Et à quoi ressemble votre amoureux dans vos rêves ?

— Il est grand, brun, très beau. C'est un excellent cavalier. Il est fort, autoritaire, mais si quelqu'un a des ennuis, il sait être bon, prévenant et compréhensif.

Les mots sortaient sans hésitation de sa bouche livrant ses secrets de jeune fille qu'elle chérissait depuis toujours. Une fois de plus, son héros escaladait les plus hautes montagnes, allait de par le monde, au-devant d'aventures insensées, ou bien — c'était d'ailleurs une de ses histoires préférées — gagnait une course de chevaux.

Elle n'avait jamais assisté à de grandes courses, mais elle en avait lu les comptes rendus dans les journaux. Parfois, une course d'obstacles ou de fond avait lieu dans le comté, et si ce n'était pas trop loin, Jeremy l'y emmenait. Toutefois, ces sorties n'étaient jamais bien joyeuses, car Jeremy rageait de ne pouvoir y participer et laissait libre cours à son amertume.

— Ce type, je l'aurais battu à plate couture ! pestait-il tandis que la foule acclamait le gagnant qui venait de franchir la ligne d'arrivée.

— Il me semble que votre homme idéal sera un peu difficile à trouver, remarqua le comte de son ton moqueur.

Ces mots ramenèrent Mariota sur terre. Tout à coup, elle se sentit gênée d'avoir ainsi laissé vagabonder son imagination devant un inconnu. Elle retira vivement sa main que le comte tenait toujours, et dit précipitamment :

— Monsieur le comte doit penser que je raconte beaucoup de sottises. La solitude où je me trouve ne vaut rien...

— Et si je vous disais qu'un jour vos rêves se réaliseront, me croiriez-vous ? demanda-t-il.

— Tout cela est fort improbable. Maintenant, je dois vous quitter et aider à préparer votre repas. J'espère que vous en serez satisfait.

— Maintenant, c'est vous qui n'êtes pas gentille avec moi ! s'écria le comte. Et je vous fais remarquer que c'est très mal vous acquitter de votre rôle d'ange gardien !

— Si tel est mon rôle, il me semble que désormais Monsieur est suffisamment bien remis pour ne plus avoir besoin d'ange.

— Je n'en suis pas si sûr. En fait, si cela vous intéresse, apprenez que j'ai un mal de tête qui me fait atrocement souffrir !

— Oh ! Il faut vous allonger immédiatement ! s'écria Mariota, alarmée. C'est ma faute, aussi ! Je ne devrais pas parler autant ! Le Dr Dawson sera en colère ce soir si je lui dis que je vous ai empêché de vous reposer.

— Mais vous ne m'avez pas ennuyé le moins du monde ! Ce sont vos ennuis qui me tracassent ! Je déteste ne pas trouver de solution à un problème, ou rencontrer des obstacles sur ma route que je ne peux vaincre !

Doucement, Mariota retira un des oreillers afin qu'il puisse s'allonger.

— Tâchez de dormir un moment avant votre déjeuner.

— Je ne veux pas dormir, s'obstina-t-il. Je veux que vous restiez et que l'on bavarde !

— Mais avec la meilleure volonté du monde, je ne peux pas être dans deux endroits à la fois ! s'écria Mariota. Il faut que je m'occupe moi-même de votre repas. Mrs Brindle, elle, fait de son mieux, mais je dois superviser...

— Très bien, très bien, je vous laisse partir ! Mais alors, promettez-moi de venir me voir cet après-midi, pendant que votre père tient compagnie à ma sœur. Après tout, ce n'est que juste !

— Ce serait avec plaisir, monsieur, mais il serait plus sage de dormir.

— Dormir ! Dormir ! s'exclama-t-il. Vous et les médecins semblez penser que c'est le remède à tous les maux ! Personnellement, je trouve beaucoup plus bienfaisant de vous écouter, même si vous me dites des méchancetés !

— Mais... je ne dis pas... ce n'est pas juste... commença-t-elle.

Elle s'interrompit, voyant que le comte plaisantait. Leurs regards se croisèrent, et sans qu'elle sût pourquoi, elle sentit ses joues s'empourprer.

— Je vous en prie, tâchez de dormir un peu, supplia-t-elle d'une voix qui tremblait légèrement.

Elle se glissa hors de la chambre et referma doucement la porte. Le comte demeura les yeux ouverts. Son regard se posa sur le bouquet que la jeune fille avait apporté. Les délicates tiges de seringa, les lilas blancs et les roses en boutons évoquaient la fraîcheur du printemps, lui rappelant la jeunesse de Mariota. Il soupira et une expression presque douloureuse passa dans ses yeux.

Vers 3 heures, lady Coddington arriva au château. Elle ne prenait plus la peine de sonner. Inutile de déranger le vieux Jacob dans son travail pour l'accompagner jusqu'à la chambre du comte. Elle demanda donc à son laquais de porter un panier de fruits à la cuisine, et sans plus attendre, entra vivement dans la maison pour retrouver son frère.

— J'arrive un peu plus tard aujourd'hui, Alvic, dit-elle, mais tu me pardonneras. Ce n'est vraiment pas ma faute. Le déjeuner a duré encore plus longtemps qu'à l'ordinaire, et pourtant, nous étions à table plus tôt ! Le duc n'en finissait plus avec ses interminables histoires !

— J'en sais quelque chose ! répondit le comte.

Lady Coddington embrassa son frère et se tournant vers Mariota qui s'était levée de sa chaise :

— Bonjour, mademoiselle Forde, ou plutôt Mariota, si vous le voulez bien ? Mon frère semble aller beaucoup mieux. Je vous suis tellement reconnaissante de vous occuper ainsi de lui !

— M. le comte avait mal à la tête ce matin encore, dit Mariota.

— Ce n'était rien. C'est parti de toute façon, s'empressa de préciser le malade comme sa sœur le regardait avec inquiétude.

Il ne disait probablement pas la vérité mais, de toute évidence, il ne désirait pas s'étendre plus longuement sur son état de santé.

Lady Coddington était ravissante, ce jour-là. Pour la première fois, elle n'était pas en noir, mais vêtue d'une jolie robe mauve rappelant la teinte délicate des lilas qui à cette époque de l'année fleurissaient dans le jardin. Son chapeau était garni de rubans assortis. Elle portait un collier d'améthystes et de diamants, et les mêmes pierres brillèrent à ses doigts tandis qu'elle enlevait ses gants.

Mariota se dirigea vers la porte, pensant que lady Coddington désirait rester seule en compagnie de son frère. Sur le seuil, elle se retourna.

— Père attend votre visite avec plaisir, madame. Vous connaissez le chemin jusqu'à son bureau...

— Oui, bien sûr, répondit lady Coddington. Je pense qu'il ne faut pas fatiguer mon frère, n'est-ce pas ? Ne vous en faites pas, je vous promets de ne pas rester trop longtemps.

— Je vous remercie, dit Mariota en fermant la porte.

— Quelle charmante jeune fille ! Et si mignonne ! observa lady Coddington. C'est une honte que lord Fordcombe soit dans un tel dénuement, qu'il soit obligé de vivre en reclus ! Quel dommage qu'il s'obstine à refuser l'hospitalité du duc et des autres châtelains du comté !

— Et pourquoi donc refuse-t-il ? interrogea son frère.

— Le duc dit qu'il est beaucoup trop fier pour accepter une invitation qu'il ne peut rendre.

Tout en parlant, elle regardait autour d'elle.

— Je n'ai jamais vu une demeure aussi charmante que celle-ci. Mais cela me brise le cœur, Alvic, de voir dans quel état de délabrement elle se trouve ! Il n'y a pas une seule fenêtre sans un carreau cassé et tous les rideaux sont en lambeaux !

— Il n'y a rien à faire, en tout cas, répondit le comte. Je viens de me bagarrer avec Mariota à ce propos. J'avais l'intention de vous demander si vous pouviez vous charger désormais des repas.

— Des repas ? s'exclama lady Coddington, surprise.

— Ils sont trop pauvres pour me nourrir, répondit son frère avec brusquerie. C'est la jeune sœur, qui d'ailleurs sera dans quelque temps d'une beauté remarquable, qui m'a appris que je leur volais quasiment le pain de la bouche.

— Mais je n'avais pas pensé à ça ! C'est terrible d'être aussi pauvre alors que nous sommes si riches... Sûrement, on peut les persuader d'accepter...

— Oh ! Ne vous fatiguez pas ! C'est inutile ! Ils sont fiers comme ce n'est pas permis ! Le seul moyen de les obliger à accepter notre aide, c'est de me faire passer pour un gourmet et de dire que je ne suis pas satisfait des repas que l'on me prépare !

— En êtes-vous satisfait ?

Le comte fit une petite grimace avant de répondre.

— J'ai plutôt l'impression d'être retombé en enfance !

— Je suis sûre que c'est très bon pour vous, un peu de régime ! dit lady Coddington en riant. J'ai toujours pensé que votre cuisinier faisait des plats délicieux, mais beaucoup trop riches !

— Donc, vous allez demander au cuisinier du duc de préparer quelques pâtés, de ce fromage de tête, par exemple, qu'il réussit merveilleusement bien, une langue de bœuf, bref, tout ce qu'il peut se procurer en ce moment.

— Et si cette enfant et son père se sentaient offensés et refusaient ?

— Je tâcherai de faire entendre raison à Mariota. Je vous laisse le soin de vous occuper de lord Fordcombe.

A ces mots, un sourire qui n'échappa pas au malade éclaira le visage de lady Coddington.

— D'ailleurs, lord Fordcombe doit vous attendre,

reprit-il. Allez donc le retrouver, et revenez un peu plus tard ! Je vais me reposer un moment.

— Eh bien ! Si c'est ainsi, je vous laisse, dit la visiteuse en se levant. Ah ! Que je suis sotte ! s'exclama-t-elle tout à coup. J'oubliais de vous dire que vous aviez le bonjour d'Elisabeth. Elle désire savoir si elle peut m'accompagner demain pour vous voir.

— Non... Je n'y tiens pas. Dites-lui d'attendre que j'aille mieux. Vraiment, tous ces bavardages me fatiguent et me donnent mal à la tête !

— Naturellement, mon cher Alvic ! Je comprends.

Lady Coddington quitta la pièce, laissant le comte rembruni. Plus tard, lorsque Mariota vint voir s'il n'avait besoin de rien, son visage contracté exprimait toujours un profond mécontentement.

— Monsieur, je serai franc avec vous, dit le Dr Mortimer. Vous lever et peut-être même quitter le château, comme vous comptez le faire, serait de la pure folie.

Il n'en dit pas plus, s'attendant à des protestations de la part de son patient. Comme celui-ci ne disait rien, il poursuivit :

— Ces migraines persistantes m'inquiètent un peu. De plus, la marque du coup que vous avez reçu à la tête n'a pas encore disparu. Ce serait donc, je le répète, de la folie, et cela pourrait avoir de fâcheuses conséquences que de ne pas observer le plus grand repos. Il vous faut reprendre des forces, vous êtes encore beaucoup trop faible !

— Je ne peux quand même pas rester éternellement dans un lit ! s'exclama le comte d'un ton agacé.

— Cela ne fait que quatre jours que vous êtes alité, reprit le docteur. Vous êtes libre, bien sûr, de prendre l'avis de sir Wilfred Lawson, ou d'un autre médecin de Sa Majesté... Mais, croyez-moi, si je vous demande de rester couché, c'est dans votre intérêt! Je comprends que vous vous ennuyiez, mais votre tête et votre épaule sont encore bien fragiles...

— Ce n'est pas que je souhaite partir à tout prix, expliqua le comte, mais je n'aime pas rester couché!

— Qu'à cela ne tienne! Je vous autorise à vous lever demain et à vous asseoir dans un fauteuil près de la fenêtre. Mais attention: vous restez en robe de chambre, il est interdit de s'habiller! Et dès que vous vous sentez fatigué ou que votre tête vous fait souffrir, vous retournez au lit! On est d'accord?

— Oui, j'ai compris. Et je comprends aussi le ressentiment que mes gens doivent éprouver lorsque je leur donne des ordres qu'ils n'approuvent pas!

— Alors, cela ne peut que vous être salutaire! répondit le Dr Mortimer en souriant. Mais si vous le souhaitez, je suis tout disposé, je le répète, à demander à un médecin de Londres de venir vous examiner.

— Mais non, j'ai une entière confiance en vos compétences, docteur. C'est simplement qu'il faut un temps fou pour me remettre sur pied!

— Ah! Vous êtes comme tous les jeunes gens, impatient... Et vous pensez qu'ailleurs l'herbe est plus verte, n'est-ce pas? reprit le docteur en riant.

Il fit une pause.

— A votre place, avec deux jeunes filles aussi ravissantes que mademoiselle Mariota et mademoiselle Lynne pour s'occuper de moi, je serais comblé!

Un instant, le comte eut l'air fâché, comme s'il en voulait au docteur de faire une réflexion aussi personnelle. Puis il éclata de rire.

— Entendu, Mortimer, vous avez gagné! Je vous

promets de me tenir tranquille encore un jour ou deux. Mais après, avec ou sans votre permission, je me lève !

— Eh bien, qu'il en soit ainsi ! Au fait, avant de vous laisser, je voulais vous remercier, monsieur le comte, pour la caisse d'excellent vin que vos gens ont placée dans ma voiture à mon arrivée.

— J'espère que vous le trouverez bon, docteur !

— Cela ne fait aucun doute.

Resté seul, le comte songea avec satisfaction que Hicks avait également mis, à l'insu de Mariota, plusieurs caisses de vin à la cave. Après le dîner, il avait invité lord Fordcombe à goûter un excellent porto que sa sœur avait apporté de chez le duc. Son hôte n'ayant pas caché qu'il le trouvait fort bon, il ne lui restait plus qu'à émettre l'idée qu'il se sentirait terriblement gêné de déguster ce vin si la famille Forde en était privée. Mariota était prête à refuser ses cadeaux, le comte le savait. Cependant, lorsqu'elle vit son père si content du vin, puis du porto et des alcools qui furent offerts par la suite, elle n'osa rien dire de peur de gâcher son plaisir.

Elle avait d'ailleurs le sentiment que quoi qu'elle dise, le comte arriverait toujours à ses fins. Aussi elle accepta les victuailles que lady Coddington amenait et que Hicks s'empressait d'apporter à la cuisine, préférant se cacher à elle-même la générosité de son malade.

Désormais, Hicks avait ordre, après avoir servi son maître, de faire le service auprès de la famille Forde. Mariota savait que son père était ravi d'avoir un laquais présentant les plats et servant le vin à la place de ses filles, ce qui leur permettait de rester à table sans avoir à interrompre sans cesse le repas.

Lord Fordcombe passait aussi beaucoup moins de

temps enfermé dans son bureau, car désormais il avait de la compagnie : il y avait son hôte et lady Coddington avec qui bavarder. Mariota était convaincue que son père attendait avec une réelle impatience chaque visite de lady Coddington. Peut-être parce que cette dernière montrait un vif intérêt pour leur demeure, et aussi pour l'histoire de la famille Forde qu'il écrivait...

Aussi, c'est avec un certain malaise que la jeune fille revoyait, cachée au fond d'un tiroir dans la chambre de Jeremy, la jolie petite bourse noire que son frère avait volée. Ce n'était qu'en recevant le comte et sa sœur le plus courtoisement possible, en faisant tout pour qu'ils se sentent chez eux, qu'elle pourrait se racheter à ses propres yeux et atténuer un peu de ce sentiment de culpabilité qui lui pesait tant.

Le dîner fini, Lynne se précipita dans l'escalier. Comprenant qu'elle allait voir le comte, Mariota l'accompagna.

— Ne va pas le fatiguer trop longtemps avec tes bavardages ! dit-elle. Il avait mal à la tête aujourd'hui, et le Dr Mortimer a prescrit du repos et du sommeil, autant que possible.

— Tu me l'as déjà dit, répondit Lynne. Ne sois donc pas si égoïste, Mariota. Tu ne cherches qu'à garder ce jeune homme séduisant pour toi toute seule !

— Je ne fais rien de la sorte !

— Mais si, c'est vrai ! reprit Lynne. Tu te conduis comme une vieille oie avec son petit ! N'aie crainte, je ne vais pas te le prendre, ton comte ! Je veux simplement bavarder avec lui !

Elle venait à peine de prononcer ces mots quand elle vit le visage bouleversé de sa sœur.

— Excuse-moi, Mariota, s'empressa-t-elle d'ajouter. C'était pour te taquiner, ce que je disais. Et si tu veux savoir, en réalité, je suis persuadée que le comte est amoureux de toi !

— Que veux-tu dire ? interrogea Mariota d'une drôle de voix.

— Oh ! Je le vois à plein de détails, des choses qu'il dit, et ma chérie, s'il te demande bel et bien en mariage, pense comme ce serait magnifique pour nous tous !

— Tu dis n'importe quoi ! répondit Mariota. Comment peux-tu imaginer un seul instant que le comte, un homme si important, si considéré, pose les yeux sur moi ?

Elle eut un petit rire pitoyable.

— Ne vois-tu donc pas l'allure que j'ai, comparée à lady Coddington, dans cette robe vieille de trois ans et qui m'est trop petite ? Je l'ai tellement lavée qu'on ne sait même plus quelle est sa couleur initiale !

Elles étaient arrivées à l'étage.

— Oui, je sais, Mariota, mais tu es belle. Et c'est l'avis de père aussi.

— Comment le sais-tu ?

— Je lui ai demandé un jour s'il me trouvait jolie. « Très jolie, m'a-t-il répondu, et je suis bon juge ! Quant à Mariota, elle a la beauté de votre mère. Elle est merveilleuse ! »

Mariota regarda sa sœur, tout étonnée.

— Vraiment, père a dit cela ?

— Oui, je te le jure ! Aussi, Mariota chérie, fais un petit effort pour que le comte te trouve belle, lui aussi ! Ou alors, c'est moi qui essaierai de le séduire et de l'épouser !

Sur cette dernière pique, les yeux brillants d'excitation, Lynne partit en courant et se glissa vivement dans la chambre du malade. Mariota ne chercha pas à la rattraper. Elle resta immobile, dans le couloir, prenant soudainement conscience du rôle que jouait le comte dans sa vie.

4

— Dire, annonça Lynne en se servant une autre tranche de jambon avec des pêches, que lorsque le comte nous quittera, nous reprendrons notre régime de lapin!

Tous deux absorbés par leurs pensées, son père et sa sœur ne répondirent rien.

— Que la vie va être ennuyeuse! continua-t-elle. Moi, dès que je serai en âge de me marier, je chercherai un jeune homme comme le comte!

— En attendant, intervint Mariota d'une voix où perçait un peu d'agacement, dépêche-toi de finir ton petit déjeuner! Tu vas faire attendre la voiture. Tu sais bien que Mr Fellows n'aime pas que l'on soit en retard!

— Au Manoir, ils n'ont pas un seul cheval qui vaille celui du comte! reprit Lynne. J'ai d'ailleurs demandé à notre hôte la permission de monter l'un de ses chevaux, et il m'a promis de m'en faire venir un pour ce week-end.

— Lynne! s'exclama Mariota. Je t'ai déjà dit de ne demander au comte ni cadeaux ni faveurs!

— Mais il ne fait que me «prêter» un cheval! On ne peut appeler ça un cadeau!

— En aucun cas nous ne devons abuser de sa gentillesse. Je ne le veux pas!

— Si tu veux mon avis, c'est plutôt lui qui abuse de notre hospitalité! Et d'ailleurs, si quelqu'un mérite un cadeau, c'est bien père! Après tout, c'est chez lui que se trouve le comte, et son séjour ici crée suffisamment de problèmes comme cela!

Lynne parlait sur un ton plein de défi, mais elle était si jolie que l'on ne pouvait pas vraiment se fâcher. Une fois de plus, Mariota pensa que la présence du comte au château troublait leur vie tranquille, ce que finalement Lynne semblait mal supporter.

Comme s'il comprenait tout à coup de quoi parlaient ses filles, lord Fordcombe sortit de sa rêverie.

— Et comment se porte le comte, ce matin? demanda-t-il. J'étais un peu inquiet à son sujet hier.

— Oui, il souffrait d'une violente migraine, père, répondit Mariota. Malgré l'interdiction du docteur, il a voulu se lever, et il est resté dans un fauteuil près de la fenêtre. Mais au bout d'une heure, il a fallu qu'il se recouche.

— Parfait! s'exclama Lynne. Cela veut dire qu'il reste encore quelques jours chez nous! J'ai entendu le Dr Dawson dire que lorsqu'on souffrait d'une grave commotion, il fallait beaucoup de repos, autrement, cela pouvait être fatal!

Elle disait vrai. Et Mariota se sentit heureuse, elle aussi, bien qu'elle eût un peu honte de se l'avouer, que le comte ne soit pas encore assez bien remis pour quitter le château aussi vite qu'il le désirait.

— Le docteur va passer, dit-elle. Il commence ses visites par ici.

Lord Fordcombe jeta un rapide coup d'œil à sa montre.

— Je n'ai pas le temps de l'attendre, Mariota. Tu

le sais, j'ai du travail. S'il désire me voir, dis-lui qu'il me retrouve dans mon bureau.

— Oui, d'accord, père.

Lynne finissait son jambon.

— Bon, je ferais mieux d'y aller, dit-elle à contre cœur. J'aurais bien mangé encore une petite pêche, mais il me semble que la voiture a dû arriver.

— Sûrement, répondit Mariota. Tu reprendras des pêches ce soir, en rentrant.

Lynne se leva de table et brusquement se jeta au cou de sa sœur.

— Pardonne-moi d'avoir été désagréable ! Tu es si bonne pour nous tous ! Parfois, je suis une vraie teigne !

— Je sais, répondit Mariota en souriant. Allons, dépêche-toi, ou alors Mr Fellows n'enverra plus de voiture te chercher à l'avenir ! Tu seras obligée de prendre Luciole pour aller au Manoir et tu mettras des heures !

— Oh ! Oh ! Plutôt aller à pied ! Ce serait encore plus rapide, je crois ! s'écria Lynne en s'élançant hors de la pièce.

Mariota savait qu'elle attraperait au passage son chapeau dans le hall, et en couvrirait sa chevelure blonde tout en dévalant le perron.

« Vraiment, c'est une chance pour Lynne, songe-t-elle, que le père d'Elaine Fellows veuille bien qu'elle profite des leçons de sa fille. S'il fallait en plus payer pour son instruction, je ne sais pas comment nous ferions ! »

Avec un certain malaise, elle se rendait compte que, dans ce cas, son père aurait eu beaucoup de mal à laisser son livre pour faire le maître d'école, et cette tâche supplémentaire lui aurait incombé. Son père... Il consacrait beaucoup de temps à lady Coddington. Non sans mélancolie, elle remarqua que depuis l'arrivée du comte, pas une seule fois, il ne lui avait demandé son avis sur son travail, comme il le faisait à l'ordinaire. Il ne lui avait pas même lu ce qu'il avait écrit... Assurément, quand le comte serait tout à fait remis et quitterait le château, la vie reprendrait son cours normal, et son père aurait de nouveau besoin d'elle. Pourtant, rien ne serait vraiment comme avant! Elle débarrassa la table du petit déjeuner, puis, laissant la vaisselle à Mrs Brindle, alla au salon qu'elle entreprit d'épousseter. Il fallait aussi changer les fleurs qui commençaient à faner, et malgré tout le travail qui l'attendait, elle irait en cueillir de nouvelles au jardin.

— J'ai horreur d'une maison sans fleurs! avait dit un jour sa mère. C'est — comme une maison vide! Pour moi, les fleurs, c'est la vie!

— C'est vrai, mère, avait répondu Mariota. Nous offrons des fleurs aux gens quand ils sont heureux quand ils se marient, et c'est pour se souvenir d'eux que nous fleurissons leurs tombes!

— Il y a beaucoup trop de fleurs aux enterrements, avait repris lady Fordcombe. J'ai toujours pensé que c'est lorsque les gens sont en vie que l'on doit leur en offrir, témoignant ainsi de l'affection qu'on leur porte. Quand ils sont morts, ils ont bien assez de fleurs au paradis!

— Voilà une idée charmante, avait dit Mariota en riant. Mais que penserait le village si nous ne mettions pas de fleurs aux enterrements?

Aujourd'hui, il lui fallait en cueillir pour le salon et la chambre du comte. Ce dernier ne pourrait peut-être pas sortir dans le jardin avant quelques jours. Cela lui apporterait un peu de réconfort! Aussi décida-t-elle de faire plusieurs bouquets dont le parfum délicat embaumerait la chambre, la rendant plus gaie et attrayante.

Tout à coup, il lui vint à l'idée que de magnifiques bouquets de fleurs cultivées en serre, peut-être des orchidées, des œillets malmaison — on en voyait, disait sa mère, dans toutes les grandes maisons de Londres — décoraient sans doute sa demeure et celle du duc. Le comte ne resterait-il pas froid, indifférent à ses fleurs à elle, qui poussaient un peu au hasard dans un jardin à demi sauvage ?

« J'imagine que c'est le même effet que Lynne et moi devons lui faire : deux jeunes filles de la campagne, bien mignonnes, mais des mauvaises herbes comparées aux beautés raffinées qu'il a l'habitude de rencontrer dans les salons de Londres ! » C'était là une pensée fort douloureuse. Il fallait le voir tout de suite et qu'il la détrompe !

Aussi courut-elle au jardin pour cueillir chaque fleur épanouie, et remplir le panier que sa mère utilisait toujours pour jardiner. Elle les disposa ensuite dans plusieurs vases, et satisfaite du résultat, monta chez le comte.

Hicks la fit entrer.

— Comment va Monsieur ? Puis-je apporter ces fleurs ? demanda-t-elle en montrant les deux bouquets préparés avec soin.

— M. le comte sera ravi de vous voir, mademoiselle ! assura Hicks.

Néanmoins, Mariota eut l'impression qu'il la mettait en garde : son maître ne devait pas être de bonne humeur !

Il était assis dans son lit, plus beau que jamais. Sa blessure au front commençait à disparaître, passant du noir au bleu et au jaune. Une ligne dure cependant s'était formée autour de ses lèvres contractées et ses yeux bleus lançaient des éclairs. A sa grande surprise, quand il la vit entrer, son regard s'adoucit et il sourit. C'était comme un rayon de soleil après l'orage.

— Bonjour, monsieur !

— Bonjour, Mariota. Je vois que vous m'apportez de bien belles fleurs. Que c'est gentil !

— Si Mahomet ne vient pas à la montagne, la montagne vient à Mahomet... Je sais que vous ne pouvez pas descendre au jardin aujourd'hui !

— Je fulmine ! lança-t-il en riant.

— C'est bien ce que je craignais. Mais le Dr Dawson sera ravi de voir que c'est lui qui avait raison !

— Je ne supporte plus d'être malade !

— « Il faut se hâter lentement », disent toujours les vieux du village. C'est ce que vous devez faire.

— Vous me faites la morale, maintenant ?

— Mais bien sûr ! Comment ne pas profiter d'une telle occasion ? J'ai l'impression, monsieur le comte, que vous avez un peu trop l'habitude d'avoir raison et que jamais personne ne vous contredit !

Mariota souriait malicieusement.

— Bien. Voilà une leçon fort salutaire dont je saurai me souvenir. A l'avenir, il faudra me montrer moins sûr de moi !

— J'espère bien que non ! s'exclama-t-elle, ajoutant comme le comte, surpris, fronçait les sourcils : Quand on a des responsabilités, il faut être sûr de soi, avoir de l'autorité pour que les autres suivent !

— Vous pensez que les gens me suivent ?

— J'en suis certaine.

A son ton plein de conviction, il la regarda un moment avant de demander :

— Aurais-je joué un rôle dans vos contes de fées ?

Surprise par cette question, la jeune fille rougit, et le comte songea combien elle était ravissante.

Il y eut un silence puis il reprit :

— J'ai rêvé moi aussi, Mariota. J'ai rêvé de vous... Oh! J'aimerais tant vous voir vêtue d'une robe élégante comme dans mon rêve!

Il parlait avec douceur et Mariota se sentit un instant envoûtée. Elle se voyait dans l'une de ces robes à taille haute qui étaient à la mode cette année-là: la jupe garnie de dentelle ou de fleurs brodées s'harmonisait merveilleusement avec les manches bouffantes et le buste tout travaillé. Elle se tenait au courant des dernières nouveautés en matière d'habillement grâce à Lynne qui empruntait à Mrs Fellows le *Ladies Journal* et d'autres magazines de mode. Les deux sœurs découvraient ainsi les ravissantes toilettes que portaient les jeunes filles de leur qualité. Elles n'avaient certes pas la moindre chance de jamais en posséder un jour. Mais cela ne coûtait rien de les regarder et de rêver!

Comme s'il avait deviné ses pensées, le comte reprit:

— J'ai l'intention de remercier votre père en vous offrant des robes, à Lynne et à vous. Aussi, je vous prierai de me donner vos mesures à toutes les deux pour que je puisse envoyer la commande à Londres.

Conscient du refus qu'elle allait lui opposer, il continua d'un ton autoritaire.

— Que vous le vouliez ou non, il en sera ainsi! ajouta-t-il.

Mariota revint tout à coup sur terre.

— Vous savez bien que nous ne pouvons accepter, répondit-elle, plus pour la forme que parce qu'elle s'offusquait réellement de ce cadeau.

— Vous dites des sottises! J'expliquerai à votre père que c'est pour le remercier de la gentillesse avec laquelle il m'a reçu pendant si longtemps, alors que je suis arrivé bien à l'improviste! Je suis certain qu'il ne refusera pas!

Avant que Mariota pût avancer une objection, il poursuivait :

— Naturellement, vous êtes libre de vous en débarrasser ensuite, de les jeter ou de les donner à une pauvresse du village !

— Une paysanne habillée en dame ! s'exclama Mariota. Imaginez son allure si elle déambulait dans le village ! On la mettrait au pilori car on la prendrait pour une folle !

— Quoi qu'il en soit, promettez-moi de porter les robes que je désire vous offrir, conclut le comte avec fermeté. Et pour être franc, Mariota, je ne me sens pas assez bien pour continuer à argumenter de la sorte !

— Votre tête vous fait souffrir ? interrogea vivement la jeune fille, alarmée.

— C'est ce qui va m'arriver, si vous persistez à me résister !

Elle le regarda un instant, ses yeux gris étudiant attentivement le visage amaigri.

— J'ai l'impression, dit-elle, que non seulement vous faites un chantage, mais aussi que vous parvenez à vos fins d'une façon totalement déloyale, sournoise et indigne d'un gentleman !

Le comte se mit à rire.

— C'est-à-dire que je peux me passer de votre permission et faire comme je l'entends, n'est-ce pas ?

— Mettons que oui... Une seule robe, ce serait déjà tellement merveilleux !

— Alors, c'est entendu ! N'oubliez pas de me donner les mesures. Ma sœur les transmettra à mon secrétaire resté à Madresfield.

— Vous voyagez avec votre secrétaire ?

— Je me sépare rarement de lui. Comme en ce moment je suis ici et que j'ai besoin d'un certain nombre de choses, il attend mes instructions chez le duc.

— Ne serait-il pas préférable qu'il soit auprès de vous ?

— Je n'osais le proposer. Mais je me suis déjà suffisamment installé chez vous en faisant venir Hicks. Etant donné que vous refusez de nous laisser payer notre pension, ce serait un fardeau trop lourd pour votre famille de loger en plus un secrétaire et des valets. Je préfère me contenter d'un « entourage » plus restreint !

Mariota était bien embarrassée : jamais elle n'avait pensé à inviter au château le valet d'écurie qui venait tous les jours de Madresfield pour exercer le cheval de son hôte. C'est ce qu'elle aurait dû faire ; pourtant, pas un seul instant, l'idée ne l'avait effleurée.

Il faut dire qu'elle ignorait tout des façons de faire des grands, elle ne savait pas qu'une personne de la richesse et de l'importance du comte ne se déplaçait jamais sans ses gens.

— Excusez-moi, dit-elle après un silence.

— Non, c'est à vous de m'excuser, répondit le comte. Je plaisantais... Je suis très bien ici. Vraiment, tout est parfait !

— Je crains que ce ne soit pas vrai, reprit-elle d'un air malheureux. Je suis en fait très ignorante du monde et de la façon dont vos amis et vous-même vivent... Je sais que le duc mène grand train, bien sûr ! Tout le monde parle des somptueuses soirées qu'il donne à Madresfield !

Un peu de mélancolie perçait dans sa voix et le comte le remarqua.

— Dès que je serai complètement remis, je donnerai une soirée en votre honneur, mais pas à Madresfield.

— Oh, non! En aucun cas à Madresfield! renchérit-elle.

— Et pourquoi pas?

— L'invitation viendrait du duc en personne que mon père ne me laisserait pas y aller! Nous ne pourrions jamais la rendre! Mais, vous, pourquoi ne pas donner cette réception à Madresfield?

Elle croyait qu'il aurait une explication simple. Or, à sa grande surprise, il détourna les yeux et se rembrunit. Il était clair qu'il n'avait pas la moindre intention de lui répondre car il demanda:

— Les journaux sont arrivés? J'aimerais que vous me lisiez le compte rendu des débats du Parlement. Après ma migraine d'hier, je crois qu'il est plus sage de ne pas lire moi-même pour ne pas fatiguer mes yeux.

— Mais oui, bien sûr, répondit Mariota avec chaleur.

Parmi les agréables nouveautés que procurait le séjour du comte, il y avait les journaux et les revues de sport que Hicks avait commandés pour son maître et qui arrivaient tous les jours au château. Le Dr Dawson ayant interdit à son patient de lire lorsque celui-ci souffrait de la tête, c'était Mariota qui lui faisait la lecture chaque fois qu'il le désirait. Lorsqu'il s'endormait, elle continuait de lire en silence, trouvant dans les articles les réponses à nombre de choses qu'elle désirait connaître. Outre la fascination de découvrir ce qui se passait dans le monde, hors de l'univers restreint du «Gué de la Reine», elle avait une réelle soif d'apprendre.

Lynne, qui trouvait les revues de sport bien ennuyeuses, avait demandé à Hicks, à l'insu de Mariota, de commander également quelques revues de mode. En découvrant la supercherie de sa sœur, Mariota s'était tout d'abord mise en colère. Mais le comte avait l'habitude d'acheter des magazines de mode, expliqua Hicks, pour distraire ses invitées lorsqu'il séjournait dans sa maison de campagne. Et elle n'avait pas osé les renvoyer, comme Lynne le redoutait tant. Il est vrai qu'elle n'aurait pu se permettre de dépenser les précieuses pièces d'or de Jeremy pour quelque chose d'aussi frivole !

« Quand le comte partira, nous aurons bien besoin de cet argent pour manger ! » songea-t-elle.

Vraiment, il était inutile que sa sœur le lui rappelle ! La vie serait bien difficile après le départ de leur hôte ! Il leur faudrait retourner à leur aliment de base : le lapin !

Elle quitta la chambre pour voir si les journaux étaient arrivés. Hicks les avait posés sur une chaise dans la galerie. S'en étant emparé, elle retourna auprès du comte.

Il y avait le *Times* et le *Morning Post*, les deux journaux qu'il lisait chaque jour, et plusieurs autres gazettes « qu'il est important de lire, disait le comte, pour connaître le point de vue de l'opposition ».

— Ce sont les journaux de l'opposition ? demanda Mariota en montrant le *Political Register*, le *Courier* et le *Weekly Reformer*. Tout ça à lire, voilà qui est passionnant !

— Peu de femmes s'intéressent à la politique.

— Alors, je suis l'exception ! Je ne manque pas un commentaire de Mr Wilberforce ! Quelle chose épouvantable de faire travailler les enfants dans les mines ! Défendrez-vous les projets de loi de l'opposition devant la Chambre des lords ? ajouta-t-elle en lui jetant un regard quelque peu intimidé.

— C'est ce que vous voudriez que je fasse ?

Mais... Vous voyez bien la cruauté... l'injustice de ces choses.

— L'injustice ? répéta le comte qui continua avec

un certain cynisme, sembla-t-il: C'est sans doute parce que vous pensez à votre cas personnel que vous trouvez injuste que certains aient de l'argent et d'autres pas!

— Ce n'est pas cela! répliqua-t-elle vivement. Je ne pensais pas à moi! Il y a beaucoup de gens encore plus mal lotis que nous, même si nous avons déjà une vie difficile!

— Je comprends bien, dit le comte, maintenant compatissant. Mais il me semble que dans votre famille, c'est vous qui héritez de tous les soucis et à qui on laisse le soin de résoudre les problèmes!

— Il le faut! Vous voyez bien qu'il le faut! reprit-elle comme si elle cherchait à s'excuser. Père est plongé du matin au soir dans son livre, c'est donc à moi de m'occuper de Lynne et de Jeremy. Je me fais du souci pour eux, pour leur avenir...

Tout en parlant, elle songea à la promesse que Jeremy lui avait faite de ne plus jamais attaquer de diligence. Mais, à son retour de Londres, que ferait-il avec ses habits neufs? N'allait-il pas s'ennuyer de nouveau? Ne serait-il pas mécontent, irrité de son sort? Il faudrait qu'elle le surveille et qu'elle l'empêche de faire de nouvelles bêtises qui risqueraient de lui attirer des ennuis.

Les yeux bleus du comte la dévisageaient.

— Et si vous me parliez de ces soucis? Je pourrais peut-être vous aider?

— Non, non... Il n'en est pas question. Votre souci à vous est de reprendre des forces. Ecouter les ennuis des autres, c'est assommant!

— Je ne les trouverai pas assommants le moins du monde! répondit-il avec un tel accent de sincérité qu'interdite, Mariota releva la tête.

Elle ne put détacher ses yeux de ceux du comte, irrésistiblement attirée par ce regard couleur de mer. Une étrange émotion étreignit son cœur... Elle s'empara vivement d'un journal et demanda :

— Que désirez-vous que je vous lise aujourd'hui ?

— Cela m'est un peu égal. A vrai dire, j'aime vous écouter. Vous avez une belle voix, Mariota, douce comme une caresse... La plupart des femmes ont de petites voix dures et sèches qui contrastent avec leurs jolis minois !

— Ma mère me lisait souvent des histoires, lorsque j'étais petite... Peut-être ai-je copié ses inflexions.

— Quelle modestie, vraiment ! Alors que vous êtes une jeune fille si positive et que vous avez une personnalité bien à vous !

Mariota était étonnée.

— Je n'ai jamais pensé que j'étais comme vous le dites. C'est peut-être parce que Lynne est si belle qu'il me semble toujours, quand nous sommes ensemble, que personne ne peut prêter attention à moi... Quand vous connaîtrez mon frère, vous verrez que c'est bien lui qui est le plus actif, un peu trop d'ailleurs !

— J'attends avec impatience de faire sa connaissance !... Que fait-il à Londres ?

— Oh !... il est avec des amis, répondit-elle après une légère hésitation.

A peine ces mots prononcés, elle songea avec horreur que si le comte se trouvait toujours chez eux quand Jeremy reviendrait, il ne manquerait pas de remarquer les habits neufs de son frère. Connaissant la pauvreté de la famille, ne trouverait-il pas cela bien étrange ? Il faudrait inventer quelque chose... dire, par exemple, que c'est un ami qui lui a procuré des habits neufs... Elle se sentait terriblement gênée et honteuse à l'idée de devoir mentir une seconde fois.

« Un mensonge conduit à un autre », avait dit sa mère.

C'était vrai. Aujourd'hui, elle le vérifiait.

— Dites-moi ce que je peux faire pour vous, insista le comte. Pourquoi ne pas avoir confiance en moi Mariota ? Vous me faites beaucoup de peine en m'excluant ainsi de vos pensées et de vos sentiments.

— Cela... n'a aucun intérêt pour vous, monsieur.

— Dites toujours, vous verrez !

— Je voudrais bien... Je ne demanderais pas mieux... Mais non, c'est impossible, soupira-t-elle.

— C'est un véritable défi que vous me lancez, reprit-il avec un léger sourire. Laissez-moi vous dire, Mariota, j'adore les défis !

On le devinait si fort que la jeune fille, désarmée, laissa échapper un cri.

— Non, je vous en prie ! Ne cherchez pas à savoir ce que je veux vous taire ! Laissez-moi tranquille avec mes pensées ! Elles sont à moi... Vous me faites peur...

— Vous ne pouvez pas me cacher vos pensées, ni vos sentiments, vous le savez, reprit-il avec calme. C'est que nous sommes très proches l'un de l'autre, d'une façon extraordinaire ! Il est rare qu'un lien aussi étroit unisse ainsi deux êtres, surtout lorsque leur rencontre n'est due qu'au plus grand des hasards, ce qui est notre cas !

Interdite par ces paroles si étranges, Mariota le regarda. De nouveau, il lui sembla que plus rien n'existait, hormis ce regard profond dans lequel elle se perdait. Puis, comme si elle avait peur de succomber à une volonté inconnue qui l'obligerait à révéler ce qu'elle voulait taire, elle dit précipitamment :

— Veuillez m'excuser... mais... je crois avoir

entendu une voiture s'arrêter devant le perron... peut-être votre sœur...

Et sans plus attendre, elle sortit de la chambre en courant.

Le comte se laissa retomber sur les oreillers, le regard fixe, perdu dans une profonde rêverie.

La crainte de parler malgré elle avait fait fuir Mariota de la chambre sous le prétexte que lady Coddington arrivait. Toutefois, une voiture remontait bel et bien l'allée du château. Peut-être son instinct l'avait-il avertie ?...

Elle atteignait le bas de l'escalier quand deux dames entrèrent dans le hall. C'était lady Coddington accompagnée d'une jeune fille fort élégamment vêtue qui semblait de l'âge de Mariota. Elle portait une fascinante robe rose pâle garnie de fleurs en soie ; une guirlande de roses ornait son chapeau à large bord.

— Bonjour, Mariota, dit lady Coddington. Comment allez-vous, ma chère ?

— Bonjour, madame, répondit Mariota en faisant une révérence. Vous serez heureuse d'apprendre que Monsieur se sent beaucoup mieux ce matin.

— Ah ! Tant mieux ! J'étais si inquiète après la mauvaise journée qu'il a passée hier. Mais laissez-moi vous présenter lady Elisabeth Field. Elisabeth, voici Mariota Forde qui soigne mon frère avec un dévouement tel que jamais je ne la remercierai assez !

— Lady Coddington m'a parlé de vous et de tout ce que vous avez fait, dit la fille du duc. Le comte va réellement mieux ce matin ?

— Oui, bien mieux qu'hier, quoiqu'il ait encore besoin de repos.

— Il voudra certainement me voir, reprit lady Elisabeth.

— Il serait peut-être plus sage, très chère, que Mlle Forde demande s'il peut nous recevoir, intervint lady Coddington.

Mariota allait abonder dans ce sens lorsqu'elles entendirent le bruit d'une voiture.

— Voilà le docteur, s'écria-t-elle, après avoir jeté un coup d'œil à la fenêtre.

Puis elle poussa un cri de joie. Son frère se trouvait à côté du médecin. Heureuse de le retrouver enfin, plantant là ses deux visiteuses, elle s'élança hors de la maison et courut vers lui pour l'accueillir.

— J'ai rencontré votre frère juste comme il descendait de la diligence sur la grand-route, dit le docteur tandis qu'elle se jetait au cou de Jeremy.

— Enfin te voilà ! Que je suis heureuse ! J'ai tellement pensé à toi !

— Moi aussi, j'ai pensé à toi ! Je sentais qu'il était temps que je rentre à la maison !

S'écartant de lui pour mieux le voir, elle poussa une exclamation de surprise. Mon Dieu, qu'il avait changé ! Il portait une redingote à pli creux à la dernière mode, fort bien ajustée. Un pantalon couleur champagne faisait ressortir sa taille mince et ses longues jambes. Il était chaussé d'une belle paire de bottes qui brillaient au soleil. Les pointes de son col relevé montaient jusqu'au menton, et il arborait un savant nœud de cravate qu'il avait sans doute dû essayer plusieurs fois avant de le réussir parfaitement. Mariota n'en avait jamais vu d'aussi compliqué ! Un haut-de-forme flambant neuf, semblable à celui que portait le comte le jour de son accident, était fièrement posé sur sa tête.

— Tu es splendide ! s'écria-t-elle.

— Ma foi, je ne suis pas mécontent ! répondit Jeremy, les yeux brillants de plaisir.

— Il faut que tu ailles voir père pour lui dire que tu es de retour, reprit-elle.

Se rappelant soudain que lady Coddington et son amie l'attendaient dans le hall, elle ajouta à voix basse, sur un ton de mise en garde :

— Lady Coddington est ici. Son frère a eu un accident alors qu'ils se rendaient tous deux chez le duc, à Madresfield.

Elle vit que son frère avait saisi l'allusion. Comme le médecin montait le perron, les deux jeunes gens lui emboîtèrent le pas.

« Jeremy ne semble nullement décontenancé, et même plutôt sûr de lui », songea Mariota, tandis que le Dr Dawson saluait lady Coddington.

— Mes respects, madame.

— Bonjour, docteur. Elisabeth, voici le Dr Dawson qui soigne mon frère.

— Je suis ravie de faire votre connaissance, répondit lady Elisabeth d'une voix musicale en lui tendant la main.

A ce moment-là, ses yeux étonnés découvrirent Jeremy qui se tenait derrière le médecin.

— Lady Coddington, puis-je vous présenter mon frère Jeremy qui arrive de Londres à l'instant ? s'empressa de dire Mariota qui se sentait quelque peu nerveuse.

— Quelle surprise pour lui de trouver sa maison envahie d'étrangers ! objecta celle-ci.

— Le Dr Dawson m'a parlé de son malade, assura Jeremy.

— Laissez-moi donc vous présenter à une jeune personne qui, elle, vient ici pour la première fois, reprit lady Coddington. Jeremy Forde, lady Elisabeth Field.

— J'ai déjà eu le plaisir de vous voir, mademoiselle, lors d'une chasse, dit Jeremy. Vous êtes une cavalière remarquable!

— Je suis sûre de ne vous avoir jamais rencontré, ou alors je m'en souviendrais! répondit lady Elisabeth.

— Je ne chassais pas moi-même. Nos vieux chevaux sont tout juste capables de monter et descendre l'allée du château. Non, j'étais à pied ce jour-là, et je vous ai observée avec beaucoup d'envie et d'admiration.

— Vous me flattez! reprit la jeune fille en riant. Quel dommage que nous ne puissions chasser en ce moment! Vous auriez certainement pu emprunter l'un des superbes chevaux du comte qui, pour l'instant, est «hors de combat»!

— J'en aurais été ravi!

Mariota se tourna vers lady Coddington.

— Allons demander au comte s'il se sent suffisamment bien pour recevoir une visite supplémentaire, voulez-vous?

— Oui, allons-y. Mr Forde tiendra compagnie à lady Elisabeth en attendant le verdict, n'est-ce pas?

— Avec le plus grand plaisir! dit celui-ci.

Mariota sourit légèrement: Londres avait sans aucun doute amélioré les manières de son frère.

Lady Coddington, fort séduisante dans l'une de ses robes d'un mauve délicat, montait lentement le grand escalier.

— C'est lady Elisabeth qui a insisté pour m'accompagner, confia-t-elle à Mariota lorsqu'elles ne furent plus à portée de voix des deux jeunes gens. Mais il va de soi que si le docteur juge mon frère encore trop fatigué pour la voir, elle comprendra.

— Je suis sûr que M. le comte sera heureux de sa visite, répondit Mariota.

En effet, quel homme ne serait-il pas séduit par

lady Elisabeth, une personne aussi charmante et d'une telle élégance que c'était un ravissement pour les yeux? En fait, elle était plus jolie que belle, et deux fossettes se dessinaient aux coins de sa bouche lorsqu'elle souriait.

Arrivée sur le palier, Mariota jeta un coup d'œil en bas: Jeremy conduisait la jeune fille au salon. Elle était rassurée maintenant: lady Coddington n'avait absolument pas reconnu Jeremy. Elle avait cru que son cœur allait cesser de battre lorsqu'ils s'étaient serré la main. La gorge nouée, elle avait attendu... Quelle catastrophe si, en voyant Jeremy, lady Coddington s'était écriée: «Mais c'est le bandit qui m'a attaquée!» Pourtant, non... Son doux visage était resté impassible. Mariota pouvait enfin respirer! C'était comme si elle eût marché sur une corde raide et que, par miracle, elle eût réussi à ne pas tomber dans le vide...

Elles entendirent à travers la porte de la chambre le docteur parler avec le comte, et attendirent dans le couloir qu'il finisse sa visite. Le regard de lady Coddington se posa sur la fenêtre à losanges au fond du vestibule. Le soleil entrait, dessinant sur le tapis usé des motifs d'or.

— Cette maison est une véritable merveille! s'exclama-t-elle comme se parlant à elle-même. L'imaginez-vous à l'époque où elle a été construite? Comme elle devait être belle, alors! Et plus tard, à la Restauration, m'a raconté votre père, lorsque toute la décoration a été refaite et le mobilier changé pour accueillir le roi en personne!

— J'aimerais tant la voir ainsi! répondit Mariota. Mais jamais elle ne retrouvera sa splendeur!

— Vous avez sans doute raison, soupira lady Coddington. Que c'est donc triste de penser à toutes ces belles pièces condamnées où pénètre la pluie!

Elle semblait prendre tant à cœur la ruine de leur maison que Mariota ne put s'empêcher de dire :

— Il est vrai que père est terriblement triste de voir cette demeure, qui fait partie de l'histoire de notre pays, s'écrouler sous ses yeux. Mais vous êtes si compréhensive, si bienveillante à son égard qu'il est beaucoup plus heureux depuis que vous venez le voir !

— Je vous remercie de ces paroles ! Votre père m'a accordé beaucoup de son temps si précieux. Je ne voudrais pas m'imposer et abuser de sa gentillesse.

— Je vous en prie ! Vous n'avez rien à vous reprocher ! Les visites lui font le plus grand bien ! Cela l'oblige à sortir un peu de lui-même ! Aussi, lady Coddington, tant que votre frère reste chez nous, si vous le voulez bien, passez le plus de temps possible avec mon père !

La visiteuse sourit et posa sa main sur l'épaule de la jeune fille.

— Merci, ma chère. Ce que vous me dites là me touche beaucoup. J'espère de tout cœur que le livre de votre père aura un immense succès.

— Oh ! Pour ma part, je n'y crois guère, mais il ne faut surtout pas le lui dire !

— Bien sûr que non ! Cela ne serait pas gentil !

A ce moment-là, le médecin sortit de la chambre. Comme les deux femmes l'interrogeaient du regard, il referma doucement la porte derrière lui.

— Un malade bien repentant ! dit-il avec un loger sourire. A ma grande surprise, M. le comte a bien voulu reconnaître que se lever comme hier avait été une erreur. Il ne doit plus le faire. Qu'il se repose, aujourd'hui ! Il m'a promis de faire une sieste après le déjeuner. C'est à vous, mademoiselle Mariota, de veiller à ce qu'il obéisse a mes instructions.

— J'y veillerai, bien sûr ! répondit celle-ci. Mais, comme il me l'a déjà dit, il arrive toujours à ses fins !

Lady Coddington eut un petit rire.

— C'est vrai ! J'ai bien peur qu'il n'ait toujours été un enfant gâté. Il est beaucoup plus facile en général de lui céder que d'essayer de le convaincre : c'est une cause perdue à l'avance !

— Je veux bien le croire, dit le docteur. Je vous prierai donc, madame, de ne rester que quelques minutes auprès de lui. Quand vous reviendrez demain, je pense qu'il sera pratiquement remis.

— Naturellement, je ferai tout ce que vous voudrez ! Et merci de le rendre un peu plus raisonnable !

Elle fit un sourire au docteur et à Mariota, puis entra dans la chambre. Mariota raccompagna le médecin.

— J'espère que lady Elisabeth ne m'en voudra pas trop, dit le Dr Dawson, mais parler trop longtemps fatiguerait mon patient, même s'il s'agit d'une jeune fille aussi charmante !

— Vous la connaissez ? interrogea Mariota avec curiosité.

— Pas vraiment, car je ne suis pas le médecin attitré de Sa Grâce. Mais j'ai eu l'occasion de la rencontrer et de l'admirer. Cela semble bien inutile pour une aussi ravissante personne d'être aussi riche !

Cette dernière réflexion surprit Mariota. En effet, le duc de Madresfield était très riche, mais c'étaient ses deux fils qui hériteraient de la majeure partie de sa fortune, et non sa fille.

— Je vois que vous ne lisez pas les journaux du comté ! reprit le docteur en voyant son air intrigué. Il y a deux ans environ, le *Worcester Journal* étalait en gros titres que lady Elisabeth héritait une immense fortune de sa marraine, une riche Américaine.

— Père n'achète jamais les journaux locaux.

— Vous imaginez aisément le bruit que cette nouvelle a fait par ici ! Lady Elisabeth est tout bonnement millionnaire !

— Quelle chance ! s'exclama Mariota.

Si sa marraine à elle lui avait laissé un peu d'argent ! Elle aurait pu faire réparer la maison, acheter des chevaux pour Jeremy et envoyer Lynne à Londres. Elle se souvint alors de sa conversation avec le comte et des trois vœux qu'elle avait formulés : c'étaient ceux-là mêmes qu'elle venait d'évoquer.

— Quand ma marraine est morte, dit-elle à voix haute, elle m'a laissé un livre de messe et une image représentant la fuite en Egypte de la Sainte Famille. Je les ai toujours gardés.

Le docteur eut un de ses petits rires amusés.

— Une pieuse pensée, mais qui ne vaut pas un héritage de plusieurs millions !

— En effet, acquiesça Mariota. Si un jour j'ai des enfants, j'aurai soin de leur choisir une marraine riche qui ne les oubliera pas dans son testament.

— Voilà une bonne idée ! Mais vous verrez que dans la vie, le plus souvent, l'argent appelle l'argent et que le pauvre se débrouille pour rester pauvre !

Le docteur éclata de rire comme à une bonne plaisanterie et monta dans son cabriolet.

Tout le temps de sa visite, un valet avait tenu les rênes du cheval, ce qui semblait bien inutile à Mariota : c'était un vieux cheval qui, si on l'avait laissé aller à sa guise, se serait à peine éloigné de quelques pas.

— Et merci encore d'avoir déposé Jeremy ! cria-t-elle tandis que la voiture s'ébranlait.

— Il aurait été dommage de salir ses belles bottes neuves ! répondit le docteur. Il semble avoir fait beaucoup d'achats à Londres ! Son sac était bien lourd !

A son arrivée, Jeremy avait laissé son fourre-tout au bas du perron. Mariota voulut le prendre mais, en effet, il était bien trop lourd pour elle. A ce moment-là, apparut un domestique du comte.

— Laissez-moi faire, mam'selle ! Où voulez-vous que je le porte ?

— Merci, c'est gentil ! Pourriez-vous le monter dans la chambre de mon frère, en face de celle du comte ?

— Tout d'suite, mam'selle !

Il s'éloigna, portant le lourd bagage avec autant de désinvolture que s'il ne pesait rien. Si un jour ses vœux se réalisaient, elle aurait plusieurs domestiques, et certainement un valet chargé des bagages !

Elle entra dans le hall et se tint un instant immobile, écoutant Jeremy quelque part plus loin, qui faisait visiter la maison à lady Elisabeth, sûrement avec beaucoup de fierté. Que pouvait penser lady Elisabeth, elle qui était si riche ? Promenait-elle un regard méprisant sur ces murs et ces plafonds tachés d'humidité, dans ces pièces où tapis, meubles et tentures étaient vieux et élimés ? Cette amertume qu'elle éprouvait soudain, n'était-ce pas précisément ce qu'elle craignait que Lynne et Jeremy ne ressentent, lorsque le comte serait parti et que la vie au château reprendrait son cours habituel ? Non, il ne fallait pas se laisser aller !

« Ce que nous vivons en ce moment n'a rien à voir avec ce qui se passera plus tard ! se dit-elle avec sévérité. Nous avons déjà de la chance, beaucoup de chance d'avoir connu des gens aussi charmants, intéressants, même si c'est pour peu de temps ! Après tout, cela nous fera un nouveau sujet de conversation pour les temps à venir ! »

Bien sûr, elle ne pourrait jamais oublier le comte. Désormais, il faisait partie de ses rêves, il appartenait à son monde imaginaire. Même quand il ne serait plus là, elle sentirait sa présence à ses côtés.

Livrée à ses pensées, elle monta à pas lents l'escalier. Lady Coddington venait à sa rencontre.

— Je crois que vous serez contente de moi, Mariota. J'ai suivi les ordres et je suis très peu restée auprès d'Alvic. Mon frère désire que vous lui fassiez la lecture maintenant. Je me suis proposée, pour ne pas vous déranger, mais il a décrété qu'il préférait votre voix à la mienne !

— Je suis sûre que c'est faux ! protesta Mariota.

— Je suis sûre que c'est vrai ! répondit lady Coddington en souriant. Comme tous les frères, Alvic ne mâche pas ses mots quand il le veut !

— Comme Jeremy !

Elles échangèrent un sourire.

— Je vais voir votre père, reprit lady Coddington, ensuite, je rentrerai avec Elisabeth.

— Elle sera terriblement déçue de ne pas voir le comte.

— Ce n'est que remis à demain ! De plus, je pense que mon frère sera bientôt suffisamment rétabli pour rentrer à Madresfield.

A ces paroles, Mariota sentit comme une main glacée lui broyer le cœur. Elle pensa au faste et à la magnificence de Madresfield que le comte allait retrouver, à ces gens qui l'entouraient et signifiaient tant pour lui.

Une fois parti, il les oublierait !

Alors, brusquement, elle se rendit compte qu'il fallait le voir, ne pas perdre une seconde de ces derniers instants qu'elle pouvait passer auprès de lui...

Presque malgré elle, elle courut jusqu'à la chambre. Devant la porte, elle s'arrêta, le souffle coupé par sa course mais aussi par l'émotion. Ses pensées se bousculaient dans sa tête.

— C'est du repos que le docteur m'a prescrit! s'écria le comte dès qu'elle entra. Je ne comprends pas pourquoi vous laissez tous ces gens m'importuner de la sorte! Vous savez très bien que cela n'est bon qu'à me donner mal à la tête!

Mariota s'approcha du lit, comprenant que c'était contre elle que le comte était en colère.

— Je suis désolée, mais je pensais que vous désiriez voir votre sœur, et peut-être lady Elisabeth.

— Je ne désire voir personne! s'exclama-t-il, hors de lui. Veuillez me lire l'éditorial du *Times*, puis le compte rendu des débats du Parlement.

Il se renversa sur les oreillers et ferma les yeux.

Mariota ne dit rien et se contenta d'obéir, tout en ayant le sentiment qu'elle n'avait rien fait en vérité pour mériter de tels reproches. Elle ne lisait que depuis quelques minutes lorsqu'elle sentit le regard du comte posé sur elle.

Durant tout le repas, Jeremy ne cessa de parler, faisant le récit de ce qui lui était arrivé à Londres. Mariota et son père l'écoutaient, attentifs. Il avait tellement de choses à raconter! Cela avait été une semaine fort divertissante.

— J'ai eu la chance de rencontrer chez le tailleur deux amis; Maynard, vous devez vous en souvenir père, non? Il habitait à une dizaine de kilomètres d'ici quand nous étions petits. L'autre était venu pour la chasse chez les Fellows l'année dernière. Nous l'avions invité à dîner, vous vous rappelez?

— En tout cas, je m'en souviens très bien, moi! répondit Mariota.

En effet, elle se souvenait du mal qu'elle s'était donné pour organiser un repas à la convenance de Jeremy. Cela avait bien sûr coûté plus d'argent qu'ils ne pouvaient se permettre de dépenser, mais avait exigé aussi un terrible effort d'imagination! Toutefois, le repas avait été très réussi, et le vieux Jacob, qui avait bien voulu revêtir la livrée à boutons d'argent que l'on réservait pour les grandes occasions, avait fait le service avec autant de dignité que de lenteur.

— Mes amis ont été ravis de me retrouver, racontait Jeremy. Ils m'ont conseillé dans le choix de mes vêtements, m'ont invité à leur club et m'ont sorti tout le temps que je suis resté à Londres !

— C'est formidable ! s'exclama Mariota, pensant que si les choses s'étaient réellement passées ainsi, son frère n'avait pas eu à dépenser trop de son précieux argent.

— C'est vrai ! J'ai très peu dépensé en fait, si ce n'est pour mes vêtements, répondit Jeremy comme s'il devinait ses calculs.

— En effet, tu m'as l'air bien élégant ! observa lord Fordcombe qui n'avait pas encore prêté attention aux vêtements neufs de son fils. Mais pourquoi te fallait-il brusquement de nouveaux habits ?

— Tout simplement, je ne rentrais plus dans les miens. Il me fallait emprunter les vôtres, ou alors me promener nu !

— Eh bien, je suis heureux que tu en aies acheté des neufs ! reprit son père. Raconte-moi un peu ce que tu as vu à Londres.

Mariota soupira de soulagement. Son père n'avait pas pensé à demander à Jeremy où il s'était procuré l'argent pour renouveler sa garde-robe. Jeremy ne se fit pas prier et énuméra tous les divertissements auxquels il avait assisté, se lançant dans une longue description des théâtres où ses amis l'avaient amené, et des bals où ils allaient ensuite finir la soirée.

Le moment de gêne avait disparu.

Jeremy s'était beaucoup amusé et avait bien employé ces quelques jours passés loin de la maison.

« Dans combien de temps éprouvera-t-il de nouveau le besoin de retourner à Londres ? » songea Mariota.

Lord Fordcombe regagna son bureau.

— Lady Elisabeth est tout à fait charmante, dit alors Jeremy. J'aimerais beaucoup la revoir.

— Ce serait perdre ton temps, répondit sa sœur.

— Que veux-tu dire ?

— J'ai appris par le Dr Dawson qu'elle avait hérité d'une immense fortune laissée par sa marraine, une Américaine. Si tu cherchais à la revoir, le duc ne manquerait pas de te prendre pour un coureur de dot ! Il t'enverrait promener !

— Mais je ne pensais pas à l'épouser ! J'ai simplement dit que je la trouvais jolie. Je l'aurais volontiers invitée à déjeuner, mais je n'ai pas osé. De toute façon, elle revient cet après-midi en promenade, accompagnée de son domestique. Je me demande... Crois-tu que je pourrais emprunter le cheval du comte pour me promener avec elle ?

Comme Mariota le regardait, stupéfaite, il ajouta les yeux pétillants de malice :

— J'ai déjà eu l'occasion de le monter, d'ailleurs, et de l'apprécier !

— Tu ne le prendrais pas sans sa permission, n'est-ce pas ? Je ne veux pas ennuyer le comte avec ça !

— Et pourquoi pas ?

Ne sachant que répondre, Mariota dit que le comte avait déjà promis à Lynne de lui prêter un cheval pour qu'elle puisse monter samedi, jour où elle n'avait pas de cours ; un valet d'écurie l'accompagnerait.

— Si Lynne monte à cheval, je ne vois pas pourquoi je m'en priverais, moi !

— Non, je t'en prie, Jeremy ! Tu ne peux pas faire ça !

— Etant donné que le comte profite de « mes »

écuries en définitive, je ne pense pas qu'il puisse beaucoup m'en vouloir de monter son cheval!

Là-dessus, il sortit de la pièce. Mariota savait qu'il était fermement décidé à n'en faire qu'à sa tête. Quoi qu'elle dise, il ne changerait pas d'avis! Une fois de plus, ils abusaient de la gentillesse de leur hôte, et cela la mettait fort mal à l'aise. Lorsque dans l'après-midi, vers les 4 heures, elle monta le thé à son patient, elle n'osa pas lui demander la permission pour Jeremy d'emprunter son cheval. Le comte avait suivi les conseils du docteur et dormi deux bonnes heures après le déjeuner. Elle ne voulait pas risquer de troubler son repos en le tracassant avec les caprices de son frère!

— Je me sens beaucoup mieux, dit-il en regardant le plateau qu'elle posait à côté de lui. Hum! Vous m'avez fait des «brandy snaps», ajouta-t-il en souriant. Cela fait tellement longtemps que je n'en ai pas mangé! Depuis mon enfance!

— J'espère qu'ils sont réussis!

— J'en suis certain! Vous avez toutes les qualités, et entre autres, celle d'être une excellente cuisinière!

— J'aime beaucoup faire la cuisine, mais seulement si j'ai les ingrédients qu'il faut!

Le comte dépêcha aussitôt Hicks à Madresfield, lui ordonnant de ramener des cuisines du duc tout ce qu'il fallait pour faire ses plats préférés, notamment une crème renversée: la famille Forde n'en avait pas goûté depuis longtemps!

Mariota n'eut pas le courage de protester, et bientôt, la liste de tous les ingrédients et ustensiles de cuisine adéquats — «les outils du métier», comme elle se plaisait à dire — fut dressée. Elle apaisa sa conscience en se disant que ce n'était pas abuser de la générosité du comte que d'accepter puisqu'il s'agissait de cuisiner pour lui!

Elle était bien loin toutefois de sa première décision qui était de n'accepter aucun cadeau de sa part... N'avait-elle pas dit que leur hôte devrait se contenter de ce qu'ils avaient à offrir ou alors partir?...

Mariota servit le thé.

— C'est dommage que vous n'ayez pas pu recevoir votre visiteuse ce matin, dit-elle en prenant place dans un fauteuil au chevet du malade. Lady Elisabeth est fort jolie.

— Vous trouvez?

— Elle est très élégante.

Elle eut l'impression que le comte allait ajouter quelque chose, mais il sembla se raviser.

— Jouez-vous du piano, Mariota? demanda-t-il.

C'était la première fois qu'il posait cette question. Etonnée, elle ne répondit pas tout de suite.

— Oui, finit-elle par dire. Mère tenait à ce que Lynne et moi sachions bien en jouer. Cela me plaît énormément, lorsque j'ai le temps de m'y consacrer.

— J'aimerais vous écouter. Quand je pense à vous, je pense toujours à de la musique.

— Comme c'est étrange que vous disiez cela, car dans mes rêves et dans les histoires que je me raconte il y a toujours de la musique! La musique du vent dans les arbres, des oiseaux qui pépient à l'aube... parfois même, les vagues de la mer jouent une mélodie dont je me souviens encore à mon réveil.

— Dès que je pourrai descendre au salon, vous me jouerez ces mélodies sur votre piano.

— Si nous avions un magicien dans la maison, il commanderait au piano de venir s'installer dans la pièce voisine, et je jouerais de douces mélodies pour bercer votre sommeil.

— Votre voix a ce pouvoir. C'est pour cela que j'étais sûr que vous étiez musicienne, Mariota. Je n'oublie jamais une voix douce et harmonieuse.

Il semblait se souvenir de quelqu'un dont la voix l'avait autrefois ému. Assurément, celle d'une jolie personne ! Comme elle aimerait pouvoir croire que lorsqu'il quitterait le « Gué de la Reine », sa voix à elle le hanterait de la même façon ! Mais cela était impossible ! Pourquoi se souviendrait-il d'elle, alors qu'il allait retrouver tant de femmes, toutes plus séduisantes les unes que les autres ?

— Vous êtes triste, Mariota, dit-il tout à coup en la regardant attentivement. A quoi pensez-vous ?

— A vous, dit-elle avec sincérité.

— Et que pensiez-vous ?

Elle ne répondit pas tout de suite.

— Je songeais que lorsque vous serez guéri et que vous reprendrez votre vie normale, vous n'aurez plus le temps, entouré de vos amis, de vous souvenir...

La façon dont elle prononça le mot « amis » laissait clairement entendre ce qu'elle voulait dire. Le comte sourit.

— Une fois de plus, Mariota, vous êtes bien trop modeste, vous vous sous-estimez terriblement !

Il fit une pause avant d'ajouter :

— Vous le savez, vous me hanterez toute ma vie !

Elle le regarda, interdite.

— Mais je ne désire pas parler de ça maintenant, reprit-il. Je vous en prie, lisez-moi quelque chose, n'importe quoi. Je veux entendre votre voix.

Ses paroles résonnaient étrangement, et Mariota sentit une foule de questions se presser sur ses lèvres. Mais il valait mieux les taire. Assurément, quelque chose le tracassait. Craignant, bien qu'il se soit reposé, qu'il ne souffre de nouveau de la tête, elle obéit et s'empara vivement d'un journal qu'elle ouvrit au hasard.

Elle commença sa lecture sans comprendre ce qu'elle lisait. Puis elle se rendit compte qu'il s'agissait d'une soirée donnée par le Prince-Régent à Carlton House. La décoration des salles de réception, les guirlandes de lumière et les jets d'eau du parc, les invités accueillis par le Régent en personne, tout cela était minutieusement décrit. Captivée par ce récit, Mariota laissait vagabonder son imagination. Elle voyait les ladies vêtues de somptueuses toilettes, parées de joyaux étincelants, qu'escortaient des gentlemen arborant de magnifiques décorations. La musique que l'on jouait, le souper fin que l'on servait révélaient le goût et le sens de l'hospitalité du Prince. Tant de faste et de beauté la ravissait. Il lui semblait même entendre les brillantes conversations pleines de rires et d'esprit qui retentissaient dans l'air de la nuit. Ce n'est qu'une fois sa lecture finie que, prenant conscience que le comte la dévisageait, Mariota releva la tête.

— Vous auriez dû être à cette soirée ! dit-elle.

— Vous aussi.

— J'aurais plutôt été comme la gardienne d'oies au palais du Prince Charmant ! Non, je n'aurais pas été à ma place.

— Si je me souviens bien, reprit le comte, la pauvre gardienne d'oies est d'une beauté étonnante, tout le monde la remarque et le Prince en tombé amoureux. C'est ce qui vous arriverait, Mariota !

Un peu intimidée, elle eut un petit rire.

— Dans mon conte de fées, oui, répondit-elle, mais dans la réalité, je me serais cachée dans un coin, ou j'aurais fui ! Le Prince n'aurait probablement pas fait attention à moi !

— Dans mon conte à moi, pourtant, il vous aurait remarquée. Et en vous voyant, il aurait su que c'était vous qu'il attendait et qu'il vous avait enfin trouvée !

5

Mariota posa son livre de messe sur le guéridon du hall et défit les rubans de son chapeau qu'elle jeta sur une chaise. C'était dimanche et elle revenait enfin de l'église. Jamais le service ne lui avait paru aussi long, le sermon aussi ennuyeux ! A la vérité, elle avait hâte de rentrer au château rejoindre le comte, et elle ressentait comme un obstacle tout ce qui se dressait entre elle et son désir.

La cure de l'église appartenait à son père. Ce dernier n'avait pas les moyens de faire vivre un pasteur, comme c'était la coutume. Alors, le vieux révérend Theodoceus Dowty venait du village voisin pour dire la messe une fois par semaine. Tous les villageois, jeunes et vieux, se serraient tant bien que mal dans la petite église pour assister à l'unique service du dimanche. Ils n'avaient que cette occasion pour revêtir leurs plus beaux habits et se rencontrer en dehors de leur travail. C'était là en fait le seul divertissement du village, et pour la première fois de sa vie, Mariota trouvait cela bien navrant !

Dans le chœur de l'église, assise toute seule sur le banc réservé à sa famille, surmonté du blason des Forde, elle avait prié avec ferveur pour la convalescence du comte, tout en espérant au fond de son cœur qu'il resterait encore longtemps, le plus longtemps possible au « Gué de la Reine ». Chaque jour, elle redoutait de plus en plus le moment où il ferait ses adieux, où il disparaîtrait à jamais de sa vie. Avec peine elle chassa le comte de ses pensées. Elle pria pour sa famille.

Dans ses prières, elle demandait sans cesse que Jeremy ne devienne jamais un jeune homme blasé à force d'ennui, et qu'un jour — par quel miracle, elle se le demandait bien — Lynne débute dans le monde comme le ferait son amie Elaine, et qu'elle danse à tous les bals de Londres.

Elle ne put s'empêcher de penser que la vie était bien injuste avec eux : ils possédaient si peu d'argent et devaient compter le moindre sou ! Pourtant, n'était-ce pas ingrat de se plaindre ainsi, alors qu'ils avaient eu la chance de rencontrer un homme comme le comte ? En effet, qui aurait pu prévoir, à peine deux semaines plus tôt, que quelqu'un d'aussi agréable et intéressant séjournerait dans leur pauvre demeure ? Depuis, leur table avait été pourvue de plats et de vins exquis grâce à cet hôte plein de prévenances. Non, vraiment, ils ne pouvaient se plaindre de leur sort ! « Mon Dieu, je vous remercie ! » se dit-elle.

Et pourtant, quelque part dans son cœur, elle était triste. Bientôt, le comte disparaîtrait et ce qu'ils auraient vécu alors n'aurait pas plus de réalité qu'un mirage !

La maison était silencieuse. Lynne et Jeremy n'avaient pas voulu l'accompagner à la messe. Où donc étaient-ils passés ? Elle voulait leur dire qu'elle était de retour et qu'elle montait chez leur hôte. Peut-être étaient-ils au salon ?

Elle ouvrit la porte et s'arrêta sur le seuil, interdite. Le comte était là, debout, le dos à la cheminée.

Il était habillé et très élégant. Après une légère hésitation, laissant échapper un cri, elle s'élança vers lui.

— Mais... pourquoi ne m'avoir pas dit que vous vous lèveriez? Comment vous sentez-vous? Bien? Vous êtes sûr que cela ne vous fatigue pas trop?

A cette avalanche de questions, le comte se contenta de sourire.

— Bonjour, Mariota, dit-il. Je vous ai bien étonnée, n'est-ce pas? Je suis content de mon effet!

— Je n'en crois pas mes yeux! Moi qui pensais que vous aviez encore deux, trois jours de lit, au moins!

— Je ne veux plus être traité en poule mouillée! Et, à vrai dire, je me sens même beaucoup mieux que je pensais. Je vous attendais pour vous offrir une coupe de champagne.

— Nous fêtons votre convalescence? dit Mariota en souriant.

— Nous fêtons mon retour à la vie! Je suis un homme nouveau, et vous ne pourrez plus me persécuter comme vous l'avez fait, alors que j'étais faible et sans défense!

Elle lui lança un regard furtif, se demandant s'il parlait sérieusement. Mais non, c'était pour rire!

En souriant, elle s'approcha de la table où se trouvait le champagne dans un seau que l'on n'avait pas sorti depuis des années.

— Je vous sers? demanda-t-elle.

— Oui, s'il vous plaît.

Elle lui tendit une coupe, se sentant tout à coup intimidée en rencontrant son regard. Elle n'était plus avec un malade qu'il fallait veiller, et qui parfois, lorsqu'il souffrait, ressemblait à un enfant en quête de protection et de réconfort! Le comte leva sa coupe.

— A Mariota, à qui je dois tant, beaucoup plus que je ne peux le dire!

Il ajouta d'une voix calme, comme elle le regardait, surprise:

— Je ne connais aucune jeune femme aussi adorable que vous qui m'aurait soigné avec autant de dévouement!

Mariota se sentit rougir, touchée non tant par ce compliment que par la gravité avec laquelle il était formulé. Légèrement gênée, elle se détourna et, à son tour, se servit un peu de champagne.

— Je bois à votre santé! dit-elle et je vous souhaite, comme dans les contes de fées, beaucoup de bonheur!

Elle s'attendait à ce qu'il rie de sa plaisanterie, mais au lieu de cela, il se rembrunit et déclara froidement:

— Voilà qui est peu probable! Mais laissons cela pour l'instant!

Comme elle l'interrogeait des yeux, il poursuivit:

— Je vous emmène en promenade, cet après-midi. Le Dr Dawson m'a recommandé de prendre l'air. Bien sûr, je ne dois pas marcher, ni monter à cheval. Aussi, un phaéton viendra nous chercher après le déjeuner.

— Quelle merveilleuse idée! Moi qui ai toujours rêvé de monter dans un beau phaéton comme doit être le vôtre!

— J'espère que vous ne serez pas déçue! dit-il un peu sèchement.

— Bien sûr que non! s'exclama-t-elle tout en s'étonnant de le voir aussi sérieux.

Peut-être était-il tracassé, ou alors, bien qu'il ne veuille pas l'admettre, se sentait-il fatigué et avait-il mal à la tête?

Elle n'eut pas le temps de l'interroger car, à ce

moment-là, Lynne arriva en courant dans la pièce, toute joyeuse et essoufflée.

— C'était merveilleux, tout bonnement merveilleux ! s'exclama-t-elle en se précipitant vers le comte. Merci, merci de cette magnifique promenade ! C'est tellement gentil de me laisser monter ces superbes chevaux ! Celui d'aujourd'hui était encore meilleur que celui d'hier !

— C'est ce que j'ai trouvé moi aussi en l'achetant, répondit-il. Je suis content que vous vous soyez bien amusée.

— C'était encore mieux que ce que je peux raconter ! Puis-je avoir un peu de champagne ?

— Une larme, alors ! s'empressa de dire Mariota.

— N'aie crainte ! Ce n'est pas un peu de champagne qui me saoulera ! Je suis déjà tellement excitée !

Puis, se tournant vers le comte :

— Pourquoi ne restez-vous donc pas toujours avec nous ? Comme cela, on monterait vos chevaux, on boirait votre champagne, on mangerait vos délicieux repas ! Ce serait divin !

— Serait-ce là l'unique raison pour laquelle vous désirez que je reste ? demanda le comte.

— Non, bien sûr que non ! Pour votre compagnie aussi ! C'est tellement intéressant de parler avec vous ! Je comprends pourquoi les élégantes de Londres se meurent d'amour pour vous !

— Vous me flattez, vraiment ! Mais permettez-moi de vous dire que je n'ai jamais connu deux jeunes filles aussi ravissantes que vous !

Lynne poussa un cri de joie. A ce moment-là, entra lord Fordcombe.

— Je vois que vous êtes debout, Buckenham ! dit-il. Content d'être sur pied, n'est-ce pas ?

— Je fête mon retour à la vie, et je vous invite à vous joindre à nous.

— Avec plaisir! Si mes filles ont laissé un peu de champagne pour leur père!

Mariota lui jeta un regard à la dérobée. Etait-il mécontent de leur conduite? Mais non, il souriait.

— A votre santé, Buckenham! dit-il en levant sa coupe. Je voudrais vous remercier également pour l'intérêt que vous avez montré envers notre demeure où vous êtes arrivé d'une façon bien inhabituelle!

— Oui, sur une planche, à ce qu'on m'a dit! Personnellement, je ne m'en souviens pas!

Se sentant mal à l'aise à l'évocation de cette malheureuse chute dont elle s'estimait responsable, Mariota préféra quitter la pièce et alla voir si le déjeuner était prêt.

Le repas fut particulièrement bon et d'une gaieté inaccoutumée.

— Le phaéton nous attend, Mariota, et dès que vous êtes prête, nous pouvons y aller. Les chevaux ne seront pas mécontents de faire de l'exercice!

— Ils n'auront pas beaucoup à s'impatienter! J'en ai pour une minute! dit-elle en se levant de table.

— Mais où est donc Jeremy? demanda lord Fordcombe, remarquant tout à coup l'absence de son fils. Pourquoi n'est-il pas ici?

— Je l'ai aperçu à cheval dans le parc, tantôt, en allant à la messe, répondit Mariota. Il a dû oublier l'heure, il aura déjeuné dans une auberge...

Elle sortit rapidement. Jeremy montait l'étalon du comte, et elle préférait éviter les questions de son père.

Elle monta dans sa chambre prendre un châle au cas où la température fraîchirait dans l'après-midi et mit son chapeau. En se regardant dans la glace, elle se souvint du ravissant chapeau que portait lady Elisabeth. Jamais elle ne serait aussi élégante que la fille du duc ! Un peu découragée, elle ne s'attarda pas, ne voulant pas non plus faire attendre le comte.

Elle le trouva se hissant avec précaution sur le siège du phaéton. Les deux chevaux étaient bien assortis, tout aussi remarquables que le bel étalon que Jeremy montait. S'installant à son tour dans la voiture, elle constata qu'il n'y avait pas de valet sur le siège arrière pour les accompagner. Ils étaient tous les deux seuls ! Cela lui causa une joie qui l'étonna bien un peu. En fait, c'est ce qu'elle avait secrètement espéré. C'était bien excitant d'avoir le comte pour elle toute seule !

Celui-ci conduisait avec sûreté et, tandis qu'ils descendaient l'allée du château, elle ne put s'empêcher de dire :

— C'est ainsi que je vous imaginais !

— Dans l'un de vos rêves ?

— Oui, mais c'est encore mieux dans la réalité !

A ces mots, le comte la regarda et sourit. Aucun homme ne pouvait être plus séduisant en vérité ! Le cœur de Mariota défaillit devant tant de beauté.

— Où allons-nous ? demanda-t-il.

— Il y a une promenade fort jolie que je n'ai pas faite depuis longtemps. Il faut couper à travers le parc et ces bois que vous voyez au loin. Je ne pense pas que vous ayez envie de prendre la grand-route poussiéreuse.

— Oh, non ! Certainement pas !

Il prit le chemin herbeux qu'indiquait Mariota, et après avoir longé le parc, ils arrivèrent à l'entrée du bois. Un sentier le traversait pour surgir enfin de l'autre côté où s'étendait la prairie. Ils ne parlaient pas. Le comte conduisait sans relâcher son attention, et Mariota se laissait porter, tout à sa joie d'être avec lui. Jamais elle n'oublierait cette promenade, et ces instants précieux revivraient toujours dans ses rêves !

— Je voudrais voir l'endroit où je suis tombé, et la pierre qui m'a blessé, dit soudain le comte, rompant le silence.

Mariota sentit sa gorge se nouer.

— Mais... pourquoi ? demanda-t-elle.

— Simple curiosité ! Je ne crois pas être jamais tombé d'une façon aussi honteuse ! Histoire de me rappeler que « la fierté mal placée ne résiste pas à une chute » !

Ne trouvant aucune raison valable à lui opposer pour ne pas aller sur le lieu de l'accident, Mariota lui indiqua le chemin qui rejoignait la route de Worcester dont ils n'étaient pas loin de toute façon. Ils la suivirent un moment jusqu'à l'endroit où Jeremy avait surgi au-devant de la voiture et où le comte était apparu.

— Nous y sommes... dit-elle d'une voix si faible qu'on l'entendit à peine, tandis que le comte stoppait la calèche.

Il était bien inutile de montrer l'énorme pierre qui avait blessé le comte. Les yeux rivés sur ce morceau de rocher, Mariota repensait à ce qui s'était passé, revivant la scène avec une incroyable précision : le coup de feu, l'étalon qui se cabrait, le cavalier tombant à terre et heurtant la pierre.

— C'est très impressionnant, dit le comte. Je devrais peut-être la garder en souvenir !

— Oh non ! Il vaut mieux oublier ! s'écria-t-elle, se rappelant trop bien sa peur et l'effroi qui l'avait glacée lorsque l'inconnu avait sorti son pistolet pour tirer sur Jeremy. Elle craignait tant que le comte ne pose des questions sur les circonstances de sa chute !

Soudain, venant de l'endroit précis du bois où avec Jeremy elle s'était embusquée, une voix s'éleva :

— Haut les mains !

Elle tourna la tête et poussa un cri d'horreur. En une fraction de seconde, elle imagina que c'était Jeremy qui faisait le bandit de grand chemin. Un homme grand et fort avait bondi sur le talus de la route, se trouvant presque à la hauteur de leur voiture. Un foulard cachait le bas de son visage, un vieux chapeau était rabattu sur son front, et des yeux sombres les fixaient, menaçants. De ses mains sales aux ongles ébréchés, il tenait un vieux fusil, un doigt sur la détente, prêt à tirer.

— J'veux l'argent ! ordonna l'homme avec rudesse derrière son masque. Sinon, j'vous envoie du plomb dans les fesses !

Instinctivement, Mariota se pencha en avant, tendant le bras de façon à protéger le comte.

— Vous ne ferez rien de la sorte ! s'écria-t-elle avec colère. Cet homme est souffrant et vous ne lui ferez aucun mal !

— C'est pas mes oignons ! reprit le bandit. Vous donnez l'argent, ou alors, ce s'ra vot' fête !

Le comte de son côté cherchait un moyen de les sortir de ce mauvais pas, sans pour autant céder à l'indigne chantage du bandit. C'est alors qu'à son grand étonnement il entendit Mariota s'exclamer, surprise :

— Mais je vous reconnais ! Vous êtes Bert Hewings ! Comment pouvez-vous faire une chose aussi misérable ?

— C'est pas à vous que j'en veux, mam'selle Mariota, répondit l'homme, maussade.

Rassurée, celle-ci avait repris sa place.

— Vous perdez la tête, Bert ! Vous allez vous faire arrêter et on vous pendra ! Vous le savez bien !

— Autant être pendu que mourir de faim !

— Vous dites des sottises. Avez-vous pensé à votre

pauvre mère ? Si on vous pendait, elle en aurait le cœur brisé !

— Ça n' sert à rien, mam'selle Mariota ! Il me faut d' l'argent, reprit Bert. Ça fait des jours que j'ai pas mangé. J'ai faim, c'est la vérité, dame !

— Je sais bien que ce n'est pas facile de trouver du travail par ici, dit-elle calmement. Ecoutez, voilà ce que je vais faire, Bert. Je vais écrire au châtelain et lui demander de vous trouver un travail, de vous employer comme bûcheron ou à la ferme.

— Je ferais n'importe quoi, vous le savez, mam'selle Mariota ! répondit le jeune paysan avec espoir.

Il avait retiré son foulard et le comte lui trouva un air sympathique malgré son visage sale et barbu.

— Je vais faire mon possible pour vous aider, reprit Mariota. Mais comment avez-vous eu une telle idée ? C'est mal !

— Y paraît que quelqu'un a attaqué une diligence la semaine dernière et qu'il a eu une petite fortune !

— Qui a dit ça ? interrogea-t-elle.

— Tout le monde en parlait à « L'Homme vert ».

C'était l'auberge du village. Elle comprit qu'en cherchant le comte, ses domestiques avaient naturellement raconté ce qui s'était passé, que deux bandits avaient attaqué et volé lady Coddington.

Elle respira profondément avant de dire :

— Oubliez cette histoire, Bert ! Si un bandit ne se fait pas arrêter, cela ne veut pas dire que vous ne risquez pas la pendaison ou le bagne.

— Si vous voulez un conseil, vous feriez bien de cacher ce fusil compromettant, intervint le comte pour la première fois, et de ne plus y toucher. En attendant que Mlle Mariota vous trouve le travail qu'elle vous a promis, prenez toujours ceci pour manger !

Il envoya une pièce que Bert attrapa au vol.

— Merci, m'sieur, merci ! J'vais faire comme vous dites.

— N'oubliez pas, Bert ! reprit Mariota, et je n'oublierai pas ma promesse non plus. J'écrirai au châtelain.

Bert toucha son chapeau et ils reprirent leur route.

Mariota songeait avec tristesse que tout était sa faute et celle de Jeremy. L'histoire de leur butin extorqué si facilement ne pouvait qu'inciter les jeunes du village qui ne trouvaient pas de travail à suivre leur exemple. Dire que si le jeune Bert s'était trouvé face à quelqu'un de plus rapide que le comte, pas tout à fait remis encore de sa chute, il aurait été tué !

Ils roulèrent en silence.

— Merci, Mariota, dit le comte au bout d'un moment. C'est pour me protéger que vous vous êtes placée devant moi, lorsque le bandit nous tenait en joue. Je reste sans voix devant votre courage.

— Ce pauvre Bert, il est un peu simple d'esprit et ne réussit rien de ce qu'il entreprend.

— Mais vous ne l'avez pas reconnu tout de suite, dit-il d'un air pénétrant.

— Non, c'est vrai, mais il était prêt à tirer... Cela, je n'aurais pas pu le supporter !

— Pourquoi ?

Mariota réfléchit aux raisons de son geste. Si Bert les avait attaqués, c'était sa faute d'une certaine façon... Mais elle comprit que cela n'expliquait pas tout. C'est parce qu'elle aimait le comte qu'elle avait cherché à le protéger ! C'était là quelque chose qu'elle savait depuis longtemps, en fait, depuis qu'elle l'avait vu pour la première fois, gisant à terre, évanoui ! N'avait-elle pas été immédiatement conquise par sa beauté et son élégance ? Puis, au fil des jours et des nuits tandis qu'elle le veillait, le soignait et lui parlait, il avait occupé une place de plus en plus grande dans ses rêves, enfin dans son cœur ! Elle l'aimait. Et l'émerveillement qu'elle ressentait à la découverte de ce sentiment l'emplissait de bonheur. Ils longèrent la prairie, puis bifurquèrent pour reprendre le chemin du bois. Bientôt, ils atteignirent le parc. Le comte arrêta la voiture à l'ombre des grands arbres et se tourna vers elle. Intimidée par son regard, bouleversée par ses propres sentiments, elle bredouilla :

— Mais... Pourquoi vous arrêtez-vous ? Je crois qu'il est temps de rentrer maintenant.

— Nous allons rentrer, mais d'abord j'ai quelque chose à vous dire, Mariota.

Il parlait avec une gravité qu'elle ne lui connaissait pas. Relevant la tête, elle se sentit comme envoûtée par ses yeux qui la contemplaient.

— Vous êtes la plus belle femme que j'aie jamais connue, dit-il d'une voix profonde, et aussi la plus courageuse.

Mariota retint sa respiration. Le soleil éclatant brillait à travers les arbres et lui faisait comme un halo d'or.

— Je vous aime, vous le savez, n'est-ce pas ? dit-il calmement, et sa voix sembla vibrer jusqu'à elle.

— Vous m'aimez ?

Avait-elle prononcé ces mots tout bas, ou les avait-elle simplement dits à son cœur ? Il lui semblait qu'autour d'elle un brillant feu d'artifice embrasait le ciel tout entier, devenant une gigantesque étoile.

— Oui, je vous aime. Mais, mon amour, je ne peux rien.

Mariota, qui déjà tendait la main vers lui, laissa retomber son bras, attendant la suite.

— Je ne comprends pas... Que voulez-vous dire ?

— C'est pour vous expliquer que je vous ai amenée ici. J'ai pensé que ce serait plus simple qu'à la maison où nous aurions pu être dérangés.

— Mais, vous avez bien dit que vous m'aimiez ?

— Oui, je vous aime, dit-il âprement, comme je n'aurais jamais cru qu'il fût possible d'aimer !

— Je vous aime, moi aussi !

Alors qu'elle prononçait ces mots, elle lut une expression de douleur dans le regard du comte, si poignante, si déchirante qu'elle poussa un cri :

— Que se passe-t-il ? Je vous en prie, qu'est-ce qui ne va pas ? implora-t-elle.

— J'essaie de vous dire... Dieu sait que c'est la chose la plus difficile que j'aie jamais eu à faire dans ma vie !

Mariota croisa les mains sur ses genoux.

— Lorsque j'ai fait cette chute à cet endroit que nous venons de revoir, commença le comte en regardant au loin, comme s'il prononçait son propre arrêt de mort, et que l'on m'a transporté au « Gué de la Reine », je me rendais chez le duc de Madresfield pour annoncer mes fiançailles avec sa fille Elisabeth.

Mariota demeura pétrifiée. Il lui semblait qu'elle ne pouvait plus respirer. Peu à peu, le jour se fit dans son esprit. Elle avait été bien sotte de ne pas comprendre plus tôt ! N'aurait-elle pas dû deviner que si lady Elisabeth avait désiré voir le comte lorsqu'il était malade, c'était parce qu'il y avait quelque chose entre eux.

Le comte se taisait, le regard perdu dans le vague, et ne voyait, elle en était sûre, ni les arbres du parc ni les maisons du village au loin.

— Vous allez l'épouser ? réussit-elle à dire au bout d'un moment.

— Telle était mon intention, cela m'avait semblé raisonnable... jusqu'à ce que je vous rencontre !

Elle frissonna légèrement tandis qu'il poursuivait :

— Comment pouvais-je savoir, comment pouvais-je deviner qu'il existait quelqu'un comme vous ? Je vous ai rencontrée trop tard. J'ai décidé d'épouser Elisabeth alors que jusqu'à présent j'avais l'intention de me marier plus tard.

— Vous l'aimiez ? Vous l'aimez encore ? ne put s'empêcher de demander Mariota.

N'était-ce pas la seule chose qui lui importait ?

— C'est vous que j'aime, que j'aime de tout mon cœur ! Vous êtes tout ce que je désire, tout ce que j'attends d'une femme ! Vous êtes ce que je croyais ne jamais pouvoir obtenir, ce que je croyais être des rêves fous que je chérissais il y a bien longtemps, et que j'avais abandonnés depuis pour devenir un homme cynique et quelque peu blasé !

— Mais... vous m'aimez vraiment ?

— Je vous adore ! J'aime votre voix, votre visage, vos grands yeux inquiets et votre caractère si différent de toutes les femmes que j'ai rencontrées !

Un soupir rauque lui échappa.

— Comment pouvez-vous être si belle, reprit-il, et cependant faire si peu cas de vous ! Jamais vous ne pensez à vous, Mariota, et c'est pourquoi je veux m'occuper de vous.

— Vous pensez à moi ?

— Je pense à vous à chaque instant, nuit et jour répondit-il d'une voix rude. Je n'arrive pas à vous oublier, à vous chasser de mes pensées. Vous me hantez, Mariota. Votre voix me hante, et aussi cette émotion que nous ressentons si fort quand nous sommes ensemble !

— C'est ce que je ressens moi aussi.

— Nous sommes faits l'un pour l'autre. Quel fou suis-je donc d'avoir laissé échapper cet espoir de bonheur !

Il parlait avec une telle amertume que Mariota ne put s'empêcher de poser sa main sur son bras.

— Je vous en prie, murmura-t-elle, je ne supporte pas de vous voir souffrir.

— Oui, je souffre, répondit-il avec colère. Je souffre parce que je vous aime avec mon cœur, mon esprit, et ce que vous appelleriez sans doute l'âme — si j'en ai une ! Je ne peux néanmoins perdre mon honneur. Il me faut épouser la jeune femme à qui j'ai donné ma parole de gentleman.

Instinctivement, Mariota serra plus fort le bras du comte qui, tenant les rênes d'une main, posa l'autre main sur celle de la jeune fille. Le contact de sa main nue la fit frissonner. A son regard éperdu, elle comprit qu'il était aussi bouleversé.

— Je n'ai jamais ressenti une telle émotion avec une femme, dit-il, et je sais, ma chérie, qu'aucun homme n'a eu d'importance pour vous jusqu'à présent.

— Il n'y a jamais eu d'autre homme.

— C'est pour cela que vous êtes parfaite, unique et toute à moi. Mais il faut que je vous dise tout, continua-t-il en lui prenant la main, même si mon cœur ne désire que vous parler d'amour !

— C'est la seule chose que je veux entendre, dit Mariota. Pourtant, je ne supporte pas de vous voir malheureux.

— Malheureux ? Bien sûr que je le suis ! Jamais je ne serai heureux sans vous ! Oh, mon Dieu ! s'exclama-t-il en portant la main à son front. Pourquoi cela m'arrive-t-il maintenant ? Comment aurais-je pu supporter ce déchirement de toute façon ? Cependant, bien que je puisse me l'expliquer, il me semble que c'est malgré tout merveilleux de savoir que vous existez dans le même monde que moi, et que l'amour est, ce que je croyais auparavant, autre chose qu'une simple illusion du cœur !

— L'amour existe, bien sûr, ce n'est pas une illusion. Vous m'avez dit de croire à l'amour... peut-être nos souhaits se sont-ils réalisés ?

— Nous trouvons tous deux l'amour pour le perdre au même moment.

Que répondre à cela ? C'était la vérité.

— J'étais tellement sûr, reprit le comte comme elle se taisait, de ne jamais tomber amoureux, de ne jamais connaître l'amour tel que vous le rêvez, tel que les poètes le célèbrent depuis le début des temps ! J'avais décidé d'attendre encore quelques années avant de me marier, et de le faire uniquement pour avoir un fils qui porterait mon titre et hériterait des propriétés que mon père m'a léguées.

Il s'interrompit avant de reprendre :

— Ce n'est pas Eve qui m'a tenté mais le duc !

— Il voulait que vous épousiez lady Elisabeth, articula Mariota, le souffle court.

— Vous avez sans doute appris qu'elle est très riche. Son père ayant peur, on le comprend un peu, des coureurs de dot, m'a proposé l'alliance de nos deux familles ; étant donné que nous avons tous deux du sang bleu et que nous sommes de riches propriétaires terriens, un tel mariage semblait parfait ! Le duc y consentait de tout cœur !

— Et vous avez accepté !

— Je trouvais Elisabeth jolie et charmante, et comme le duc me l'avait fait remarquer, l'épouser offrait pour moi des avantages certains. Je ne voyais aucune raison valable pour décliner cette proposition.

— Je comprends, murmura-t-elle.

— En fait, une partie de moi-même refusait d'admettre que ce mariage ne me satisfaisait pas pleinement, qu'en réalité j'aspirais à autre chose, à un idéal que malheureusement je bannissais de mon esprit ! On peut dire que je me suis vendu ! finit le comte d'un ton sarcastique.

— Non, je vous en prie, ne soyez pas amer, supplia Mariota. Je veux vous voir heureux... Vous êtes si gentil, généreux... Je sais bien au fond de mon cœur que vous êtes plein de bonté et de noblesse...

— Comment pouvez-vous dire des choses pareilles quand, à moins de reprendre ma parole d'homme d'honneur, je dois épouser Elisabeth, alors que mon cœur vous appartient à jamais !

— Vous m'oublierez.

— Regardez-moi, Mariota ! dit-il en se tournant vers elle, tandis que ses doigts écrasaient les siens.

Elle obéit.

— Vous m'aimez ! reprit-il après l'avoir longuement observée. Je le vois à vos yeux, à votre main qui tremble dans la mienne. Pourrez-vous oublier ?

— Moi, c'est différent.

— Non, ce n'est pas différent. Je ne vous oublierai jamais, comme jamais vous ne m'oublierez ! Pouvez-vous imaginer quelle torture ce sera de vivre loin de vous, de ne pas savoir ce qui vous arrive, ce que vous ressentez, si vous êtes malheureuse comme moi je le serai...

— Je vous l'ai dit, il ne faut pas être malheureux.

— Comment faire sans vous ? Comment supporter la vie, être heureux quand je sais que vous vous fatiguerez à entretenir une maison pour toute votre famille, alors que moi, je me ferai servir par mes domestiques ? Je dois au moins faire quelque chose pour vous aider... mais vous ne voulez pas...

— Non, non, bien sûr que non, je ne peux rien accepter de vous ! dit Mariota précipitamment.

La main du comte se crispa sur celle de la jeune fille, la serrant jusqu'à lui faire mal.

— Vous croyez vraiment que je peux manger du caviar, boire du champagne, pendant que vous vous nourrissez de lapin et buvez de l'eau ? Soyez raisonnable, mon amour, comprenez le supplice que sera mon existence, quand je mangerai, dormirai ou monterai à cheval !

— Mais, tout cela importe peu, après tout !

Elle avait du mal à écouter ce qu'il disait. Le contact de sa main sur la sienne la bouleversait. Elle se sentait irrésistiblement attirée vers lui comme si des liens invisibles la tiraient. Elle désirait être près de lui, plus près encore. Bien sûr, il n'avait pas le droit de la prendre dans ses bras. Elle le comprenait. C'était ce qu'il lui expliquait en ce moment même. Néanmoins, elle ne pensait qu'à l'amour qu'il éprouvait pour elle et, malgré la terrible révélation qu'il venait de faire, le soleil brillait toujours dans son cœur.

— Je veux vous envelopper de visons et d'hermines, dit-il, vous couvrir de bijoux, mais surtout, mon amour, je veux être avec vous nuit et jour, je veux que vous soyez ma femme, la femme que je vénérerai à jamais, et qui un jour sera la mère de mes enfants.

Il parlait lentement et chaque mot semblait s'abattre, implacable comme une hache sur le tronc d'un jeune arbre. Pour la première fois depuis qu'il parlait, Mariota envisagea l'avenir qui l'attendait et comprit que, sans le comte, il serait sombre, désespéré.

— Si je souffrais de migraines quand j'aurais dû aller mieux, c'est que je ne pouvais me reposer, que nuit après nuit je cherchais un moyen pour me sortir du piège dans lequel j'étais tombé.

Il fit une pause avant d'ajouter :

— Si je vous demandais de partir avec moi pour l'étranger, en attendant que le scandale provoqué par la rupture de mes fiançailles avec Elisabeth prenne fin, le feriez-vous ?

Visiblement, il attendait sa réponse.

— Je ferai ce que vous voudrez, dit-elle au bout d'un moment, sauf si cela vous nuit, à vous et à votre réputation. Si, comme vous le dites, vous rompez avec Elisabeth, son père vous en voudra terriblement et vous devrez vous battre en duel ! Ce serait comme tricher aux cartes, votre image d'homme d'honneur serait ternie !

Le comte poussa un profond soupir.

— Vous comprenez ! Oh, ma chérie, vous me comprenez ! Comment peut-on être aussi merveilleuse !

Il porta sa main à ses lèvres, effleurant sa peau nue d'un baiser chaste où cependant se devinait toute la passion qu'il éprouvait pour elle. Ils reprirent l'allée du parc. Mariota savait qu'ils s'étaient tout dit désormais. Cet amour qu'ils venaient de s'avouer brûlait dans son sein d'un feu qui la dévorait et qui embrasait le comte de la même façon. Lorsqu'ils arrivèrent en vue de la maison, elle trouva la force de dire, d'une voix tremblante :

— Je vous aime de tout mon être, et toute ma vie je vous aimerai ainsi...

— Ne dites pas cela ! Un jour vous rencontrerez un homme qui prendra soin de vous et que vous épouserez. Non, je préfère ne pas y penser !

— Jamais je ne me marierai ! Jamais je ne rencontrerai quelqu'un comme vous, que j'aimerai autant ! Je resterai vieille fille, je m'occuperai de mon père et de la maison tout en rêvant à vous !

— Et nous devrons nous contenter de cela ? reprit le comte violemment.

Il n'y avait rien à répondre. Aussi, ils demeurèrent silencieux jusqu'à ce qu'ils regagnent la maison.

6

Toute la nuit, Mariota se sentit tour à tour transportée de bonheur en songeant à l'amour du comte, puis plongée dans un profond désespoir à la perspective de ne plus le revoir.

De retour à la maison, bouleversé par ce qu'ils venaient de se dire, le comte était monté directement dans sa chambre. Consciente de sa souffrance, elle savait qu'il valait mieux le laisser seul. Il ne fallait pas rendre les choses encore plus difficiles ! Aussi, s'était-elle délibérément attardée dehors, flattant les chevaux de la main, faisant des compliments au valet d'écurie sur leur docilité. A pas lents, elle regagna la maison, ayant le sentiment qu'un chapitre de sa vie se refermait sur elle. Au salon, elle pensait y retrouver Lynne ou Jeremy, mais la pièce était vide. Elle allait enlever son chapeau et se retirer dans sa chambre lorsque Jeremy apparut dans l'encadrement de la porte.

— Où étais-tu ?... commença-t-elle.

Mais il l'interrompit en s'écriant :

— Quel splendide phaéton ! Je n'en ai jamais vu d'aussi beau !

— Oui, je sais.

— Pour quelle raison le comte a-t-il fait venir un phaéton ? demanda-t-il en entrant dans la pièce.

— Nous avons fait une promenade, répondit-elle d'une voix qui résonnait étrangement à ses oreilles. Il s'en va demain.

— Demain ? Alors, reprit Jeremy après un court instant de réflexion, je vais regarder ce phaéton d'un peu plus près, pendant qu'il est encore là !

— Ne le conduis pas, en tout cas ! crut-elle bon de dire.

Mais il avait déjà quitté la pièce et elle eut l'impression qu'il n'avait pas entendu sa recommandation.

Elle monta dans sa chambre. Quand le comte partirait, il reprendrait son cheval, bien entendu, et Jeremy serait bien déçu... Il ne lui avait rien dit, mais elle devinait qu'il l'avait monté matin et après-midi. Aussi ne fut-elle nullement surprise lorsque, quelques instants plus tard, elle aperçut de sa fenêtre Jeremy sur l'étalon noir qui disparaissait derrière les arbres du parc. C'était peut-être la dernière fois de sa vie qu'il galoperait sur un cheval aussi beau !

D'ailleurs, demain le comte partait, et il y aurait beaucoup de « dernières fois » ! Elle préférait ne pas y songer, mais c'était plus fort qu'elle. Elle égrena mentalement toutes ces « dernières fois ». La dernière fois qu'ils feraient de bons repas, qu'ils boiraient du bon vin, que Lynne et Jeremy monteraient les superbes chevaux du comte, ce que Lynne devait probablement faire, elle aussi, en ce moment même ; et puis, ce serait la dernière fois qu'elle verrait le comte, lui parlerait, la dernière fois qu'il lui dirait qu'il l'aimait, et elle, la dernière fois qu'elle aimerait d'un amour aussi fort !

Elle s'assit devant sa coiffeuse et se cacha le visage

dans les mains. Malgré le désespoir qui la gagnait peu à peu, elle essayait de penser au bonheur d'avoir connu le comte. Elle en était reconnaissante car, quel que soit son avenir, n'aurait-elle pas de merveilleux souvenirs pour se consoler plus tard ? Un bien piètre réconfort, en vérité !

Comme elle s'y attendait, le comte ne descendit pas pour le dîner. Certes, la promenade avait dû le fatiguer, mais il n'avait pas dû avoir le courage de se retrouver à table avec elle. A la suite de la révélation de leur amour impossible, il y aurait eu une si forte tension entre eux qu'il aurait été difficile de la surmonter et de la masquer au reste de la famille.

En fait, il n'y avait que son père et sa sœur au repas du soir. Jeremy avait disparu. Lord Fordcombe semblait encore plus distrait que de coutume et ne remarqua pas même l'absence de son fils. C'est Lynne qui finit par demander d'un ton de reproche :

— Mais où est donc Jeremy ? S'il fait du cheval, je ne trouve pas gentil de sa part de ne pas m'avoir proposé de venir avec lui !

— Tu as fait suffisamment de cheval pour aujourd'hui, observa Mariota. Ce matin, tu ne m'as même pas accompagnée à l'église !

— Si j'étais allée à la messe, répondit Lynne d'un ton maussade, j'aurais demandé un cheval dans mes prières, et je ne crois pas qu'il m'en serait tombé un du ciel !

Il y eut un silence, avant qu'elle ne reprenne, les yeux de nouveau pétillants :

— Crois-tu que le comte voudra bien me laisser Jonquille pendant son séjour à Madresfield ? Les palefreniers m'ont dit que le cheval faisait partie de son escorte mais que, ayant perdu un fer en chemin, il n'était arrivé que le lendemain de l'accident du comte.

Mariota ne dit rien. Heureusement que lorsque Jeremy avait attaqué la voiture de lady Coddington le comte était seul ! Si un autre homme avait été avec lui, Jeremy et elle seraient morts à l'heure qu'il est ! Non, vraiment, Jeremy ne devait plus jamais courir un tel risque. Pourtant, cet argent qu'il avait volé ne durerait pas éternellement, elle le savait bien ! Que ferait-il alors ? Il lui avait donné sa promesse de ne plus recommencer, mais ne trouverait-il pas autre chose, quelque farce apparemment innocente, mais qui tournerait vite à la catastrophe ? Il fallait à tout prix lui parler pour prévenir de nouvelles bêtises. De nouveau, elle eut le sentiment que tous les changements survenus depuis le séjour du comte au « Gué de la Reine » entraîneraient de multiples conséquences, comme une pierre en ricochant dessine sur la surface de l'eau des cercles à l'infini... Le repas était délicieux, mais Mariota n'y prêta aucune attention. Elle aurait pu tout aussi bien manger de la sciure ! De son côté, Lynne, qui se demandait comment elle pourrait bien faire pour garder Jonquille encore quelques jours, ne dit plus un mot. Ce n'est qu'au moment où Mariota se levait qu'elle s'enquit :

— Pourrais-je monter chez le comte pour lui dire au revoir ?

— Il était très fatigué après cette première sortie et a préféré se retirer tout de suite. Je crois que ce serait un manque d'égard et pas très gentil de ta part de le déranger maintenant.

— Je suppose que tu vas le voir, toi !

— Non, tu te trompes, répliqua Mariota d'un ton ferme, et quant à le voir demain matin, ce n'est pas possible car tu pars de trop bonne heure.

Voyant la déception se peindre sur le visage de sa sœur, elle ajouta :

— Pourquoi ne pas lui écrire une lettre pour le

remercier de t'avoir prêté son cheval et d'avoir eu l'obligeance d'envoyer un valet d'écurie ? Dis que tu espères le revoir pour le remercier de vive voix avant qu'il quitte Madresfield.

Le revoir, c'était sans doute improbable ! Mais que pouvait-elle dire à sa sœur ? Peut-être le comte comprendrait-il que Lynne aimerait bien pouvoir monter à cheval quelques jours encore ?

— Et tu voudras bien lui demander de laisser Jonquille ici jusqu'à son départ pour Londres ?

— Oui, je verrai, assura Mariota. Mais je ne peux rien te promettre !

— Enfin ! C'est toujours mieux que rien ! De toute façon, qu'il revienne ou pas, il nous manquera, c'est sûr !

— C'est vrai, il nous manquera, acquiesça Mariota.

Avait-elle parlé à voix haute, ou était-ce son cœur qui avait répété ces derniers mots ?

Triste et accablée, elle monta se coucher. Elle resta sans dormir, immobile dans le noir, comme pétrifiée par la douleur. Elle ne pleurait pas. Elle avait atteint le fond de son chagrin, et ne songeait qu'au moment où le comte lui avait déclaré son amour, à la souffrance qu'elle avait lue alors sur son visage. Maintenant, elle reconnaissait cette expression de douleur pour l'avoir déjà vue, lorsque, encore alité, il la regardait aller et venir dans la chambre, ou bien qu'elle lisait pour lui. Elle ne comprenait pas alors ce qu'il éprouvait. Mais maintenant, elle ressentait la même chose, et elle savait qu'en le perdant, c'était un peu d'elle-même qui mourait.

— Je l'aime ! Je l'aime ! répétait-elle.

Elle éprouvait une épouvantable tristesse au cœur, appelant sa mère qui seule aurait pu comprendre : elles avaient été si proches. Sa mère n'avait aimé qu'un seul homme, elle n'aimerait que le comte !

L'aube vint. Elle s'endormit, succombant à la fatigue, pour se réveiller en sursaut quelques heures plus tard. Déjà 8 heures! Elle n'avait pas vu Lynne avant son départ pour le Manoir! Voilà qui n'était pas dans son habitude! Mais, ce matin, rien n'avait d'importance.

Au lieu de vite s'habiller et de descendre comme elle faisait tous les jours, elle resta couchée, songeant à ce qu'elle allait devoir affronter. Aurait-elle le courage d'assister au départ du comte? De le voir s'éloigner dans son phaéton pour toujours? Non, c'était trop horrible! Peut-être pourrait-elle se cacher dans le parc en attendant qu'il parte? Ou dans l'une des pièces condamnées parmi les toiles d'araignées et la poussière? Ce serait plus terrible encore pour lui. Il était comme son enfant et elle désirait le protéger, de toutes ses forces, l'empêcher de souffrir et d'être malheureux.

— C'est son bonheur que je veux, dit-elle à voix haute, tout en sachant que ce bonheur qui signifiait son mariage avec lady Elisabeth la déchirait et lui brisait le cœur d'une façon intolérable.

Elle finit par se lever et s'habiller. Elle était pratiquement prête lorsqu'on frappa à la porte. C'était le vieux Jacob, tout essoufflé d'avoir monté les escaliers. Elle regarda, intriguée, l'énorme carton qu'il apportait. Puis elle se souvint du cadeau promis par le comte.

— Il y en a quatre autres en bas, mademoiselle Mariota, dit Jacob. Je peux les monter si vous le désirez, mais c'est fatigant.

— Non, laissez-les pour l'instant. Je demanderai à Mr Jeremy de vous aider.

— Merci, mademoiselle! C'est que mes jambes ne sont plus ce qu'elles étaient!

Une calligraphie recherchée indiquait le nom de la

maison de couture. C'étaient les robes qu'avait fait faire le comte pour les deux jeunes filles, une attention que Mariota avait finalement acceptée.

« Un cadeau d'adieu », songea-t-elle, pleine d'amertume.

Elle ouvrit le carton et resta bouche bée en découvrant deux robes magnifiques, d'une délicate teinte pastel qui lui allait à ravir. C'étaient des robes de jour et elle décida d'en mettre une, mais laquelle ? Le comte n'en verrait jamais qu'une sur elle ! Elle choisit finalement la bleu pâle qui soulignait la blancheur de sa peau, les reflets argent de ses cheveux et la profondeur de ses yeux gris. Elle était ornée d'une dentelle si fine qu'elle semblait façonnée par des doigts de fée.

Mariota se regarda dans la glace : on eût dit une nymphe surgissant de l'eau ou du ciel ! Jamais elle n'avait été aussi belle, et pour la première fois, elle découvrait la perfection de son visage et la grâce de sa silhouette.

— C'est ainsi que je veux qu'il se souvienne de moi ! se dit-elle, et à cette pensée la douleur qu'elle éprouvait ternit l'éclat de ses yeux.

Elle se résigna enfin à descendre à la salle à manger. Il n'y avait personne : ils avaient tous déjeuné et étaient déjà sortis. Son déjeuner avait refroidi, les œufs étaient peu appétissants ; elle grignota un morceau de jambon qui venait des cuisines du duc et but une tasse de café froid. Puis, prenant soin de ne pas tacher sa nouvelle robe, elle débarrassa la table et retrouva Mrs Brindle à la cuisine.

— Combien sommes-nous à midi, mademoiselle ? s'enquit cette dernière.

— Je pense que Mr Jeremy sera là, ce qui fait trois.

— Mr Hicks m'a dit que M. le comte partait ce

matin, remarqua la vieille domestique sur le ton de la conversation.

— Oui, c'est bien cela, répondit Mariota.

Elle alla au salon et, comme chaque matin se mit à battre la poussière et à ranger la pièce. Le bouquet de seringa ployait misérablement et les pétales éparpillés sur le bois verni de la table lui faisaient penser à des larmes. Mais n'était-elle pas ridicule de se laisser aller ainsi à son chagrin ? Elle devait retrouver son sang-froid et, quand le comte viendrait lui dire adieu, se montrer très calme. Il ne fallait pas accroître sa peine.

Ce n'est qu'un grand moment plus tard que la porte s'ouvrit devant le comte. Il était superbe. Saisie d'émotion, elle ne put que le regarder, sans parler, tandis qu'il se tenait sur le seuil.

— Je pensais vous trouver ici, dit-il en s'approchant.

— Je vous attendais.

— En pensant à moi ?

— Comment faire autrement ?

Les mots étaient inutiles entre eux, pourtant, ils les prononçaient. Il était près d'elle. Elle pouvait lire sur son visage tout son chagrin, et les cernes de ses yeux révélaient le manque de sommeil. Comme elle, il n'avait pas dû beaucoup dormir ! Il demeura longtemps immobile sans la quitter des yeux.

— Il me semblait préférable hier, dit-il enfin, de vous dire mon amour dehors, dans le parc, pour ne pas être tenté de vous prendre dans mes bras !

Il fit une pause avant de poursuivre d'une voix déchirée par la douleur :

— Je croyais qu'ainsi notre séparation serait moins pénible ! Pourtant, aujourd'hui, je ne peux partir comme cela, sans vous embrasser au moins une fois,

Mariota. Je veux croire, ne serait-ce qu'un instant, que vous êtes à moi !

— Je suis à vous pour toujours !

— La nuit dernière, reprit-il, j'ai résisté à la tentation de venir vous retrouver, alors que vous étiez si proche de moi... Je désirais tant vous dire mon amour !

— Pourquoi n'êtes-vous pas venu ?

— Pourquoi ? Mais, ma chérie, parce que je vous aime, pour la femme que vous êtes et que Dieu m'a choisie, et aussi parce que je vous vénère ! Vous m'êtes sacrée et je ne peux que respecter votre pureté !

Mariota laissa échapper un murmure inintelligible.

— Adieu, mon amour, ma chérie, ma femme adorée, dit-il d'une voix brisée.

Et lentement, comme s'il désirait se souvenir à jamais de cet instant, il l'entoura de ses bras et la serra contre lui. Alors, doucement, comme pour cueillir une fleur, il se pencha sur elle : ses lèvres se posèrent sur les siennes. Pour Mariota, c'était la musique de ses rêves qui résonnait à ses oreilles, et tandis que le comte l'embrassait, elle se sentait peu à peu soulevée de terre, transportée jusqu'au ciel où la lumière du soleil les enveloppait d'un glorieux halo doré. Tout ce qu'elle avait espéré, imaginé, cette émotion et ce sentiment de beauté qui avaient enivré son cœur et son esprit, elle le vivait maintenant dans ce baiser. Le comte resserra son étreinte, embrassant les lèvres douces, tendres et innocentes, qui s'offraient à lui avec plus de passion. Il la serrait de plus en plus fort, ses baisers se faisant possessifs, impérieux.

C'était si merveilleux, si parfait qu'elle avait l'impression d'atteindre les étoiles. La chaleur du soleil l'envahissait peu à peu et semblait se communiquer au comte qui l'embrassait avec fougue. Il refusait de la perdre, et pourtant, il savait que c'était déjà trop tard...

Il releva la tête et Mariota murmura, éperdue :

— Je vous aime ! Je vous aime tant ! Comment vous dire ?

Comme si ces mots l'excitaient, il la serra plus fort encore et baisa ses yeux, ses joues, sa nuque si douce, puis ses lèvres passionnément. C'était comme une tempête qui la soulevait, mais elle n'avait pas peur. La douce chaleur devint brûlante comme le désir qu'ils éprouvaient tous deux l'un pour l'autre. C'était l'amour, un amour très humain qu'ils ressentaient, mais Mariota savait que jamais le comte ne lui ferait de mal, car pour lui, elle était sacrée.

Soudain, il la lâcha. Brisé par l'émotion, il fit quelques pas et resta immobile, une main appuyée contre la cheminée, le regard perdu devant le foyer vide.

— Pardonnez-moi, dit-il d'une voix qu'elle reconnut à peine. Je ne voulais pas que cela se passe ainsi.

— Je n'ai pas à vous pardonner. Je vous aime comme vous m'aimez, mais je ne veux pas que vous ayez de la peine !

Il l'écoutait, retenant sa respiration. Elle vit la souffrance qui dessinait sur son visage tant de rides qu'il semblait avoir vieilli.

— Je dois vous quitter, dit-il. Ma présence ici est une torture pour tous les deux. C'est mal, et pourtant je ne peux me résoudre à dire ce simple mot : adieu !

— Peut-être ne devons-nous pas nous dire adieu ! Peut-être devons-nous espérer... qu'un jour nous nous retrouverons ?

Mais tout en parlant, elle savait combien tout espoir était vain ! Lady Elisabeth était jeune, plus jeune qu'elle d'un an. Seule la mort pourrait libérer le comte de sa femme!

— Laissez-moi vous regarder, reprit-il, après un silence. Je veux me souvenir de vous, à jamais, telle que vous êtes en ce moment. Ce souvenir, personne ne pourra me l'enlever!

— C'est la robe que vous m'avez offerte!

Le comte dut faire un effort pour détacher ses yeux de ceux de Mariota.

— Elle vous va merveilleusement bien, mais pour moi, vous avez toujours été belle! Vous avez toujours été habillée de rêve!

— C'est dans nos rêves, n'est-ce pas, que nous nous retrouverons? dit-elle avec douceur. La nuit, je rêverai de vous, vous de moi, et alors, peut-être aurons-nous le sentiment d'être ensemble?

Comme si ces mots lui faisaient perdre son sang-froid, il lança brusquement:

— Ce n'est pas en rêve que je vous veux, mais dans mes bras! Je veux sentir votre corps contre le mien, pouvoir vous parler, écouter la musique de votre voix quand vous me dites que vous m'aimez!

— Oui, je vous aime, et grâce à mon amour je sais que vous accomplirez de grandes choses, de bonnes actions dans le monde!

— Pas sans vous! protesta-t-il. Sans vous, je ne peux rien faire, vous le savez!

»Et puis, au diable tout cela! s'écria-t-il soudain. Pourquoi souffrir de la sorte? C'est absurde! (Il la regardait et tout son désir se concentrait dans la flamme de son regard.) Venez avec moi et partons! Partons ensemble, Mariota, comme je vous l'ai demandé! Notre fuite fera jaser un temps, et puis tout le monde oubliera pour parler d'autre chose. Venez!

Mariota n'avait qu'un pas à faire pour prendre la

main qu'il lui tendait et le suivre. Comme ce serait merveilleux d'être seule avec lui, même si le monde entier les bannissait !

— Dans un an, qui se souviendra de ce qui s'est passé ? reprit le comte. Elisabeth est jeune, belle et riche. Elle aura beaucoup de demandes en mariage. Elle ne m'aime pas plus que je l'aime !

Sa voix l'ensorcelait tandis qu'il poursuivait :

— Venez avec moi, Mariota. Venez, mon amour. Nous vivrons dans un paradis tous les deux dont nous fermerons jalousement les portes afin que rien ni personne ne vienne troubler notre bonheur !

Il se tut.

— Etre avec vous, commença Mariota après un silence, c'est ce que je désire ! Vous le savez, n'est-ce pas ? que je vous aime ! Mais, de la même façon que vous ne m'avez pas rejointe hier soir dans ma chambre car vous ne vouliez pas me nuire, je ne dois pas vous laisser vous faire du mal !

La voix brisée par l'émotion, elle continua :

— Vous êtes important, admiré, vous représentez tant pour les autres ! Tous ceux qui vous écoutent se laisseraient aller à commettre de mauvaises actions des crimes même, qu'ils n'auraient jamais pensé faire auparavant...

Le souffle court, elle ajouta :

— Vous êtes responsable de par votre rang, mais aussi parce que vous êtes vous-même une personnalité, un grand homme pour votre pays...

Les mots se présentaient à son esprit sans qu'elle ait à les chercher, et elle savait que ce qu'elle disait était vrai, que ni l'un ni l'autre ne pouvaient le nier. Le comte ne bougeait pas.

— Si tel est votre désir, si c'est là ce que vous croyez juste, mon amour, alors je m'y conforme, dit-il enfin avec une tristesse qui sembla à Mariota plus éloquente et persuasive que lorsqu'il l'avait implorée de le suivre.

Tout ce qu'elle désirait, c'était être dans ses bras!

Comme elle demeurait immobile, le comte alla à la porte qu'il ouvrit. Sans rien dire, elle attendait.

— Est-ce vous, Jacob? Allez à l'écurie et veuillez dire à mes gens que l'on attelle mon phaéton tout de suite, l'entendit-elle appeler.

— Très bien, monsieur.

Elle reconnut le pas traînant du vieux serviteur, puis le comte revint, referma la porte. Il la prit dans ses bras et la conduisit à la fenêtre.

Elle éprouvait maintenant une immense fatigue, comme après une lutte acharnée contre la tempête. Elle appuya sa tête sur l'épaule du comte. Ils ne parlaient pas. Ils restèrent simplement ainsi à regarder le jardin à l'abandon dont les fleurs et les massifs poussaient à demi sauvages, et plus loin, là où le lac reflétait le bleu du ciel, rappelant la délicate teinte de la robe de Mariota. Dans les bras l'un de l'autre, ils sentaient qu'ils ne faisaient qu'une seule et même personne, vibrant du même amour. Un grand moment s'écoula.

— Vous prierez pour moi? demanda le comte.

— Vous le savez bien.

— J'aurai besoin de vos prières, autrement je serai incapable de faire ce que vous attendez de moi. Toujours, je penserai: «Voilà ce que veut Mariota, voilà ce qu'elle voudrait que tu fasses.» Je vous le promets!

— Toujours vous réussirez ce que vous entreprendrez, murmura-t-elle.

De nouveau, il y eut un silence. Puis, ils entendirent des pas dans le hall et la porte s'ouvrit. Ils s'éloignèrent l'un de l'autre. Le vieux Jacob s'avança pesamment.

— Je reviens des écuries, monsieur, dit-il au comte. Mais votre phaéton a disparu. Le valet m'a donné cette lettre pour Mlle Mariota qu'il ne devait remettre qu'au moment où Monsieur demanderait sa voiture.

Le comte ne dit rien et Mariota, consternée, ne put s'empêcher de penser que Jeremy avait probablement emprunté le phaéton et ne l'avait pas encore ramené. C'était tout à fait le genre de tour dont il était capable, espérant ainsi retarder le départ du comte jusqu'au déjeuner. Pourtant, elle l'avait prévenu qu'il risquait de partir dès le matin !

Elle prit le billet que lui tendait Jacob. Qui pouvait bien lui écrire ?

— Je suis désolée, vraiment, dit-elle comme le domestique se retirait. Je suis certaine que Jeremy ne va pas tarder.

L'attitude désinvolte de son frère lui causait un réel embarras vis-à-vis de leur hôte. Aussi, elle n'osa regarder le comte et baissa la tête. A sa grande surprise, elle remarqua que le billet qui lui était adressé était écrit de la main de Jeremy. Peut-être expliquait-il son absence et disait-il quand il serait de retour. Furieuse après lui, elle ouvrit vivement la lettre.

Deux feuillets s'en échappèrent.

« Ma chère Mariota, commençait-il.

» A l'heure où tu recevras cette lettre, je serai marié. Il faudra m'excuser auprès du comte pour avoir emprunté son phaéton que je ne pourrai du reste pas lui rendre avant quelque temps… »

Mariota laissa échapper une exclamation de surprise et continua sa lecture.

« Elisabeth et moi sommes tombés tout de suite amoureux l'un de l'autre, et grâce au cheval du comte que j'ai emprunté, il nous a été possible de nous rencontrer chaque jour. Quand tu m'as annoncé le départ de notre hôte pour ce matin, j'ai compris soudain que ma seule chance d'empêcher l'annonce de ses fiançailles avec Elisabeth était de disparaître avec elle et de l'épouser. C'est le révérend Dowty qui nous marie. Il est si vieux et gâteux qu'il ne s'est même pas rendu compte que "Mlle Mary Elisabeth Field" n'était autre que la fille du duc ! Comme il me connaît depuis que je suis né, il n'a bien sûr fait aucune difficulté et croit que si nous nous marions en secret c'est parce qu'Elisabeth est en deuil ! J'ai dit qu'Elisabeth avait mon âge : c'est la seule chose que j'aie été obligé d'inventer pour que notre mariage soit légal.

» Cependant, au cas où le duc et le comte chercheraient à enlever Elisabeth et réussiraient à annuler notre mariage, nous préférons disparaître quelque temps, jusqu'à ce que notre union soit acceptée. Nous ne quitterons notre heureuse lune de miel que lorsque nous aurons l'assurance de pouvoir vivre tranquillement ensemble. C'est ce que je te demanderai d'écrire dans la rubrique des messages personnels du *Morning Post* en signant Mariota. Quel que soit l'endroit où nous serons, je m'arrangerai pour me procurer ce journal.

» Ma chère Mariota, fais cela pour moi. Naturellement, fais tout pour cacher le plus longtemps possible notre fuite. Tâche de retarder le départ du comte pour Madresfield.

» Je vais chercher Elisabeth de bonne heure ce matin, pendant que tout le monde dort encore. Elle laissera un mot disant qu'elle rejoint le comte au "Gué de la Reine" et qu'ils rentreront ensemble. Personne donc ne s'inquiétera de son absence, jusqu'à l'arrivée du comte à Madresfield. A ce moment-là, j'espère que nous serons déjà loin ! Tu vas voir que j'ai pensé à tout ! J'ai dit à Elisabeth d'utiliser l'une des malles du comte pour y mettre ses vêtements et d'expliquer au domestique que son maître en avait besoin pour déménager ses affaires du "Gué de la Reine" !

» Ne t'inquiète pas pour l'argent, nous en avons assez pour notre lune de miel. (Je sais que tu te poseras la question.) Mais crois-moi, même si Elisabeth était pauvre, je l'aurais épousée ! Je l'aime pour elle-même et il n'y a pas de jeune femme plus merveilleuse ! Bien sûr, cela facilite la vie de ne pas avoir à économiser sur tout comme tu as dû le faire ces dernières années. Du moins, je ne mangerai plus de lapin !

» Par bonheur, je n'ai pas payé de note chez le tailleur, et presque tout l'argent "obtenu" en commettant cette vilaine action que tu désapprouvais tant se trouve à la banque. Il s'y ajoute l'argent et les bijoux qu'Elisabeth prend avec elle. Nous pourrons donc vivre très à l'aise.

» Je crois avoir pensé à tout. Peut-être es-tu en colère contre moi ? Reconnais du moins que je me suis bien débrouillé !

» Tu es une sœur adorable, Mariota, et Elisabeth est certaine de t'aimer autant que je t'aime. Que tes meilleurs vœux nous accompagnent ! Nous sommes tellement heureux !

» N'oublie pas de nous faire savoir quand nous pourrons retourner dans le monde civilisé. Remarque, nous ne sommes pas vraiment pressés, car nous avons l'intention de passer une lune de miel merveilleuse !

» Avec toute mon affection,
» Ton frère (jamais à court d'idées !)
Jeremy. »

Mariota n'en croyait pas ses yeux : Elle lut la lettre d'un bout à l'autre en retenant sa respiration. Quand elle eut fini, ne sachant que dire ni que penser, elle se contenta de tendre au comte les deux feuillets couverts d'une écriture serrée. Intrigué, il les prit et se mit à lire sans poser de questions.

Tournée vers la fenêtre, le regard perdu dans le vague, Mariota demeurait immobile, ses doigts noués entre eux. Qu'allait penser le comte ? Elle n'osait y songer. Elle se sentait si peu sûre d'elle-même, et aussi pleine d'appréhension.

Il sembla mettre beaucoup de temps à lire cette lettre. Enfin, il la replia et la lui rendit. Tout en prenant le billet, elle scrutait son visage, cherchant à savoir ce qu'il pensait.

— J'ai changé d'avis ! dit-il. Je partirai ce soir. Je ne lis pas cette lettre maintenant, vous me la montrerez plus tard, juste avant que je m'en aille.

— Je ne comprends pas... bredouilla-t-elle.

— C'est simple, ma chérie, reprit le comte dont le sourire illuminait le visage. Il faut laisser au jeune couple le temps de fuir et de se mettre à l'abri avant que l'on ne crie au scandale !

Comme elle le regardait, interdite, il l'enlaça et ses lèvres se posèrent sur sa bouche.

Cet après-midi-là, lord Fordcombe travaillait dans son bureau, lorsque la porte s'ouvrit sur lady Coddington.

— Pardonnez-moi de vous déranger, dit-elle de sa voix douce, mais je ne trouve personne dans la maison. Je me demandais où était mon frère.

Lord Fordcombe se leva en souriant.

— Je suis ravi de vous voir ! s'exclama-t-il. Je viens de finir le chapitre relatant le rôle que mon ancêtre a joué dans la bataille de Marlborough et j'aimerais beaucoup vous le lire.

Lady Coddington entra et referma la porte.

— Comme tout cela est passionnant ! dit-elle en s'approchant de la table de travail. Je meurs d'envie de découvrir ce qui s'est passé !

Lord Fordcombe remarqua que c'était la première fois qu'elle n'était pas en deuil. En effet, au lieu des robes invariablement noires ou mauves qu'il lui avait vues depuis le début de ses visites au « Gué de la Reine », elle avait revêtu ce jour-là une délicieuse robe blanche ornée de dentelle écrue et de rubans de velours bleu saphir. Elle portait un chapeau blanc décoré de rubans de la même couleur et de quelques plumes d'autruche, bleues elles aussi.

Il la regarda longuement.

— Vous êtes ravissante, dit-il, comme une jeune fille au seuil de sa vie.

Elle sembla quelque peu intimidée et ne répondit pas tout de suite.

— Ah ! Si c'était vrai ! dit-elle enfin. Sauf que je suis maintenant un peu plus vieille, peut-être un peu plus sage aussi et capable de mieux apprécier la vie !

Il lui jeta un regard surpris.

— Quand on est jeune, expliqua-t-elle, on vit sans réfléchir, mais en vieillissant, on sait mieux apprécier chaque chose, et on est reconnaissant du moindre bonheur que l'on connaît.

— Il me semble parfois avoir oublié ce qu'est le bonheur ! répondit lord Fordcombe. Pourtant, vous parler de mon livre m'a communiqué un nouvel enthousiasme, et m'a donné l'envie de le continuer et peut-être aussi de continuer à vivre !

Lady Coddington écoutait, suspendue à ses lèvres. Son hôte s'approcha d'elle et tous deux se dirigèrent vers le vieux sofa aux couleurs fanées qui faisait face à la cheminée.

— Je pensais qu'Alvic rentrerait à Madresfield pour le déjeuner, dit-elle en s'asseyant. Mais j'imagine qu'au moment de partir il a préféré profiter encore un peu de votre compagnie.

— Nous avons été heureux de l'avoir avec nous.

Lord Fordcombe, les yeux posés sur la visiteuse, parlait machinalement sans sembler prêter attention à ce qu'il disait.

— Si votre frère nous quitte aujourd'hui, je ne vous verrai donc plus ! ajouta-t-il avec un accent différent.

Il y eut un silence.

— En effet, il ne me sera guère possible de vous voir après avoir quitté Madresfield, répondit lady Coddington d'une voix qui tremblait un peu.

— Vous me manquerez beaucoup, vous le savez, n'est-ce pas ?

— En êtes-vous sûr ?

— Il m'est difficile de trouver les mots justes, mais votre présence m'a apporté un tel réconfort... Quand vous partez, c'est comme un rayon de soleil qui disparaît !

Elle l'écoutait, assise, les mains jointes sur ses genoux, et quand il eut fini, elle leva les yeux sur lui.

— Vous me manquerez aussi ! avoua-t-elle dans un souffle.

Lord Fordcombe se leva et fit quelques pas vers la fenêtre où il se tint immobile. Il regardait le jardin et les arbres du parc comme s'il les découvrait pour la première fois.

— Je n'ai rien à vous offrir ! dit-il après un silence, d'une voix entrecoupée par l'émotion.

Il n'entendit pas la jeune femme s'approcher, mais soudain, elle fut là, à ses côtés. Il pouvait sentir sa présence et son doux parfum l'enivrait. Très droite, elle ne bougeait pas.

— Vous connaissez ma situation, reprit-il au bout d'un moment. Vous avez vu ma maison, la vie que mènent mes enfants !

— Mais il y a vous... répondit-elle si bas que c'est à peine si on l'entendit.

Il se tourna vers elle. Aucun homme ne pouvait être aussi beau, aussi séduisant ! Et pourtant, elle craignait encore de ne pas avoir bien compris ce qu'il avait dit. Elle l'implorait du regard.

— Que puis-je dire ? J'ai besoin de vous, je vous désire, je vous aime ! murmura-t-il, bouleversé.

Parler était désormais inutile. Avec un cri de joie lady Coddington se blottit dans ses bras.

Pendant ce temps, à la recherche d'un abri dans le jardin, Mariota et le comte, foulant l'herbe haute de la pelouse, se frayaient un chemin à travers les massifs de seringas et de lilas blancs.

— Personne ne nous trouvera ici, dit enfin Mariota. Mais, je vous en prie, il faut vous asseoir et vous reposer. Le Dr Dawson serait fort mécontent de vous voir vous agiter de la sorte !

— C'est que je suis tellement heureux !

Il l'attira à lui et l'embrassa passionnément, jusqu'à ce qu'ils soient tous deux à bout de souffle.

— Je vous aime, reprit-il, et plus rien ne peut m'empêcher de vous le dire ! Nous nous marierons dès que possible !

Et avant que Mariota pût répondre, il l'embrassa de nouveau.

— Je vous en prie, asseyons-nous là un instant dit-elle lorsqu'il la relâcha, indiquant du doigt un vieux banc tout bancal au fond de la tonnelle, mes jambes ne me supportent plus…

Le comte rit et avec précaution prit place sur le siège qui se révéla malgré son apparence assez solide et du moins très confortable. Il fit un mouvement pour la serrer de nouveau dans ses bras mais elle ne le laissa pas faire et alla chercher un petit tabouret qu'elle plaça en face de lui pour qu'il allonge ses jambes.

— Si votre sœur vient cet après-midi, elle va se demander où nous avons disparu ! Mais il vaut mieux, n'est-ce pas, qu'elle n'apprenne pas trop tôt que lady Elisabeth n'est pas ici !

— C'est bien pour cela que nous devions nous cacher ! Laissez-moi vous dire, ma chérie, que cela m'amuse beaucoup de me cacher avec vous dans ce jardin !

— Je n'arrive pas à croire à ce qui s'est passé ! Mais maintenant que vous n'êtes plus tenu d'épouser Elisabeth, êtes-vous sûr de vouloir m'épouser, moi ?

— Comment pouvez-vous poser une question aussi ridicule ? Dites-moi donc ce qui vous tracasse, ajouta-t-il devant la mine sérieuse de la jeune fille.

— Comment savez-vous que quelque chose me tracasse ? demanda-t-elle, éludant ainsi sa question.

— C'est que je vous aime, et parce que je vous aime, je connais chaque expression de vos yeux, chaque inflexion de votre voix, et même en ce moment, alors que je suis le plus heureux des hommes, je sais que vous êtes inquiète !

Il était prêt à l'enlacer, mais elle esquissa un mouvement de recul.

— Non… attendez… il faut que je vous dise… Peut-être est-ce de la folie de ma part de vouloir vous dire la vérité, car vous ne m'aimerez plus alors, ou vous ne désirerez plus m'épouser…

— Est-ce là le secret qui vous tourmente depuis que je vous connais ?

— Oui.

— Alors, quel qu'il soit, ce terrible secret, laissez-moi vous assurer que même si vous aviez commis tous les crimes possibles et imaginables, je vous aimerais encore et désirerais toujours vous épouser ! Vous êtes mienne, Mariota. Rien ni personne ne peut nous séparer.

— Ecoutez ce que j'ai à vous dire d'abord, dit-elle en laissant échapper un sanglot.

— Je vous écoute.

Il vit qu'elle tremblait, et c'est seulement le désir de respecter sa volonté qui le retint de l'embrasser pour chasser de ses yeux cette lueur inquiète et calmer le léger tremblement de ses lèvres. Jamais de sa vie, au cours de ses nombreuses et orageuses liaisons, il n'avait éprouvé un tel sentiment ! Aucune femme ne l'avait bouleversé à ce point, n'avait soulevé en lui un désir aussi brûlant mêlé du plus grand respect pour tant de pureté et d'innocence ! C'était un sentiment plus fort encore que tout ce qu'il avait connu jusqu'alors, qui s'imposait à lui comme une révélation divine. Ils s'appartenaient, ils étaient destinés l'un à l'autre, et cela depuis le début des temps ! Il n'était pas seulement envoûté par la beauté de Mariota, cette beauté qui le hantait jour et nuit, mais aussi par cette aura de bonté qui émanait de tout son être. Pour lui, elle était désirable, mais aussi précieuse par ses qualités et ses vertus. « Je vous vénère », voulait-il lui dire.

Mais parce qu'il existait entre eux une si grande harmonie, il savait qu'elle devait d'abord épancher son cœur pour être sûre de son amour.

— Vous allez être choqué, peut-être aussi furieux,

commença-t-elle faiblement. J'ai tellement honte de ce que j'ai fait !

— Qu'avez-vous fait, mon amour ?

Elle respira profondément avant de poursuivre, la voix altérée :

— J'étais avec Jeremy lorsqu'il s'est déguisé en bandit et qu'il a attaqué la voiture de votre sœur pour lui voler son argent !

Avec difficulté, elle prononçait ces mots terribles : parler était une atroce souffrance. N'osant regarder le comte, elle reprit, les yeux baissés :

— C'est moi qui ai tiré sur vous quand je vous ai vu pointer votre arme sur Jeremy. Le coup de feu a effrayé votre cheval qui s'est cabré et vous a jeté à bas.

Elle n'avait pas besoin de lever la tête pour savoir que le comte la fixait d'un air incrédule.

— Vous étiez habillée en homme ? demanda-t-il.

— Oui, Jeremy avait dit qu'il était plus prudent de me déguiser en garçon. Il tenait à ce que je l'accompagne, c'était beaucoup trop risqué autrement, je ne pouvais le laisser aller seul...

« C'est la fin », songea-t-elle, la mort dans l'âme.

Tout ce qui comptait pour elle gisait détruit à ses pieds. Il était assurément en colère, choqué par sa conduite, mais aussi par son hypocrisie car, jusqu'à ce moment, elle lui avait caché la vérité. Il allait partir, la laisser. Il trouverait bien un moyen pour regagner Madresfield ! Elle ne le verrait plus jamais, et le bonheur dont elle avait rêvé serait brisé ! Il ne lui restait plus qu'à mourir !

Soudain, à sa grande surprise, le comte éclata de rire. Stupéfaite, elle tourna la tête vers lui et vit ses yeux qui riaient. Il riait en effet, et de si bon cœur qu'il semblait ne plus pouvoir s'arrêter. Il tendit la main et l'attira contre lui.

— Oh ! Ma chérie ! Il n'y a que vous et votre extraordinaire famille pour imaginer quelque chose d'aussi peu banal, d'aussi étonnant ! J'ai l'impression de me trouver dans une comédie de la Restauration ! Je vous adore !

Il l'enlaça, la serrant si fort qu'elle pouvait à peine respirer, encore moins parler.

— Comment pouvais-je imaginer un seul instant que vous étiez capable d'une chose aussi absurde et dangereuse ? Je vous promets, mon amour, qu'à l'avenir vous ne serez jamais plus dans une telle situation !

Le visage enfoui contre sa poitrine, Mariota pleurait.

— Il ne faut pas pleurer ! Vraiment, il n'y a aucune raison de pleurer !

— Je me disais que vous alliez me détester, que j'allais vous perdre !

— N'ayez crainte ! Cela n'arrivera jamais ! répondit-il avec tendresse. Toutefois, heureusement que cette histoire pour le moins inhabituelle a provoqué notre rencontre, autrement, je me sentirais fort humilié d'être tombé de cheval devant vous !

Ses lèvres contre le front de Mariota, il poursuivit :

— Vous rendez-vous compte que sans cet accident, je serais allé à Madresfield et n'aurais pas même soupçonné votre existence ! Vraiment, tout ce que je peux dire, ma chérie, c'est merci, merci à Jeremy d'avoir eu besoin de vêtements neufs !

A ces mots, Mariota le regarda, médusée, tandis que les larmes coulaient sur ses joues.

— Vous avez compris que c'était pour s'acheter des habits que Jeremy avait besoin d'argent ?

— J'avoue m'être demandé une ou deux fois comment votre frère pouvait s'offrir des habits aussi élégants, à la dernière mode, et qui plus est, confectionnés par un tailleur réputé de Londres, alors que vous étiez si pauvres, et selon les dires de Lynne, condamnés à manger du lapin!

— Vous ne lui en voulez pas?

— Lui en vouloir? Mais je lui suis plutôt reconnaissant d'épouser Elisabeth, et par là même de m'enlever ce grand poids! Je suis si peu fâché que je me demande bien ce que je pourrais leur offrir à tous les deux! Il faut que ce soit le plus beau cadeau de mariage!

Mariota poussa un cri de joie.

— Vous comprenez? Alors, vous nous pardonnez? Vous êtes merveilleux! Comment est-ce possible qu'un homme aussi bon, aussi extraordinaire que vous existe, et que je l'aie rencontré?

Le comte ne fit aucune réponse. Il se contenta de l'embrasser.

— Vous ne direz rien à votre sœur au sujet de Jeremy? demanda Mariota un peu plus tard.

— Non, bien sûr que non. Ce serait une erreur, ma chérie, de révéler quoi que ce soit à toute personne autre que votre mari! Je doute fort, d'ailleurs, que votre frère se confie à sa femme!

— J'avais promis à Jeremy de garder le secret, mais je ne pouvais pas, j'avais trop peur de gâcher notre amour en me taisant!

— Jamais nous n'aurons de secrets l'un pour l'autre, assura le comte avec force. Faites-moi confiance! Vous êtes mienne, Mariota, et chacune de vos pensées, chacun de vos rêves quand vous dormez, m'appartient!

Elle eut un rire léger.

— Jusqu'à présent, je méprisais les hommes qui se laissaient aller à la jalousie, continua-t-il. Mais, désormais, je me sens terriblement jaloux! N'est-ce pas ce qui arrive quand on est amoureux?

— Vous n'aurez pas à être jaloux, répondit Mariota. Pour moi, vous êtes tout, le ciel, la mer l'univers entier! Il n'y a que vous au monde! Quand vous êtes près de moi, je ne vois que vous!

Sa voix profonde vibrait légèrement sous l'effet de la passion, qui lui donnait un accent nouveau, bouleversant. Le comte ne put résister à la tentation de l'embrasser encore...

— Qu'allons-nous dire à votre sœur, interrogea Mariota au bout d'un moment, si elle nous attend à la maison? Cela va lui paraître bien étrange que vous ne soyez pas parti pour Madresfield, comme c'était votre intention! Ne pensez-vous pas qu'elle est venue vous chercher?

— Je ne pense pas que ma sœur s'inquiétera trop à notre sujet. Elle sera très heureuse de bavarder avec votre père.

— Père aime tant parler avec elle.

— Et elle aime tant sa compagnie!

Mariota le regarda, étonnée.

— Vous ne voulez pas dire?... commença-t-elle:

— Pourquoi pas? Votre père a beaucoup de charme et, si mes calculs sont justes, il n'a que quarante-trois ans. Si vous n'êtes pas là pour vous occuper de lui, Mariota, comme ce sera le cas en vérité, je crois que ma sœur pourra très bien s'en sortir!

— Mon Dieu! Je n'avais pas pensé à ça! Que je suis donc sotte! Mais, bien sûr, c'est une idée magnifique! Si cela pouvait être vrai! Lady Coddington est si douce! Père est très seul et tellement malheureux depuis la mort de mère!

Elle poussa un léger soupir avant d'ajouter:

— Nous avons fait de notre mieux, bien sûr, mais les enfants ne peuvent remplacer une épouse.

— C'est vrai, acquiesça le comte, et je vous préviens, Mariota, si vous aimiez nos enfants plus fort que moi, je serais très jaloux et très malheureux !

— Jamais je ne pourrais avoir plus d'amour pour quelqu'un d'autre que vous... Cependant, je serai heureuse d'avoir des enfants de vous.

Tout en parlant, elle songeait au comte qui, au cours de sa maladie, ressemblait parfois à un enfant. Ce serait merveilleux de tenir son fils dans ses bras, tout en sachant que c'était d'elle et de son amour dont il avait besoin.

Comme s'il devinait ses pensées, il reprit :

— Comment pouvais-je croire que je serais heureux, que ma vie serait remplie, sans enfants pour égayer ma maison et bien sûr monter mes chevaux ?

Mariota se mit à rire tandis qu'il poursuivait :

— Savez-vous, mon amour, que je ne vous ai pas encore vue à cheval ? Nous aurons le plaisir d'en faire tous les deux ! Mais il y a tant de choses que je rêve de faire avec vous qu'il me faudrait toute une vie pour vous les dire !

Il la prit par le menton et lui releva la tête.

— Désormais, je vais enfin pouvoir vous offrir tout ce que je veux, sans avoir à souffrir vos refus et vos raisonnements : je veux vous parer de fourrures et de bijoux, de tout ce qui révélera votre beauté !

— Bien sûr, tout cela est merveilleux, murmura-t-elle, mais la seule chose que je désire vraiment, c'est votre amour.

Le jour de son départ, la comtesse de Buckenham embrassa son père, puis sa belle-mère avec une tendre et réelle affection. Encore maintenant, elle avait du mal à croire que sa vie avait changé aussi radicalement et pour le mieux. Désormais, rien ne pouvait être plus parfait. C'était comme si le génie qu'elle avait supplié d'apparaître avait bel et bien, d'un coup de baguette magique, réalisé tous ses vœux. Et lorsqu'elle apprit que lady Coddington allait épouser son père, il lui sembla que c'était décidément la meilleure chose qui pouvait arriver. Le comte avait vu juste ! Son intuition était plus pénétrante que la sienne, songea-t-elle.

— Moi qui pensais que ce serait Jeremy qui s'occuperait du domaine, dit-elle au comte, et lui redonnerait sa splendeur d'autrefois ! Bien sûr, père aurait peut-être trouvé cela un peu embarrassant... Enfin, tout est pour le mieux ! Noreen supervisera les travaux. Elle sera la plus heureuse et père aussi !

— C'est vrai, répondit-il. Au fait, je n'ai pas encore pris le temps de vous en faire part, mais j'ai décidé d'offrir à Jeremy et à Elisabeth comme cadeau de mariage ma maison de Newmarket. Ils pourront l'habiter jusqu'à ce qu'ils en trouvent une à leur convenance. J'imagine d'ailleurs qu'avant même d'acheter un lit, Jeremy va s'empresser d'acheter des chevaux !

— Quelle merveilleuse idée ! applaudit Mariota, toute joyeuse. Comme vous êtes bon et prévenant !

— Il me semble que ce serait une erreur s'ils séjournaient chez le duc après leur lune de miel. Aussi vaudrait-il mieux leur demander dans le message que vous glisserez dans le *Morning Post* de prendre contact avec vous à leur retour. Nous pourrons ainsi leur expliquer ce qui s'est passé entre-temps !

Mariota glissa sa main dans la sienne.

— Vous pensez à tout ! dit-elle. Vous ne pouvez pas savoir quel soulagement j'éprouve à l'idée que ce n'est plus à moi de tout organiser.

— J'ai le sentiment, répliqua-t-il, que c'est plutôt

vous qui organisez tout, prétendant ensuite qu'il s'agit d'une idée à moi !

Elle rit, s'appuyant légèrement sur son épaule.

— Comment avez-vous deviné que c'est ainsi que j'amène père à faire ce que je veux ?

— Les femmes sont calculatrices et rusées par nature !

Elle le regarda vivement, cherchant à savoir si c'était un reproche... Mais un sourire illuminait son visage. Elle se contenta de répondre :

— Je vous aime... et si j'arrive à mes fins, ce n'est qu'en vous aimant.

— Voilà bien ce qui m'effraie ! plaisanta-t-il.

Naturellement, le comte s'occupa de tous les préparatifs du mariage, chacun ne pouvant qu'approuver ses suggestions toutes plus parfaites les unes que les autres. Il pria le chapelain de sa maison en Oxfordshire de venir au « Gué de la Reine », lady Coddington n'ayant aucune envie de retourner à Londres, ce qu'elle aurait été obligée de faire à partir du moment où le duc apprenait le mariage de sa fille.

C'est donc le matin de bonne heure que furent mariés lord Fordcombe et lady Coddington, puis deux heures plus tard, le comte et Mariota. Lord Fordcombe avait décrété avec fermeté qu'il ne désirait personne à son mariage, pas même ses filles.

— Je commence une nouvelle vie, dit-il, un chapitre de ma propre histoire, et, pendant la cérémonie, je ne veux penser qu'à Noreen !

Lynne avait bien émis quelques protestations, mais Mariota avait parfaitement compris le désir de son père. Il avait passionnément aimé sa mère, et à la mort de celle-ci, pour lui, la vie avait perdu tout son charme. C'était dans cet état d'esprit qu'il s'était plongé dans son livre, cherchant à s'isoler du reste du monde et même à l'oublier. Maintenant, goûtant de nouveau au bonheur, il voulait, comme il le disait lui-même, faire un nouveau départ et oublier le chagrin et les difficultés qu'il avait connus jusqu'alors.

C'est ainsi que lady Coddington et lord Fordcombe se rendirent à la petite église située dans le parc, dans une voiture fermée prêtée par le comte. De retour au château, ils restèrent seuls, leur entourage veillant à ne pas les déranger. Puis, deux heures plus tard, la nouvelle lady Fordcombe reprenait le chemin de l'église, cette fois-ci en compagnie de Lynne, tandis que Mariota suivait avec son père dans une autre calèche. Ce fut également dans le plus grand calme que se déroula cette cérémonie. La petite église resta vide, car personne, ni badaud ni ami étonné de tant de discrétion, ne vint troubler la sérénité de ce moment. Seuls, les ancêtres Forde, si importants aux yeux de son père, semblaient être là pour donner leur bénédiction à Mariota.

Ils prêtèrent serment ; désormais, ils étaient unis devant Dieu. Elle eut alors l'impression qu'une musique emplissait peu à peu l'église comme si un chœur d'angelots chantait les mélodies de ses rêves.

Dès qu'il eut la certitude de ne plus être séparé d'elle, le comte avait couvert Mariota de cadeaux, et la robe de mariage qu'il lui avait offerte était la plus belle que l'on puisse imaginer ! Coiffée d'une guirlande de fleurs en diamants, elle portait aussi un collier et un bracelet assortis des mêmes pierres. Ce n'était encore là que les premiers cadeaux !

Elle se regarda dans la glace avant de partir pour l'église : elle était belle, telle qu'elle rêvait de l'être, telle que le comte la rêvait aussi. Quand il prit sa main devant l'autel, jamais elle n'avait senti son esprit, son cœur et son âme aussi proches de lui. La bénédiction divine ne pouvait les unir plus qu'ils ne l'étaient déjà.

«Nous nous appartenons pour l'éternité!» pensa Mariota, remerciant Dieu de ce qu'ils s'étaient rencontrés.

— La seule que l'on ait oubliée, se plaignit Lynne lorsqu'elle fut mise au courant des derniers événements, c'est moi! Jeremy est marié, Mariota va se marier, père également! Ce n'est pas juste!

— On ne vous a pas oubliée! répondit le comte. En fait, avec Mariota, nous avons même beaucoup parlé de vous. Désirez-vous savoir ce que nous avons décidé?

— Merci quand même d'avoir pensé à moi! dit Lynne d'un ton sarcastique.

— Je suis allée voir Mrs Fellows, intervint Mariota. Elle est ravie de t'avoir au Manoir avec Elaine jusqu'à la fin de l'été. Tu auras ton cheval que tu laisseras là-bas, et plus tard, vous aurez d'autres montures de sorte que vous pourrez, Elaine et toi, chasser durant l'hiver sur les terres des Fellows, ou ici, si vous le préférez.

— Nous pourrons chasser? s'écria Lynne, les yeux brillants d'excitation.

— Mais d'abord, continua sa sœur, c'est quelque chose d'autre et de passionnant que nous te proposons.

— Et qu'est-ce que c'est?

— Alvic a pensé qu'il serait bon pour ton éducation et celle d'Elaine de faire à l'automne un petit voyage en Europe. Vous pourrez ainsi améliorer votre français et votre italien.

Lynne ouvrit de grands yeux.

— Que veux-tu dire?

— Vous irez d'abord à Paris, accompagnées d'une gouvernante, d'un guide et de domestiques pour s'occuper de vous. Là, vous visiterez les musées et vous serez reçues par des amis du comte qui ont des filles de votre âge. De Paris, vous irez ensuite à Florence et à Rome. Alvic a tout arrangé.

Lynne poussa un cri de joie.

— Je ne peux y croire ! Allons-nous vraiment faire un aussi beau voyage ?

— Tout est déjà arrangé ! répondit Mariota. De plus, l'année prochaine, pour tes débuts dans le monde, père donnera un bal. Il y en aura un aussi à Londres, un à Buckenham House et un autre en Oxfordshire !

Lynne restait bouche bée. Puis elle se jeta au cou du comte et l'embrassa.

— Vous seul pouviez avoir une idée aussi merveilleuse ! Il n'y a jamais rien eu de plus formidable !

— J'espérais bien que cela vous plairait, dit-il, et je vous promets que tout Saint-James n'aura d'yeux que pour vous ! Toutefois, je veux que vous soyez aussi érudite que belle !

— Je serai la jeune fille la plus intelligente qui ait jamais été présentée au roi ! promit-elle.

Le comte éclata de rire.

— Vous êtes si bon envers les miens ! Vous avez des idées merveilleuses ! dit Mariota à son mari, un peu plus tard, lorsqu'ils furent seuls.

— J'avoue que c'est par pur égoïsme ! Je ne supporte pas cette lueur inquiète dans vos yeux, ou de vous voir aux petits soins pour votre famille, alors que c'est de moi qu'il faut vous occuper !

Il faisait délibérément peu de cas de ce qui en réalité avait exigé beaucoup d'organisation.

— Ce n'est plus « merci » que je dois dire, mais « je vous aime » !

— C'est tout ce que je désire, répondit-il en l'embrassant.

Quelques instants plus tard, ils descendaient vivement le perron pour monter dans le phaéton qui les attendait, tiré par six chevaux, tandis que Lynne leur lançait des pétales de roses.

Mariota se souvint des trois vœux qu'elle avait secrètement formulés. Déjà, le « Gué de la Reine » semblait avoir retrouvé sa splendeur d'autrefois, et lord Fordcombe et sa femme allaient entreprendre les travaux de restauration.

— Bonne chance ! Et amusez-vous bien ! criait Lynne.

Mariota agita la main jusqu'à ce que le petit groupe soit hors de vue. Comme elle se blottissait contre son mari, ce dernier la regarda avec un air de bonheur qui le faisait paraître plus jeune et plus beau encore.

— Vous êtes heureuse, ma chérie ? demanda-t-il.

— Il me semble rêver et flotter sur des nuages ! Sommes-nous réellement mari et femme ?

— Voilà une question à laquelle je répondrai plus tard. Moi aussi, il me semble être au ciel plutôt que sur terre !

Ils passèrent devant la petite église où ils s'étaient mariés.

— Quand vous avez passé l'anneau à mon doigt, reprit Mariota, tous les anges du ciel chantaient. Je les entends toujours et les chevaux avancent sur le rythme de leur musique.

— Vous jouerez cette musique pour moi, vous voudrez bien ? C'est quelque chose que nous n'avons pas encore eu le temps de faire.

— J'espère que vous ne serez pas déçu !

— Jamais vous ne me décevrez ! Je vous aime tant, ma chérie, qu'il me semble impossible de vous aimer plus ! Et pourtant, je sais que ce soir, lorsque je vous serrerai dans mes bras, je me rendrai compte à quel point ma vie sans vous était vide ! Notre amour sera plus grand, plus fort encore !

— C'est ce que je ressens aussi ! répondit Mariota et quand je serai réellement votre femme, alors tous mes rêves se seront réalisés !

Une harmonie si profonde existait entre eux qu'elle sentit tout de suite l'effet que ses mots produisaient sur son mari. Il était suffisamment bon conducteur pour ne pas presser les chevaux inutilement, et maintenant, désireux d'arriver le plus vite possible chez eux en Oxfordshire et d'éviter ainsi la fatigue d'un voyage trop long, il se hâtait.

Bientôt, ils franchissaient le magnifique portail de fer de Buckenham Park. Le comte mania les rênes avec une telle adresse qu'ils s'engagèrent au galop dans l'allée du domaine. Il n'était pas encore quatre heures de l'après-midi et la chaude lumière du soleil enveloppait la grande maison d'une aura d'or.

C'était une construction très différente de celle du « Gué de la Reine » ; on pouvait dire cependant qu'elle avait les mêmes qualités que son propriétaire : elle était belle, grande, somptueuse.

— Soyez la bienvenue, ma chérie ! dit gentiment le comte.

Mariota regarda la vaste demeure. C'était si grand, si impressionnant qu'elle se sentit un peu effrayée.

— Vous serez là ? demanda-t-elle d'une petite voix en posant la main sur le genou de son mari.

— Toujours ! répondit-il. Nous sommes ensemble, rien d'autre n'a d'importance.

— Bien sûr, acquiesça-t-elle en souriant.

Tous les domestiques étaient là pour les accueillir, et ils burent une coupe de champagne en compagnie du secrétaire. Puis le comte mena Mariota à la chambre que les comtesses de Buckenham avaient toujours habitée depuis que la maison avait été construite. C'était une pièce aussi imposante que les salles de réception du «Gué de la Reine», mais de dimensions encore plus importantes. Elle se sentit un instant perdue en découvrant le plafond peint, les piliers de marbre et d'or, le grand lit drapé surmonté d'un dais que portaient des chérubins.

Mais heureusement, le comte était là, à ses côtés.

Elle se débarrassa de son chapeau et de son manteau et le suivit dans un boudoir qui communiquait avec leurs chambres. Il referma la porte derrière eux.

Une profusion de lilas blancs, de camélias et d'orchidées décorait ce petit salon. Elle se pencha sur ces fleurs si belles afin de mieux les admirer, mais le comte déjà l'enlaçait et l'embrassait. C'était comme s'il la transportait au ciel : les étoiles brillaient tout autour d'eux, le soleil brûlant les enflammait et la musique qui avait joué tout au long de la journée sembla soudain exploser en un glorieux crescendo !

— Je vous aime ! dit le comte. Je vous aime, mon amour ! Désormais, vous êtes chez vous, nous sommes ensemble, je ne crains plus de vous perdre !

Il faisait allusion à la souffrance qu'ils avaient éprouvée lorsqu'il croyait devoir épouser Elisabeth, renonçant ainsi à leur bonheur.

Mariota se serra étroitement contre lui, et passa ses bras autour de son cou pour que son visage soit près du sien.

— Je vous aime ! Je vous aime ! dit-elle. Je vous aimerais tout aussi fort si votre maison n'était pas aussi belle, si nous devions habiter une simple chaumière, ou même une grotte perdue dans les montagnes !

Sa voix vibrait de désir tandis qu'elle continuait :

— Vous m'avez offert des cadeaux magnifiques, mais assurément le plus beau cadeau, c'est votre amour! Comment pourrais-je jamais exprimer toute la gratitude que j'éprouve envers vous, envers Dieu ?...

— En m'aimant, ma chérie ! dit-il avec autant de passion. Je désire votre amour ! Et parce que vous êtes mienne, je suis aussi très, très reconnaissant.

Il se mit à rire.

— Et dire que tout cela est arrivé parce que Jeremy voulait de nouveaux vêtements !

Cela semblait si absurde que Mariota éclata de rire, elle aussi. Puis il l'entraîna vers une porte qui ouvrait sur sa chambre. La décoration de cette pièce était encore plus grandiose, tout en ayant un côté très masculin, qui correspondait parfaitement à sa personnalité.

— Vous avez fait un long voyage, mon amour, dit-il, et nous avons bien trois heures avant le dîner. Je pense que vous devriez vous reposer.

— Oui, bien sûr, acquiesça Mariota. Je me retire dans ma chambre ?

Ses lèvres tremblèrent légèrement tandis qu'il la regardait, et elle sut combien il était heureux.

— Je désire que vous vous reposiez avec moi, répondit-il.

Comprenant tout à coup ce qu'il voulait dire, elle baissa les yeux, intimidée, et ses joues s'empourprèrent.

— Oh, Mariota, reprit-il, je ne vous oblige à rien, mais je désire depuis si longtemps que vous soyez ma femme !

» Nous ne nous connaissons que depuis quelques jours, d'après le calendrier, expliqua-t-il comme elle l'interrogeait du regard, mais chaque minute que je passe sans vous prendre dans mes bras semble durer un siècle, chaque seconde une année, et d'une façon comme d'une autre, j'ai attendu trop longtemps à mon goût ! »

Elle eut un petit rire, et le comte la serra fort contre lui. Derrière eux, se dressait le grand lit drapé dont les colonnes sculptées et le baldaquin doré étaient ornés de cupidons. Partout où elle posait son regard, elle voyait un emblème d'amour. Bientôt, elle ne pensa plus qu'à son mari, à ses bras qui l'entouraient, à ses lèvres, et au désir qui s'éveillait en eux, brûlant comme une flamme.

Elle avait rêvé d'amour, et son rêve s'était réalisé.

L'homme qu'elle aimait l'emportait vers le lit. Il l'embrassait, et les battements de leurs deux cœurs suivaient la musique de l'amour ! Les étoiles tombaient du ciel pour les couvrir du chaud manteau de l'amour et les anges les transportaient au paradis, un paradis où seul l'Amour véritable existait !

Ils avaient trouvé l'Amour, et pour l'éternité !

Barbara Cartland

Découvrez, sans plus attendre, les autres romans de Barbara Cartland, la reine incontestée du roman sentimental. Voici la liste de ses romans actuellement disponibles.

Que notre bonheur dure
N° 1204 Cat. E
La belle et le léopard
N° 1215 Cat. E
Les larmes de l'amour
N° 1228 Cat. E
La nymphe de Montmartre
N° 1239 Cat. E
Les détours de l'amour
N° 1251 Cat. E
Pas d'ombre sur notre amour
N° 1262 Cat. E (mai 1999)
Le prince et le pékinois
N° 1263 Cat. E (juin 1999)
Un rêve merveilleux
N° 3754 Cat. E
Sous le soleil de Grèce
N° 3775 Cat. E
Les sortilèges du cœur
N° 3809 Cat. E
L'homme de mes rêves
N° 3842 Cat. E
La beauté trahie
N° 3986 Cat. E
L'éternité de l'amour
N° 4017 Cat. E
Le roi et elle
N° 4040 Cat. E
Fuite en Cornouailles
N° 4059 Cat. E
Coup de foudre en Écosse
N° 4070 Cat. E
Sous le ciel de Bahreïn
N° 4071 Cat. E
Un amour exceptionnel
N° 4101 Cat. E
Je ne veux pas te perdre
N° 4145 Cat. E
Le roi solitaire
N° 4146 Cat. E

Un nouveau bonheur
N° 4269 Cat. E
Fragile bonheur
N° 4296 Cat. E
Passeport pour le bonheur
N° 4315 Cat. E
L'incomparable Irina
N° 4473 Cat. E
La petite brodeuse
N° 4546 Cat. E
Quand vient l'amour
N° 4581 Cat. E
Rendez-vous à Calcutta
N° 4603 Cat. E
Beau omme Apollon
N° 4632 Cat. E
L'inconnu du petit bois
N° 4633 Cat. E
Idylle en Écosse
N° 4666 Cat. E
Échange de cœurs
N° 4717 Cat. E
Lune de miel au Népal
N° 4718 Cat. E
Le domaine de l'amour
N° 4762 Cat. E
Passions orientales
N° 4763 Cat. E
Un mariage sans amour
N° 4779 Cat. E
L'ange et le marquis
N° 4846 Cat. E
Le lac de l'amour
N° 4847 Cat. E
Symphonie berlinoise
N° 4877 Cat. E
Fiançailles impromptues
N° 4878 Cat. E
Un ange au château
N° 4905 Cat. E
Le diadème de l'amour
N° 4955 Cat. E

La mariée sans visage
N° 4979 Cat. E
Une si jolie cambrioleuse
N° 5018 Cat. E
Princesse en fuite
N° 5042 Cat. E
La fugitive de l'amour
N° 5073 Cat. E
Un terrible malentendu
N° 5074 Cat. E
Séréna
N° 5079 Cat. M
Les caprices de Malvina
N° 5099 Cat. E
Les trésors de l'amour
N° 5100 Cat. E
L'amour pour seule richesse
N° 5164 Cat. E (mars 1999)
La passagère de l'amour
N° 5165 Cat. E (mars 1999)
Le vœu d'Alicia
N° 5187 Cat. E (avril 1999)
Cache-cache amoureux
N° 5188 Cat. E (avril 1999)
L'amour ou la fortune
N° 5210 Cat. E (mai 1999)
Secret love
N° 5229 Cat. E (juin 1999)

2 ROMANS RÉUNIS EN UN VOLUME (28 FRANCS)

Un amour en danger,
suivi de :
La princesse oubliée
N° 4693 Cat. G
Un amour sans fortune,
suivi de :
Les illusions du cœur
N° 4694 Cat. G
L'amour comme un espoir,
suivi de :
Tempête amoureuse
N° 4956 Cat. G
Miracle pour une madone,
suivi de :
Douce enchanteresse
N° 4957 Cat. G
Le port du bonheur,
suivi de :
Un souhait d'amour
N° 5162 Cat. G (mars 1999)
Un tour du destin,
suivi de :
Idylle romaine
N° 5163 Cat. G (mars 1999)

5162

Composition Interligne B-Liège
Achevé d'imprimer en Europe (France)
par Maury-Eurolivres - 45300 Manchecourt
le 22 février 1999.
Dépôt légal février 1999. ISBN 2-290-05162-4
Éditions J'ai lu
84, rue de Grenelle, 75007 Paris
Diffusion France et étranger : Flammarion